알렉시 · 은총의 일격

ALEXIS OU LE TRAITÉ DU VAIN COMBAT SUIVI DE LE COUP DE GRÂCE
by Marguerite Yourcenar

이 도서의 국립중앙도서관 출판예정도서목록(CIP)은 서지정보유통지원시스템 홈페이지(http://seoji.nl.go.kr)와
국가자료종합목록 구축시스템(http://kolis-net.nl.go.kr)에서 이용하실 수 있습니다.
(CIP제어번호: CIP2017005395)

세계문학전집
151

Marguerite Yourcenar : Alexis ou le Traité du Vain Combat · Le Coup de Grâce

알렉시 혹은 공허한 투쟁에 관하여
은총의 일격

마르그리트 유르스나르 소설
윤진 옮김

문학동네

일러두기

1. 번역 대본으로는 *Alexis ou le Traité du Vain Combat suivi de Le Coup de Grâce*(Marguerite Yourcenar, Gallimard, 2001)를 사용했다.
2. 주석은 모두 옮긴이주이다.

차례

알렉시
혹은 공허한 투쟁에 관하여

그 자신에게

머리말

「알렉시 혹은 공허한 투쟁에 관하여」는 1929년에 출간되었다. 문학과 관습에서 그때까지 금지의 낙인이 찍혀 있던 한 주제가 수 세기 이래 처음으로 온전히 글로 표현되었던 시기이다.* 첫 출간 이후 거의 삼십오 년이 흘렀다. 그동안 사람들의 생각, 사회적 관습, 그리고 대중의 반응이 변했지만, 생각만큼 많이 변하지는 않았다. 저자의 견해도 일부 바뀌었다, 혹은 바뀌었을 수도 있다. 그래서 오랜 시간적 간격을 두고 이 책을 다시 펼칠 때 조금 불안하기도 했다. 글을 일부 수정하고 변모된 세계를 담아내야 한다고 생각했다.

하지만 다시 깊이 생각해본 결과, 그러한 수정은 해롭다고까지 할

* 두 친구가 동성애에 대해 이야기하는 대화로 이루어진 앙드레 지드의 『코리동』은 처음에 익명으로 발표되었다가 1924년에야 저자 이름과 함께 출간될 수 있었다.

만큼은 아니더라도 불필요해 보였다. 몇 군데 미흡했던 문체를 손질한 것을 제외하면 이 얇은 책은 처음 쓰인 그대로이다. 얼핏 상반되어 보일 수 있는 두 가지 이유 때문이다. 첫번째 이유는 이 책이 지극히 개인적 성격의 고백이라는 것이다. 즉, 한 환경, 한 시대, 지금은 지도에서 사라진 한 나라*와 밀접하게 연결된 고백이며, 중부 유럽과 프랑스의 고풍스러운 분위기에 젖어 있어 무엇 하나라도 달라지면 책의 음향 자체가 변할 수밖에 없는 고백이다. 하지만 반대로 이 이야기는 지금도 여전히 같은 반응들을 유발한다는 점에서 일종의 시사성을, 심지어 어떤 이들에게는 유용성을 지닌다는 것이 두번째 이유이다.

예전에는 불법적인 것으로 간주되었던 이 주제가 오늘날 문학에서 많이 다루어지고, 의도적으로 이용되기까지 하면서, 완전하지는 않아도 어느 정도의 권리를 획득한 것이 사실이다. 하지만 지금이라 해서 알렉시의 내밀한 문제가 예전보다 덜 고통스럽고 덜 비밀스럽지는 않을 것이다. 게다가 지극히 제한적인 몇몇 집단 안에서, 진정한 자유와는 전혀 다른 것이지만, 상대적으로 쉽게 이 주제를 다룬 탓에 오히려 대중의 오해 혹은 반감이 더 커진 듯하다. 우리 주변을 주의깊게 바라보기만 해도 알렉시와 모니크의 비극은 여전히 계속되고 있고, 육체적 욕망의 현실이 금지들로 가로막혀 있는 한 앞으로도 이어질 것임을 알 수 있다. 그 금지들 중에서도 가장 위험한 것은 언어의 금지일 것이다. 언어 속의 장애물들을 대부분의 사람들은 멀리하거나 큰 거부감 없이 교묘히 피해 가지만, 양심적인 사람들과 순수한 사람들은 어김없이 그

* 이 이야기는 19세기 후반 오스트리아-헝가리 제국을 배경으로 한다.

장애물에 걸려든다. 사람들이 뭐라 말하든 이 소설의 중심 주제가 많이 낡았다고 하기에는 사회적 관습이 거의 변하지 않은 것이다.

감각적 쾌락의 자유라는 문제는 어떤 형태로 나타나든 대부분 표현의 자유 문제라는 사실이 그동안 제대로 주목받지 못한 듯하다. 세대가 바뀌어가도 성향과 행위들은 거의 그대로이다. 그 주위에 펼쳐진 침묵의 넓이 혹은 그 위로 쌓인 기만의 두께가 달라졌을 뿐이다. 이것이 금지된 애정 관계들에만 해당하는 것은 아니다. 언어와 관련된 미신이 가장 강압적인 힘을 발휘한 곳은 결혼 생활, 부부간의 성관계 속이다. 알렉시의 이야기를 정직하게 다루고자 하는 작가는 자신의 언어에서, 예의상 적합한 것으로 간주되지만 사실은 반쯤 겁을 먹은 혹은 반쯤 외설적인 문구들, 즉 쉽게 만들어지는 가벼운 문학이 사용하는 표현들을 배제해야 한다. 결국 다소간 미흡하고 때로는 받아들이기 어렵다 해도 두세 가지 표현 방식 중에서 선택할 수밖에 없다. 과학적 어휘에 속한 용어들은 최근에 정립된 것으로 그 용어를 받쳐주는 이론이 무너지면 함께 무너질 수밖에 없으며, 또한 지나치게 대중화될 경우 정확성의 미덕을 잃고 변질될 것이다. 따라서 그 용어들은 원래의 용도대로 전문서적에만 써야 한다. 그런 분류용 단어들은 문학이 하려는 것, 즉 표현의 개성 추구와도 맞지 않는다. 이어 외설은 문학에서 시대를 막론하고 추종자들을 거느렸던 방법으로, 엄숙한 혹은 무감각한 대중이 보고 싶어하지 않거나 일상적으로 너무 많이 보았기에 더이상 원하지 않는 것을 강제로라도 정면으로 바라보게 만들 생각이라면 옹호될 만한 충격기법이다. 외설을 사용하는 것은 또한 말을 세탁하려는 시도, 그 자체로는 중립적이지만 사용 과정에서 더럽혀지고 훼손된 단어들에게 깨끗하고 고요한 순수를 되돌려주려는 노력의 일환일 수 있다. 하지만 그러한 거친 방법은 외적인 해결책일 뿐이다. 낯선 도시에 잠시 머무는 여행자가 제일 가난한 동네를 구경하고 싶어하듯이, 위선적인 독자는 외설스러운 단어를 생동감 있는, 이국적인 것으로 받아들이는 경향이 있기 때문이다. 외설은 빨리 소진된다. 따라서 점점 수위가 높아지게 되고, 결국 진실을 암시만 하던 때보다 더 위험한 방법이 될 수 있다. 언어의 난폭성은 진부한 사고를 은폐하고(일부 중요한 예외가 있기는 하지만) 순응주의적인 요소와 쉽게 어우러지는 것이다.

작가에게 주어질 수 있는 세번째 해결책이 있다. 수식 없는, 거의 추상적인, 조심스러우면서도 정확한 언어를 사용하는 것이다. 프랑스에서는 오랫동안 설교자들, 모럴리스트*들이 사용했고, 고전주의 시대 소설가들이 흔히 '감각의 탈선'이라 불리는 것을 다루기 위해 사용하기도 한 언어이다. 자기 성찰에 사용되어온 이 전통적 문체는 삶처럼 본질적으로 복잡한 주제와 관련된 판단들을 수없이 많은 미세한 차이 속에서 드러내는 데 상당히 유용하기 때문에, 마시용이나 부르달루는 분노 혹은 비난을 표현하기 위해, 라클로는 방종 혹은 관능을 표현하기 위해 사용한 바 있다.** 찌꺼기를 가라앉힌 뒤 맑은 윗물만을 덜어낸 것 같은 그 신중한 언어가 내가 생각하기에는 천천히 생각하고 구석구석 마음

---

* 인간성을 추구하는 르네상스의 인본주의 운동에서 출발하여, 특히 프랑스 문학에서 인간성에 대한 성찰을 시도한 작가들을 말한다. 16세기 몽테뉴를 필두로 17세기에 전성기를 이루었다.

** 마시용과 부르달루는 프랑스의 성직자로 도덕적 문제에 관한 설교로 유명했다. 라클로는 18세기 프랑스 사교계의 방탕을 그린 소설 『위험한 관계』를 썼다.

을 쓰는 알렉시에게, 불확실성과 속박이라는 그물에 걸린 상태에서 그 그물을 그냥 잘라버리지 않고 참을성 있게 한 코 한 코 풀어나가려는 그의 노력에, 육체적 욕망에 대한 경의가 배어 있는 그의 수줍음에, 비굴하지 않게 정신과 육신을 화해시키겠다는 그의 단호한 의지에 잘 어울린다.

모든 일인칭 이야기가 그렇듯이 「알렉시」는 한 목소리의 초상肖像이다. 나는 그 목소리가 고유의 음역을, 고유의 음색을 지니도록 해야 했고, 그 무엇도 사라지지 않도록 해야 했다. 예를 들어 조금은 구시대적인 정중한 어조, 삼십오 년 전에는 분명 정중하게 들렸을 그 어조를 그대로 두어야 했으며, 알렉시와 그의 아내의 관계에 대해 아마도 알렉시 자신의 고백보다 더 많은 것을 말해줄 그의 어투, 아첨에 가까울 정도로 부드러운 그 말투도 그대로 살려야 했다. 또한 알렉시의 의견 중에 지금 내 눈에는 의심스러워 보이는 것들도 성격을 드러낸다는 가치가 있기에 그대로 두었다. 알렉시는 자신의 성향이 청교도적 분위기 아래 여자들한테만 둘러싸여 보낸 유년기에서 비롯되었다고 설명한다. 이 견해가 알렉시와 관련해서는 정확할 수도 있고, 스스로 이 견해를 받아들이는 순간부터 그에게는 중요한 의미를 띨 수도 있지만, 내가 보기에 그런 설명은 실제 요인과 아무런 관련이 없는 사실을 억지로 오늘날의 심리학 체계 속에 끌어넣으려는 것 같다. (기억나지는 않지만 설사 이전의 내가 그 견해를 신뢰했었다 해도 마찬가지다.) 마찬가지로, 알렉시가 사랑과 무관한 쾌락을 추구하는 것, 지속적인 애착을 경계하는 것은 지난 세기를 지배했던 과장된 낭만적 감성에 반발하고 나선 한 시대의 특징이기도 하다. 그러한 견해를 밝히는 사람이 성적 취향을 지니는지와 관계없이, 그것은 우리 시대에 가장 널리 퍼진 생각 중 하나였다. 알렉시에게 그런 식으로 관능을 떼어낼 경우 그 역시 음울한 인습이 되어버릴 위험이 있다고 말해줄 수 있을 것이다. 나아가, 인간이 누리는 다른 감정들과 함께 있을 자격이 없다는 듯 쾌락을 떼어내려 하는 태도의 밑바탕에는 결국 청교도주의가 깔려 있다고도 말할 수 있을 것이다.

알렉시는 아내를 떠나면서 거짓으로 더럽혀지지 않은 좀더 온전한 성적 자유를 찾기 위해서 가야만 한다고 말한다. 사실 가장 중요한 이유이기는 하다. 하지만 떠나는 사람이 더 고백하기 힘든 다른 이유들도 있었을 것이다. 예를 들면 예비된 안락한 삶과 존경받는 지위, 모니크가 원했든 아니든 이미 그녀가 상징하게 된 것들에게서 벗어나고 싶다는 욕구 같은 것 말이다. 알렉시는, 아내와의 거리가 멀어질수록 자신이 떠나는 이유를 정당화하기 쉬우리라 믿기라도 하는 양, 온갖 미덕으로 그녀를 장식한다. 나는 모니크의 답장을 써보리라 생각한 적도 있다. 알렉시가 이미 고백한 것들과 대치되지 않으면서 어떤 점들을 좀더 자세히 드러내주는 말로, 젊은 여인 모니크를 남편이 씌워놓은 이상의 베일을 걷어낸 좀더 온전한 모습으로 드러내고 싶었다. 지금은 포기한 상태다. 여성의 삶은 세상에서 가장 은밀하다. 모니크의 이야기는 알렉시의 고백보다 더 쓰기 어려울 것이다.

학교 다닐 때 배운 라틴어를 잊어버린 이들을 위해, 주인공의 이름(그리고 결과적으로 책의 제목)이 베르길리우스의 「목가牧歌」 제2편에 등장하는 알렉시에서 따온 것임을 말해두겠다. 지드 역시 논란을 불러왔던 시도에서 나와 같은 이유로 코리동이라는 이름을 썼다.* 부제인 '공허한 투쟁에 관하여' 역시 지드가 젊었을 때 쓴 작품으로 별 반향을 얻지 못한 『공허한 욕망에 관하여』**를 염두에 둔 것이다. 하지만 제목을 빼면 지드의 영향은 크지 않다. 「알렉시」에 등장하는 거의 청교도적인 분위기, 관능의 문제를 다시 검토하려는 노력은 다른 데서 온 것이다. 오히려 지금 이 책을 다시 읽어보니 운좋게도 내가 일찍 접할 수 있었던 릴케의 장엄하고 비장한 작품들의 영향이 몇 군데에 (아마도 지나치리만큼 강하게) 나타난다. 우리는 늦게야 사람들에게 알려지는 일종의 '지연된 확산'의 법칙을 잊을 때가 많다. 그 법칙에 따르면 1860년대의 젊은 교양인들은 보들레르보다 샤토브리앙을 더 많이 읽었고, 마찬가지로 19세기 말에는 랭보보다 뮈세를 더 많이 읽었다. 나의 경우는, 스스로 특별하다고 주장할 생각은 없지만, 젊었을 때 동시대 문학에는 상대적으로 관심을 갖지 않았다. 부분적으로는 그즈음 내가 과거의 문학을 공부하고 있었기 때문이고(작품의 생산 과정이라 부를 수 있을 관점에서 보자면, 상당히 서툴기도 한 『핀다로스』가 이 얇은 알렉시 이야기보다 앞선다***), 또 부분적으로는 시류時流에 따라 결정되는 가치라고 부를 수 있을 것들을 본능적으로 불신했기 때문이기도 하다. 내가 생각하는 주제를 이미 공개적으로 다룬 지드의 훌륭한 작품들에 대해 젊은 시절의 나는 그저 들어서 아는 게 전부였다. 「알렉시」는 그 책들의 내

---

* 베르길리우스의 「목가」 제2편에서 목동 코리동은 아름다운 소년 알렉시에게 사랑을 갈구한다.

** 『사랑의 시도 혹은 공허한 욕망에 관하여』를 말한다.

*** 유르스나르는 1926~1629년 사이에 그리스 시인 핀다로스의 전기를 썼고, 그 책은 『알렉시』보다 이 년 뒤인 1931년에 출간된다.

용보다는 오히려 그 책들을 둘러싸고 떠도는 말에 영향을 받았다. 즉, 그전까지 비공개로 검토되던 문제에 대해 공개적인 토론의 자리가 마련되었고, 분명 그 덕에 나는 크게 주저하지 않고 같은 주제를 다루어 볼 수 있게 되었다. 그리고 지드의 초기 작품들은 특히 형식적 관점에서 나에게 유용했다. 우선은 순수하게 고전적인 짧은 이야기 형태를 사용하는 것이 여전히 가능함을 증명해주었다. 그 책들을 읽지 않았다면 나는 그런 형식의 짧은 이야기가 상당히 매력적이기는 하지만 구식이라고 생각했을 것이다. 또한 지드의 초기 작품들 덕분에 나는 소설 고유의 함정에 빠지지 않을 수 있었다. 소설을 쓰기 위해서는 인간적인 면과 문학적인 면에서 다양한 경험을 지녀야 하지만 그 시절 나는 그렇지 못했던 것이다. 위대한 작가이자 위대한 모럴리스트였던 이의 작품이 갖는 중요성을 깎아내리려는 말은 아니다. 스물네 살의 젊은 여자가 세상으로부터 고립되어 쓴 이 「알렉시」가 어느 정도 비슷한 의도로 쓰인 동시대의 다른 작품들과 다르다고 말하려는 것은 더욱 아니다. 오히려 자발적인 고백과 진실된 증언을 통해 그 작품들에 지지를 보내려는 것이다. 어떤 주제들은 한 시대의 공기 속에 들어 있다. 그것들은 한 삶이 엮어가는 이야기 속에도 들어 있다.

1963년

이 편지는, 그대여, 무척 긴 글이 될 거요. 난 글 쓰는 것을 그다지 좋아하지 않소. 말은 생각을 왜곡하게 된다는 얘기를 여러 번 읽었는데, 내가 보기엔 말보다 글이 훨씬 심한 듯싶소. 한 텍스트를 중역하고 나면 어떻게 되는지 당신도 알잖소. 게다가 난 어찌해야 잘 쓸 수 있는지도 알지 못하오. 글을 쓴다는 것은 수많은 표현을 두고 끝없이 이어지는 선택이라오. 그중 어느 것도 날 만족시키지 못하고, 무엇보다 다른 것 없이 홀로 나를 만족시키지는 못한다오. 아마도 화음이 연속으로 이어지도록 할 수 있는 것은 음악뿐일 거요. 편지에서는, 아무리 긴 편지라 해도, 단순화해선 안 될 것들을 단순화할 수밖에 없잖소. 하나도 빠뜨리지 않으려고 애쓰다보면 명료함이 사라지니까! 나는 이 편지를 진실될 뿐 아니라 정확하게 쓰기 위해 노력할 거요. 여기저기 줄을 그어

지우기도 할 거고, 이미 그런 흔적이 있소. 당신에게 부탁하고 싶은 것은(아직까지 내가 당신에게 부탁할 수 있는 유일한 것은) 너무도 힘들게 써나갈 이 글을 한 줄도 빠뜨리지 말고 읽어달라는 거요. 삶을 사는 것도 힘들지만, 자기 삶을 설명하는 것은 더 어려운 일이라오.

어쩌면 아무 말 없이 그냥 떠나야 했는지도 모르겠소. 수치심을 이길 수 없는 것처럼, 아니면 당신이 이미 다 이해해준 것처럼 말이오. 어쩌면 방안에 단둘이 있을 때, 서로의 얼굴이 흐릿하게 보일 정도로 어두워서 전부 고백할 용기를 낼 수 있을 그런 시각에, 나지막한 소리로 천천히 당신에게 나 자신을 설명해야 했는지도 모르겠소. 하지만 그대여, 난 당신을 안다오. 당신은 무척 착한 사람이오. 이런 종류의 이야기에는 무언가 가련함이 있어서 듣는 이의 연민을 불러일으키게 되는 법이니 당신은 날 불쌍히 여기게 될 테고, 날 이해했다고 생각할 거요. 나는 당신을 알고 있소. 당신은 내가 무척이나 긴 설명에 담긴 모욕적인 것을 감내하지 않기를 원할 거고, 너무 빨리 내 말을 끊게 될 거요. 그리고 나는 한 문장 한 문장 말할 때마다 마음이 약해져서 당신이 내 말을 끊어주길 바라게 될 거요. 당신은 또다른 장점(혹은 어쩌면 약점)을 지니고 있소. 조금 있다 이야기하겠지만, 난 더이상 그것을 쉬운 핑계로 삼지는 않을 생각이오. 난 당신에게 너무도 큰 죄인이기에 나 자신과 당신의 연민 사이에 거리를 두지 않을 수 없소.

내 예술에 관한 얘기는 아니오. 당신은 신문을 읽지 않지만, 우리 둘을 다 아는 사람들이 있으니 내가 이른바 성공한 음악가라는 사실을 당신도 알고 있을 거요. 그 말은 내 음악을 듣지 않은 이들도, 들었지만 이해하지 못하는 이들도 날 칭송한다는 뜻이오. 지금 나는 그 얘기를 하려는 게 아니오. 내가 말하려는 건, 정말로 가장 내밀하다기보다는 (그 무엇이 내 작품보다 더 내밀할 수 있겠소?), 내가 감춰두었기 때문에 훨씬 더 내밀해 보이는 그 무엇이라오. 다른 무엇보다 더 가련한 것. 하지만 보다시피 난 주저하고 있소. 한 단어를 쓸 때마다 처음 표현하려 했던 것에서 조금씩 멀어진다오. 나에게 용기가 부족하다는 사실을 증명할 뿐이지. 단순함도 부족하고. 지금껏 늘 그랬다오. 하지만 삶 또한 단순하지 않으니, 그것은 내 잘못이 아니라오. 내가 얘기를 계속하도록 해주는 것은 단 하나, 당신이 행복하지 않다는 확신이오. 우리는 너무도 많은 거짓말을 했고 그로 인해 고통받았으니, 이제 정직함이 그 고통에서 우리를 꺼내줄지 시험해본다 한들 그게 진정 크게 위험한 일은 아니지 않겠소.

나의 젊음, 아니 청소년기는 절대적으로 순수했소. 혹은 그렇게 부르는 게 적절한 그런 것이었소. 이런 말은 일반적으로 통찰력이 부족하거나 솔직함이 부족하다는 증거이니, 듣는 사람이 미소 짓게 된다는 걸 알고 있소. 하지만 난 내 말이 틀린 것 같지 않고, 절대 거짓말이 아니오. 난 확신하오, 모니크. 열여섯 살쯤에 나는 당신이 아마도 그 나이의 다니엘이 그랬으면 좋겠다고 바라고 있을 그런 아이였다오. 말이 나온 김에, 사실 당신의 바람은 옳지 않소. 우리가 이룰 수 있는 최고의 완벽함을 아주 먼 과거의 기억으로 돌리기에는 분명 너무 어린 나이요. 유년기의 나, 보로이노의 아이는 더이상 존재하지 않고. 스스로를 배반해야만 하는 것이 바로 우리 삶의 조건인 셈이오. 우리가 제일 처음 품은 환상들이 가장 아름답고 가장 소중하고 가장 그리운 것이 되는 건 위험한 일이라오. 이튿날의 파티를 초조하게 기다리는 밤만큼, 무슨 일이라도 일어나기를 기다리면서 아무것도 하지 않은 채 몽롱하게 보내는 길고 긴 오후만큼, 나의 유년기는 나로부터 멀리 있다오. 어찌 내가 그런 평화를, 그때는 무슨 말로 불러야 하는지조차 알지 못했던 그 평화를 다시 찾으리라 바랄 수 있겠소. 나는 그때의 평화가 온전한 내가 아님을 깨닫고 그것과 갈라섰소. 바로 고백하자면, 우리가 평화라고 부르는 무지의 상태를 내가 여전히 그리워하고 있는지도 잘 모르겠소.

자기 자신을 올바로 평가하기란 실로 어려운 일일 테지! 난 조금 전 내 청소년기가 평온했다고 말했고, 그렇게 믿고 있소. 조금 유치하고 조금 처량한 그 과거를 돌아보면서 그때 내가 어떤 생각을 했는지, 그리고 생각보다 좀더 내밀한 것, 그러니까 어떤 감각을 느꼈는지, 그리고 어떤 꿈들을 꾸었는지 기억해보려고 애쓴 적이 많다오. 혹시라도 이전엔 몰랐지만 우려할 만한 의미를 띤 것이 없는지, 머리가 모르는 무지를 마음이 모르는 순수함으로 간주한 것은 아닌지 알기 위해 분석해보았소. 당신도 아는 보로이노의 연못 말이오. 당신 말대로, 잿빛 하늘의 커다란 조각이 땅 위에 떨어져서 안개 속에서 다시 올라가려고 애쓰는 모습이지. 어릴 때 난 그 연못이 무서웠다오. 그때 이미 나는 모든 것이 비밀을 품고 있음을, 저 연못도 다른 모든 것과 마찬가지임을, 평화는 침묵이 그렇듯이 표면에 불과함을, 그리고 거짓 중에서도 가장 나쁜 것이 바로 고요함의 거짓임을 이해한 거요. 기억을 떠올려보면 내 어린 시절 전체가 거대한 불안, 아마도 그것이 삶이었을 테지만, 그 가장자리에 선 거대한 평온함의 모습으로 나타난다오. 어떤 상황들은 당신에게 얘기하기에는 너무 사소하고 당시엔 나 스스로도 알아채지 못했던 것이지만, 지금 되짚어보면 성경에서 말하는 하느님의 숨결처럼 앞날을 경고하는 첫 전율(육신의 전율과 마음의 전율)이었소. 우리의 지난 삶에는, 설명할 수 없고 두렵기까지 하지만, 훗날의 우리 모습과 꼭같은 순간이 있다오. 나는, 그대여, 조금도 변하지 않은 듯싶소! 열어놓은 창문으로 들어오는 비냄새, 안개에 싸인 사시나무 숲, 나이 많은 부인들이 나에게 연주해달라고 하는, 아마도 자신들의 젊은 날을 떠올리게 해주기 때문일 테지, 그 치마로사*의 음악만으로도, 아니 그보다 더 사소한 것, 보로이노에서만 맛볼 수 있는 특별한 고요함만으로도, 유년기와 나를 갈라놓은 수많은 생각, 사건, 고통은 아예 오지 않은 것이 될 수 있소. 그럴 때면, 사이에 놓인 시간이 당시에 내가 자주 빠져들던 몽롱한 시간처럼 한 시간도 채 안 되는, 삶도 나도 미처 바뀔 수 없는 시간으로 느껴진다오. 지금도 눈만 감으면 모든 것이 그때와 똑같아지지. 수줍음 많고 온순한, 자신이 가엾은 아이라는 것을 모르는 소년이, 마치 한시도 날 떠난 적이 없다는 듯, 내 앞에 나타나는 거요. 그 아이가 지금의 나와 너무 비슷해서, 어쩌면 나를 송두리째 닮은 게 아닌가 하는, 아마도 틀린 생각이겠지만, 그런 의심을 품게 된다오.

내 말이 앞뒤가 안 맞는다는 건 나도 알고 있소. 과거에 느꼈어야 마땅하기에 정말로 느꼈다고 생각해버리고 마는 예감 같은 건지도 모르겠소. (설사 관습에 순응하기 위해서라 할지라도) 내가 우리의 과오라고 부를 수밖에 없는 것이 초래하는 가장 잔인한 결과는 그 과오를 범하지 않은 시절의 기억까지도 오염시킨다는 거요. 바로 그 이유 때문에 난 지금 불안하오. 내가 틀렸다면 어떤 의미에서 틀린 건지 알 수가 없

* 18세기 이탈리아의 오페라 작곡가.

으니까 말이오. 그러니 이전의 내가 조금 전에 자신 있게 말한 것만큼 순수하지 않았던 건 아닌지, 아니면 지금의 내가 어쩔 수 없이 받아들이는 것만큼 죄인이 아닌 건 아닌지 말할 수 없다오. 그러고 보니 아직 아무것도 설명하지 못했구려.

우리가 무척 가난했다는 얘기는 굳이 할 필요가 없을 거요. 가난한 명문가, 오직 신의를 지키기 위해 계속 살아간다고 할 만한 오래된 가문의 곤궁함에는 무언가 비장함이 있지. 누구를 향한 신의냐고 묻고 싶을 거요. 아마도 집안의 이름에 대해서, 그리고 또 조상들에 대해서, 그저 과거의 모습에 대해서일 거요. 아, 가난이란 것은 원래 어린애들한테는 별로 중요한 일이 아니라오. 내 어머니와 누이들에게도 마찬가지였소. 모든 사람이 우리를 알고 있었고, 우리가 실제보다 부자라고 믿는 사람은 아무도 없었으니 말이오. 오래전부터 외부와 교류 없이 함께 살아온 곳의 장점이기도 하다오. 현재의 형편보다는 과거에 누렸던 것이 더 중요한 거지. 과거는, 아무리 별로 떠올리지 않는 과거라 해도 현재에 비해 훨씬 안정적인 무엇이니까, 영향력이 훨씬 크다오. 현재의 우리에 대해서는 그 누구도 필요 이상 관심을 갖지 않았소. 어차피 사람들이 우리에게서 존경한 것은 아무도 제대로 기억하지 못하는, 아주 오래전에 살았다는 어느 육군 원수였으니까. 지금 생각해보면 우리 역시 스스로의 삶보다는 할아버지가 가졌던 재산, 증조할아버지가 받았던 훈장들이 더 중요했고, 심지어 그것들이 현재보다 더 현실적이었소. 이런 낡은 사고방식에 당신은 아마 웃음을 지을 거요. 난 정반대인 다른 사고방식들 역시 비이성적이기는 마찬가지이리라 생각하지만 말이오. 아무튼 그런 사고방식은 우리가 살아가는 데 도움이 되었소. 전설이 되어버린 그 훌륭한 인물들의 후손이라는 사실은 절대 바뀔 수 없었으니, 사람들이 우리를 통해 그 인물들을 기리는 것 역시 절대 바뀔 수 없는 일이었던 거요. 그것이야말로 우리의 유산 중에서 그 누구도 침해할 수 없는 부분이었소. 우리가 조상들에 비해 돈과 명망이 부족하다고 비난하는 사람은 없었소. 너무도 당연한 일이었으니까. 그런 이름 높은 사람들과 경쟁하려 들었다면 오히려 흡사 빗나간 야망처럼 부적절해 보였을지도 모르겠소.

그러니, 우리가 교회에 갈 때 타는 마차가 다른 곳에서라면 구식으로 보였겠지만, 그곳 보로이노에서는 오히려 새 마차가 더 놀라워 보였을 거요. 어머니가 오래된 옷을 입고 다녀도 그 누구도 신경쓰지 않았다오. 북北보헤미아의 유서 깊은 그 지방에서 우리 제라 가문의 후손들은 오로지 한 혈통의 마지막일 뿐이었으니까. 우리는 아예 없는 거나 마찬가지였고, 보이지 않지만 우리보다 존재감이 훨씬 큰 이들의 형상이 우리집 거울들을 가득 채우고 있었다오. 내 말에, 더구나 이야기의 끝에 모종의 효과를 주려 한다는 의혹은 피하고 싶지만, 오래된 가문에서는 정말로, 어떤 의미로는, 살아 있는 자들이 죽은 자들의 유령이라오.

옛 보로이노 얘기를 너무 오래해서 미안하오. 내가 많이 사랑하던 곳이라 그렇소. 그것이 약점이라는 건 나도 알고 있다오. 어쩌면 그 무엇도 사랑하지 않는 게, 적어도 각별하게 사랑하지는 않는 게 나을지도 모르겠소. 그렇다고 그때 우리 식구가 그렇게 행복했던 건 아니오. 그곳은 기쁨이란 거의 존재하지 않는 곳이었소. 웃음소리를 들어본 기억도 나지 않는다오. 심지어 어린 소녀가 웃는, 소리 내지 않으려고 참아가며 웃는 웃음소리조차 들어본 적이 없지. 원래 오래된 가문에서는 많이 웃지 않는 법이라오. 심지어 말도 항상 작은 소리로 하는 습관을 갖게 되니까. 큰 소리로 말했다가는 옛 기억들을 깨우게 될까봐 두렵기라도 한 듯이, 그냥 평화롭게 잠들어 있게 하는 편이 낫다는 듯이 말이오. 그렇다고 해서 우리가 불행했던 것도 아니오. 누군가 우는 모습 역시 본 적이 없었소. 단지 우리는 조금 슬펐소. 그것은 상황 때문이라기보다는 성격 때문이었고, 내 주변 사람들은 하나같이 슬픔이 이어지는 상태에서도 행복할 수 있다고 믿었다오.

집은 그때도 흰색이었고, 기둥이 늘어서 있고 창문이 줄지어 있는, 예카테리나 여제* 시대에 유행하던 프랑스풍 건축이었소. 사실 그땐 지금보다 훨씬 낡은 상태였다오. 우리가 결혼할 때 당신 덕분에 손본 거니까. 이전에 어땠을지 당신도 쉽게 상상할 수 있을 거요. 처음 갔을 때 본 것을 기억할 테지. 분명 단조로운 삶을 위해 지어진 집은 아니오. 아마도 (앞다투어 연회를 벌이던 시절에) 호사를 부리기 좋아한 어느 조상이 연회를 위해 지었을 거요. 18세기의 집들은 다 그렇다오. 모두 손님들을 맞이하기 위해 지어진 터라 정작 거기 사는 우리는 마치 손님이 된 것처럼 거북해지지. 애써보았지만 소용없었소. 집은 우리가 살기엔 너무 컸고, 늘 추웠소. 그리 튼튼해 보이지도 않았고. 그런 집들의 흰색은 눈까지 오면 쓸쓸하기 이를 데 없어서 무언가 덧없음을 떠올리게 하잖소. 기후가 좀더 온화한 곳에서 좀더 편안히 살아가는 사람들을 위한 집이 아닐까. 하지만 지금의 나는 아마도 여름 한철 지내기 위

* 18세기 후반에 재위한 러시아 황제.

해 지었을 그 경쾌한 외관의 집이 우리보다 더 오래, 아마도 우리 가문보다 더 오래 살아남으리라는 걸 알고 있소. 언젠가 낯선 사람에게 넘어갈 수도 있을 테지만, 그렇다 한들 그 집은 개의치 않을 거요. 집이란 원래 우리의 삶과 별 관련 없는 자기만의 삶을, 우리가 이해할 수 없는 삶을 살 뿐이라오.

지나치게 환히 불을 밝힌 커다란 방들에 앉은 여자들의 진지한 얼굴, 조금 야위고 생각에 잠긴 얼굴이 떠오르는구려. 내가 조금 전에 얘기한 그 조상은 음악이 잘 울려퍼지도록 방을 널찍널찍하게 만들었소. 음악을 좋아했던 거지. 우린 그에 대해 별로 얘기하지 않았소. 아마 일부러 피했을 거요. 재산을 탕진한 장본인이라는 걸 알고 있었으니까. 원망하는 마음이었을 수도 있고, 어쩌면 다른 무엇이 있었을 수도 있소. 그뒤로 이어진 두 세대에 대해서도 거의 얘기하지 않았는데, 아마 특별히 관심을 가질 만한 게 없었을 거요. 그리고 그다음이 나의 할아버지, 농지개혁 시절에 빈털터리가 되신 분이라오. 자유주의자셨으니까. 사상은 무척 훌륭했지만 당연히 그로 인해 가난해졌고, 내 아버지의 상황은 그야말로 형편없었소. 아버지는 젊어서 돌아가신지라 내게는 기억이 거의 없소. 그저 자식들에게 엄했다는 것만 기억나오. 자기 스스로에게 엄격하지 못했던 것을 자책하는 사람들이 때로 그렇듯이 말이오. 물론 나 혼자 추측해본 거요. 아버지에 대해 아는 건 전혀 없으니까.

그때, 모니크, 난 느꼈소. 오래된 집에는 유령이 산다고들 하잖소. 물론 직접 본 적은 없었지만, 난 겁 많은 아이였다오. 어쩌면 이미 그때 난 유령들은 눈에 보이지 않는다는 걸, 늘 우리 안에 있기 때문에 볼 수는 없다는 걸 알고 있었는지도 모르오. 하지만 옛날 집들이 무서운 건 유령이 정말로 있어서라기보다는, 있을 수 있기 때문이라오.

그곳에서 보낸 어린 시절이 나의 삶을 결정지었을 거요. 좀더 최근의, 좀더 다양한, 아마도 훨씬 더 선명한 기억들도 있지만, 그런 새로운 인상은 이전 기억만큼 단조롭지 않아서 오히려 내 안에 파고들 시간이 부족했던 거요. 우리 주의가 산만한 건 바로 우리의 꿈 탓이라오. 같은 것들이 한없이 되풀이될 때 비로소 우린 그 안에 젖어들 수 있으니까. 내 어린 시절은 고요했고 외로웠소. 그래서 나는 소심했고 결국 과묵해졌지. 당신을 만난 지 거의 삼 년인데 이제야 처음으로 얘기할 수 있게 되다니! 그나마도 편지로, 꼭 해야만 하는 상황이 되었기 때문에. 침묵이 과오일 수 있다니 실로 끔찍하잖소. 침묵이 바로 내가 저지른 가장 무거운 과오인데, 어쩌겠소, 이미 저지른 것을. 난 침묵의 과오를 당신에게 저지르기에 앞서 나 자신에게 저질렀소. 원래 침묵이 집안에 자리잡고 나면 쫓아내는 건 쉬운 일이 아니고, 중요한 것일수록 사람들은 그것들이 침묵하기를 바라게 된다오. 냉동 상태처럼 점점 더 단단하고 육중해지고, 그 아래서 삶이 계속되는 거요. 단지 그 소리가 들리지 않을 뿐이지. 보로이노는 점점 더 커지기만 하는 침묵으로 채워졌고, 침묵이란 사람들이 하지 않은 말만으로 이루어진다오. 내가 음악가가 된 것은 아마도 그 때문일 거요. 누구라도 그 침묵을 표현해야 했고, 그 침묵이 품은 슬픔을 모두 뱉어내도록, 말하자면 노래하도록 해야 했소. 말이란 늘 너무 분명해서 잔인할 수밖에 없기에, 오직 음악만을 사용해야 했소. 음악은 떠벌리지 않고, 탄식하면서도 이유를 말하지 않으니까. 특별한 종류의 음악이 필요했다오. 느리고 긴 움츠림의 순간들로 채워진, 하지만 진실된 음악, 침묵에 가담할 수 있는, 그 속으로 미끄러져 들어갈 수 있는 음악. 그런 음악, 그러니까 나의 음악 말이오. 당신도 알다시피 나는 그저 연주자니까, 옮길 뿐이오. 하지만 누구든 결국은 자기 자신의 혼란을 옮겨낼 뿐이지. 사람들은 언제나 자기 자신에 대해 말하고 있는 거요.

내 방으로 가는 복도에는 아무도 눈길을 주지 않는 현대 판화가 하나 걸려 있었소. 결국 나 혼자만의 그림이었던 셈이오. 누가 걸어놓았는지는 모르겠소. 훗날 그 그림을 다른 사람들, 하나같이 요란하게 예술가 행세를 하는 이들의 집에서 어찌나 많이 보았는지 싫증이 나고 말았지만, 당시에는 자주 보았소. 어느 음악가의 연주를 듣고 있는 사람들을 그린 판화였는데, 그들의 얼굴, 음악을 통해 무언가 깨닫는 듯한 그 얼굴이 내 눈엔 무척 무서워 보였다오. 내 나이 열세 살쯤이었을 거요. 음악도 삶도, 정말이오, 나에게 그 어떤 것도 보여주지 않을 때였소. 적어도 그땐 그렇다고 생각했지. 원래 예술은 열정으로 하여금 너무도 아름다운 언어를 말할 수 있게 해주지만, 그 말을 이해하기 위해선 그때의 나보다 훨씬 많은 경험이 필요했던 거요. 그 시절에 내가 조금씩 작곡해놓은 곡들을 다시 본 적이 있소. 나름 봐줄 만하긴 한데, 당시에 내가 품었던 사념들에 비하면 훨씬 유치하다오. 원래 그런 법이오. 우리의 작품은 우리가 그것을 쓸 때면 이미 지나와버린 삶의 한 기간을 재현하기 때문이지.

그 시절 음악은 날 굉장히 편안하면서도 조금은 특이한 무기력 상태로 끌어갔소. 혈관의 박동 외에는 모든 것이 정지해버린 듯했다오. 난 생명이 내 몸을 빠져나간 듯 그렇게 노곤한 것이 좋았소. 그것은 쾌감이었고, 또한 거의 고통이었다오. 살아오는 동안 나에겐 늘 쾌락과 고통이 지극히 가까운 감각이었소. 어느 정도 깊게 생각하는 사람이라면 모두 같으리라 생각하오. 접촉에 특별히 민감했던 것도 떠오르오. 내가 말하려는 건 가장 순순한 접촉이오. 보드라운 옷감에 닿는 느낌, 살아 있는 짐승의 털처럼 간질이는 모피의 감촉, 과일 껍질에 닿을 때의 느낌, 이런 것 말이오. 전혀 비난할 게 없는 것들. 모두 지극히 일상적인 감각이니 크게 놀라울 게 없었지. 누구나 단순해 보이는 것에는 별 관심을 갖지 않잖소. 그때 난 판화 속 인물들은 어린아이가 아니니까 좀 더 흥분된 감정을 겪고 있으리라 상상했소. 어떤 비극적 사건에 휘말려 있을 거고, 그런 사건이 꼭 일어났어야 한다고 믿었던 거요. 우리는 모두 똑같잖소. 비극적 사건을 두려워하고, 때로 공상 속에서 그런 사건이 일어나길 바라고, 그러면서도 우리는 그 사건이 이미 시작되었음은 알지 못하오.

하프시코드를 든 남자가 연주를 멈추고 자기 삶의 소리에 귀기울이는 그림도 있었소. 어느 이탈리아 그림을 복제한 오래된 그림이었지. 원작은 아주 유명한데, 제목은 모르겠소. 내가 상당히 무식하다는 걸 당신도 알잖소. 난 이탈리아 그림을 별로 좋아하지 않지만 그 그림은 좋아했소. 하지만 지금 그림 얘기를 하려는 건 아니오.

아마도 별 가치 없는 그림이었을 거요. 집안이 궁해졌을 때 그 그림을 몇 가지 고가구와 같이 팔았고, 한 노래만 계속 나오고 항상 같은 음이 빠져 있는 오래된 칠보 음악상자들도 팔았소. 인형이 달린 것도 있었다오. 태엽을 감아주면 인형들이 오른쪽으로 몇 바퀴 돌고 다시 왼쪽으로 몇 바퀴 돌았소. 그러다가 저절로 멈춰 섰고. 아주 감동적이었지.

하지만 지금 인형 얘기를 하려는 건 아니오.

맞소, 모니크, 지금 이 글엔 나 자신에 대한 배려가 너무 많지. 내 기억 중에는 뼈저리도록 쓰라리지 않은 것이 거의 없으니, 그나마 처량하기만 한 이런 추억을 되씹느라 얘기가 지체되는 것을 용서하오. 나 혼자만이 아는 한 어린아이의 사념을 길게 늘어놓는 것을 너무 탓하지는 마오. 당신은 아이들을 사랑하잖소. 고백하자면, 당신의 너그러움에 기대야 할 이야기를 시작하면서, 나도 모르게 당신의 너그러움을 얻기 위해 그런 것 같소. 시간을 벌려는 거요. 자연스러운 일이잖소. 하지만 간단해야 할 고백을 이렇게 많은 문장으로 덮어버리려 하다니 우스꽝스럽기도 하오. 혼자 웃기도 했소, 물론 웃을 수 있을 때만 말이오. 그토록 많은 막연한 갈망, 감정의 동요, (고통은 제쳐두고라도) 혼란이 겨우 생리적 이유에서 비롯되었다고 생각하면 굴욕스럽소. 그 생각 때문에 처음엔 수치스러웠는데, 나중엔 마음이 편해졌소. 결국 삶 역시 생리적인 비밀일 뿐이니까. 어째서 쾌락이 감각에 지나지 않는다는 이유로 비난을 받아야 한단 말이오. 통증 역시 감각이지만 아무도 비난하지 않는데. 우리가 통증을 존중하는 것은 우리 의지대로 할 수 있는 게 아니기 때문인데, 그렇다면 쾌락은 언제나 우리 의지대로 할 수 있는 건지, 그저 받아들이는 게 아닌지 따져봐야 하잖소. 그리고 그게 아니라 해도, 우리가 자유롭게 선택하는 것이라 해도, 난 쾌락이 죄가 되지는 않으리라 생각하오. 물론 이 모든 질문을 지금 제기할 계제가 아니지만 말이오.

내 말이 모호해지고 있다는 걸 스스로 느끼고 있소. 분명한 몇 가지 용어, 더구나 과학적이니 외설적이지도 않은 그 용어를 사용하면 나 자신을 충분히 이해시킬 수 있을 테지. 하지만 사용하지 않겠소. 겁이 나서 그런 거라고 생각하지는 마오. 이미 스스로 동의한 것을 가리키는 말을 두려워하면 안 되잖소. 다만, 못하겠소. 조심스러워서, 당신한테 얘기하느라 그런 것만이 아니고, 나 자신 앞에서도 마찬가지요. 모든 병에는 이름이 있고, 지금 이것도 병으로 간주된다는 사실도 알고 있소. 나 스스로도 오랫동안 그렇게 믿었으니까. 하지만 난 의사가 아니오. 내가 환자인지는 더 잘 모르겠지만. 삶이란, 모니크, 우리가 어떻게 정의하든 그보다 더 복잡하다오. 단순화한 이미지들은 언제나 대강 보여줄 뿐이오. 난 시인들이 자기 꿈만 알고 정확한 말을 피하는 것도 그다지 지지하지 않소. 시인의 꿈에는 진실된 것이 많이 있지만, 그것은 삶 전체가 아니라오. 삶은 시 이상의 무엇이오. 또한 생리학 이상의, 심지어 내가 그토록 오랫동안 믿어왔던 도덕 이상의 무엇이오. 삶이란 그 모든 것이자, 그보다 더 많은 것이오. 삶은 그냥 삶이오. 삶은 우리가 가진 단 하나의 좋은 것이고, 우리에게 주어진 단 하나의 저주요. 우리는 사는 거요, 모니크. 우리는 각자 자기만의 특별하고 유일한 삶을, 우리가 아무것도 손댈 수 없는 과거 전체에 의해 결정된 삶, 아주 작은 것으로도 미래 전체를 결정지을 수 있는 삶을 사는 거요. 자기의 삶. 오로지 그 자신만의 것인, 두 번 있지 않을, 스스로 온전히 이해했는지 단 한 순간도 확신하지 못하는 삶 말이오. 삶 전체에 관한 이 말들은 삶의 매 순간에 대해서도 똑같소. 타인은 그저 우리가 있고 움직이고 말하는 것을 볼 뿐이오. 우리의 삶을 볼 수 있는 것은 우리 자신뿐이지. 그런데 이상하게도 우리는 우리의 삶을 보고, 우리의 삶이 이러저러하다는 데 놀라면서도, 그 삶을 바꾸지는 못한다오. 우리의 삶을 심판할 때조차 우리는 여전히 그 삶에 속해 있소. 삶을 향한 찬양도 비난도 삶의 일부인 거요. 삶은 언제나 삶을 비출 뿐이오, 다른 것은 아무것도 없으니까. 우리 각자에게 세상은 오로지 우리의 삶에 와 닿을 때에만 존재하는 거요. 그리고 삶을 이루는 요소들은 분리될 수 없소. 우리가 자랑스러워하는 본능들과 우리가 드러내지 못하는 본능들은 결국 같은 곳에서 나왔소. 그중 하나를 바꾸면 다른 것도 함께 바뀔 수밖에 없지. 말은 이제, 너무도 많은 사람이 사용하기에, 모니크, 더이상 그 누구한테도 적합하지 않게 되어버렸다오. 어떻게 과학적인 용어 하나가 하나의 삶을 설명할 수 있단 말이오. 하나의 사실조차 설명할 수 없으면서. 그저 가리킬 뿐이지. 늘 비슷하게 가리키는데, 그런데도 다른 삶 속에 있는 것은 같은 사실일 수 없고, 하나의 삶 속에 있을 때조차도 아마도 같은 사실일 수 없다오. 사실 따지고 보면 단순하오. 해명하기 쉽고, 어쩌면 당신은 이미 짐작하고 있을지도 모르겠소. 하지만 당신이 모든 것을 다 안다 해도 나 스스로를 설명하는 일은 그대로 남는다오.

이 편지는 설명이오. 변명이 되는 걸 원하지 않소. 사람들이 날 지지해주리라는 어처구니없는 바람 같은 건 없소. 날 받아들여달라고 청하는 것도 아니오. 그건 지나친 요구일 테지. 난 그저 이해받길 바랄 뿐이오. 결국은 같은 얘기고, 그 역시 지나친 기대임을 잘 알고 있소. 하지만 당신은 작은 일들에서 나에게 너무 많은 것을 베풀어주었으니 난 이제 큰일에서도 당신의 이해를 기다릴 권리가 있지 않겠소.

내가 너무 혼자 지냈을 거라 생각하진 마오. 친구들, 그러니까 내 또래 아이들과 함께인 적도 있었소. 보통은 사람들이 많이 모여드는 큰 축제일이었소. 내가 잘 모르는 아이들도 많이 따라왔으니까. 아주 멀리 사는 친척의 생일을 축하하러 갈 때도 있었소. 일 년에 하루만 생각하니 결국 일 년에 하루 존재하는 친척들 말이오. 아이들은 거의 대부분 나처럼 수줍음이 많았던 터라 우린 별로 재미있게 놀지 못했다오. 개중에는 부끄러움도 없이 요란스레 까불어서 제발 빨리 가버렸으면 하고 바라게 되는 애들도 있었고, 똑같이 까부는데도 아무 말 못하고 감내하게 되는 그런 애들도 있었소. 잘생기고 목소리가 좋았기 때문이오. 내가 원래 아름다움에 굉장히 민감한 아이였다는 얘기는 이미 했을 거요. 그때 이미 난 아름다움, 그리고 아름다움이 우리에게 가져다주는 즐거움이 그 어떤 희생이라도 치를 가치가 있는 것임을, 심지어 모욕이라도 감내할 가치가 있는 것임을 예감했다오. 나는 천성적으로 나 자신을 귀히 여기지 않았소. 지금 생각하면 괴로움을 겪으며 즐거웠던 듯싶소. 내가 친구들만큼 아름답지 못하다는 느낌이 좋고 친구들을 보는 게 행복했을 뿐, 다른 생각은 전혀 없었다오. 난 친구들을 사랑하는 게 행복했고, 친구들도 날 사랑하면 좋겠다는 생각은 해본 적도 없소. 사랑은 (용서하오, 그대) 그 이후 내가 다시 느껴보지 못한 감정이오. 사랑을 느낄 수 있으려면 너무도 많은 미덕이 필요하다오. 어린 시절의 내가 그토록 부질없는 연모의 감정을, 거의 대부분 거짓이고, 심지어 관능을 위해서도 필요하지 않은 그런 감정을 신뢰할 수 있었다는 게 놀랍소. 하지만 아이들에겐 사랑이 순수의 일부라오. 자기들이 상대를 욕망의 대상으로 갈구하고 있다는 사실을 깨닫지 못하기에 사랑한다고 생각하는 거요. 그런 우정이 자주 있었던 건 아니오. 기회가 거의 없었지. 그렇기에 지극히 순수한 상태로 남을 수 있기도 했고. 친구들이 혹은 우리가 집으로 떠나고 나면 다시 혼자의 삶이 나를 둘러쌌소. 편지를 써볼까 생각한 적도 있었지만, 안 틀리고 쓸 줄 몰라서 결국 한 통도 보내지 못했소. 사실 할말도 없었고. 질투는 비난받을 만한 감정이지만, 그래도 아이들이 질투에 빠지는 것은 이해해줘야 하오. 철든 어른들도 질투에 빠지곤 하는데 말이오. 난 질투 때문에 무척 힘들었소. 감추고 있자니 더 힘들었고. 우정이라면 질투심을 불러일으키지 않아야 할 테니, 내가 죄를 짓고 있는 게 아닌지 두려워지기도 했다오. 하지만 내가 지금 이야기하는 것은 분명 어린애들의 유치한 일이오. 누구나 어릴 때 겪어볼 만한 연모의 감정을 심각하게 위험한 일로 보아선 안 되지 않겠소?

나는 여자들 손에서 자랐소. 식구가 굉장히 많은 가족의 막내아들이었고, 몸이 원래 약했다오. 어머니와 누이들은 그다지 행복하지 않았고, 그러니 내가 사랑받을 이유가 많을 수밖에 없었소. 원래 여자들의 애정에는 선량함이 가득하기에, 오랫동안 난 신에게 감사할 수 있다고 믿었소. 우리의 삶은 무척 근엄했고, 그 겉은 차가웠소. 우리는 아버지를 무서워했고, 나중에는 형들을 무서워했는데, 누군가를 함께 무서워하는 것보다 사람들을 가깝게 해주는 것은 없다오. 어머니도 누이들도 별로 외향적인 성격이 아니었소. 함께 있으면 꼭 불빛이 부드러운 나지막한 전등, 환하게 밝지는 않지만 고른 광선 덕분에 완전히 어둡지는 않은, 그래서 정말로 혼자가 되지는 않게 해주는 그런 전등 같았소. 그때의 나처럼 불안해하는 아이에게 여자들이 평화로운 애정으로 돌봐주는 게 얼마나 위안이 되는지 사람들은 잘 알지 못하오. 늘 말이 없고, 어쩌다 주고받는 말도 별다른 내용 없이 그저 침착성을 드러낼 뿐이고, 친근한 몸짓은 주변 사물을 길들이는 듯하는, 특징 없는, 하지만 고요한 얼굴, 나와 닮은 얼굴을 한 그 여자들에게서 난 경애심을 배웠다오. 어머니는 일찍 돌아가셨소. 당신은 만나뵌 적이 없지. 누이들도 삶 때문에 혹은 죽음 때문에 먼저 떠나갔소. 다들 그땐 아주 젊었으니까 아름다워 보일 수 있었다오. 지금 생각하면 그때 누이들 모두가 가슴속에 사랑을 품었던 듯싶소. 그리고 나중에 결혼하고선 아이를 혹은 목숨을 앗아간 병을 품었던 거요. 이 세상 그 무엇도 수없이 많은 잠든 본능이 어렴풋이 깨어나는 젊은 아가씨들의 꿈만큼 감동적일 수는 없다오. 그것은 고스란히 버려져 사라지기에 비장하리만치 아름답지. 평범한 삶은 절대 사용할 수 없는 아름다움이라오. 물론 그때 누이들이 품은 사랑은 거의가 아주 막연했소. 이웃 청년들을 대상으로 하는, 그렇지만 그 청년들은 알지 못하는 사랑 말이오. 누이들은 굉장히 신중했다오. 서로 속내를 털어놓는 일이 드물었지. 스스로 뭘 느끼는지 알지 못할 때도 있었다오. 나야 너무 어렸으니 당연히 누이들이 속내 얘기를 할 상대는 아니었소. 그래도 난 짐작할 수 있었다오. 난 누이들의 아픔을 함께 겪었소. 누이들이 사랑하는 청년이 예고 없이 찾아올 때면 내 가슴이, 어쩌면 누이들보다 더 심하게 두근거렸다오. 감수성이 아주 예민한 소년이 젊은 처녀들의 꿈을 통해 사랑을 보는 법을 배우는 건, 아무리 그 처녀들이 순결하고 또 소년이 스스로 순결하다고 믿고 있다 해도, 분명 굉장히 위험한 일이오.

난 또다시 고백의 언저리에 와 있소. 곧바로, 그리고 간단히 말하리다. 누이들의 친구 중 몇몇은 우리와 거의 가족처럼 지냈고, 그렇소, 난 내가 그들의 친동생이라고 믿게 되었소. 하지만 그렇다 해도 그중 하나를 내가 사랑하지 못할 이유는 없었고, 당신 눈에도 내가 그러지 않왔다는 게 이상해 보일지도 모르겠소. 그런데 정말로 불가능했다오. 너무나 가족 같은, 너무나 평온한 그런 친밀함은 육체적 욕망의 호기심마저, 물론 내가 그녀들에게서 그런 감정을 느끼는 게 가능했다고 전제할 때, 불안마저 없애버렸으니까. 앞에서 내가 경애심이라고 했는데, 더없이 선량한 여인에 관해서라면 과한 말이 아닌 듯싶소. 점점 더 그렇게 생각되오. 그때 이미 난 사랑의 몸짓이 지닌 난폭함을 추측하고 있었소. (과장하기까지 했지.) 분별 있는, 완전히 엄숙한, 그리고 순수한 가정생활에 속한 모습들을 다른 모습, 보다 격정적인 모습에 결합시키는 것이 나에겐 혐오스러웠던 것 같소. 사람들은 자기들이 존경하는 것에는 매료되지 않고, 사랑하는 것에도 아마 그럴 거요. 무엇보다 자기 자신과 닮은 것에는 매료되지 않는데, 나와 가장 달랐던 것, 그것은 여자들이 아니었소. 당신의 장점은, 그대여, 단지 모든 것을 다 이해하는 것뿐만 아니라, 다 말하지 않아도 다 이해한다는 거지. 모니크, 날 이해하겠소?

언제 내가 나 자신을 이해하게 되었는지는 모르겠소. 도저히 말할 수 없는 몇 가지 세부적인 일들을 놓고 보면, 아주 멀리까지, 한 존재가 기억하는 첫 기억들까지 거슬러올라가야 하는 게 분명하오. 때로 꿈들이 욕망의 전조가 된다는 것도 맞는 말이오. 하지만 본능이 유혹은 아니잖소. 유혹을 가능하게 할 뿐이지. 앞에서 난 외적인 영향을 통해 나의 성향을 설명하려 했소. 그런 외적인 영향이 성향을 고정시키는 데 기여한 것은 분명하오. 하지만 결국엔 좀더 내밀한, 좀더 모호한, 우리 안에 숨어 있기에 우리가 잘 이해하지 못하는 이유들로 돌아와야만 하오. 그런 본능이 있다고 해서 그것만으로 원인을 밝힐 수는 없을 테고,

그 누구도 완전하게 설명할 수 없을 거요. 그러니 나도 더 얘기하지 않겠소. 다만 그런 본능이, 그러니까 내가 가지고 태어났으니까, 오랫동안 나도 모르게 자라났음을 보여주려 하오. 남한테 듣고서 떠드는 사람들은 대부분 잘못 알고 있다오. 밖에서 보고, 대강 볼 뿐이지. 그들은 이런저런 행위를 비난받을 일이라고 판단하면서, 사람들이 하는 대부분의 행위가 그렇듯이 그것들이 쉽고 자발적인 것일 수 있다는 생각을 하지 못한다오. 누군가를 보고 따라하게 되는 거라고, 도덕적으로 전염되는 거라고 비난하면서, 진짜 설명하기 힘든 것은 뒤로 치워버리지. 자연이 사람들이 생각하는 것보다 훨씬 다양하다는 사실을 알지 못하는 거요. 알고 싶어하지도 않고. 생각하는 일보다 분개하는 일이 더 쉽기 때문이오. 그들은 순수를 찬양하오. 순수가 얼마나 많은 혼란을 품고 있는지 알지 못하면서. 무엇보다 과오가 얼마나 천진한지 알지 못하면서 말이오. 열네 살에서 열여섯 살 즈음에 난 이전보다 친구가 더 없었소. 사교성이 더 나빠졌기 때문이오. 하지만 (지금 와서 보니 알겠소) 죄짓지 않고 행복할 수 있을 기회가 한두 번 있었는데. 어째서 그럴 수 없었는지 설명하지는 않겠소. 너무 미묘한 문제이고, 그런 상황들을 설명하느라 지체하기에는 해야 할 얘기가 너무 많으니 말이오.

어쩌면 책에서 배웠을 수도 있소. 책이 해악을 끼친다고 비난하는 말은 나도 많이 들었다오. 내가 그런 피해자라고 자처하면 차라리 편할지도 모르겠소. 사람들도 나에게 흥미를 가졌을 테고. 하지만 나에게 책은 그 어떤 영향도 끼치지 않았다오. 난 책을 좋아한 적이 없소. 사람들은 무언가 놀라운 것을 알게 되리라 기대하면서 책을 펼치지만, 결국 더 큰 낙담을 안고 책을 덮는다오. 더구나 전부 다 읽자면 평생을 들여도 모자랄 테지. 책 속엔 삶이 들어 있지 않소. 책 속에 있는 것은 삶이 타고 남은 재, 흔히들 인간적 경험이라고 부르는 바로 그거요. 우리 집에 아무도 들어가지 않는 방 하나에는 고서가 많이 있었다오. 대부분 독일에서 나온 신앙서로, 내 선조들이 좋아했던 모라비아*의 감미로운 신비주의로 채워진 책들이었소. 난 그런 종류의 책은 좋아했다오. 그 안에 묘사된 사랑에는 다른 책에서처럼 넋 놓고 빠지는 황홀함, 격정의 도취가 있었지만 회한은 없었지. 두려움 없이 마음껏 빠져드는 사랑이었소. 그와 상당히 다른 책들도 있었는데, 거의가 18세기에 프랑스어로 쓰인, 아이들 손에 닿지 않게 두는 책들이었다오. 하지만 난 별로 좋아하지 않았소. 관능은 무거운 주제라는 걸, 고통을 야기할 위험이 있는 것들은 진지하게 다루어야 한다는 걸 그때 이미 짐작하고 있었나보오. 아직 기억나는 몇몇 페이지는 내 본능을 살살 부추겼고, 좀더 정확히 말하면 잠에서 깨어나게 했을 테지만, 난 별 감흥 없이 그대로 넘겨버렸소. 지나치게 분명한 모습들을 보여주었기 때문이오. 삶 속에 있는 것들은 절대로 분명하지 않다오. 우리가 욕망의 안개 속에서만 볼 수 있는 그것들을 아무것도 걸치지 않은 모습 그대로 묘사한다는 것은 곧 거짓말을 한다는 거요. 책이 우리를 유혹한다는 말은 사실이 아니오. 사건도 마찬가지지요. 사건이 우리를 유혹하는 것은 오로지 우리의 시간이 왔을 때, 그 무엇이라도 우리를 유혹할 수 있을 시간이 되었을 때뿐이지. 노골적인 분명함이 사랑에 대해 가르쳐줄 수 있다는 말은 사실이 아니고, 한 몸짓을 그저 묘사하기만 해도 그 안에서 그 몸짓이 우리에

---

* 체코 동쪽 지방. 9세기 중앙유럽에 존재했던 슬라브족의 제국 대(大)모라비아의 중심지였다.

게 불러일으킬 흥분을 알아볼 수 있다는 말 역시 사실이 아니오.

고통이란 늘 하나의 고통이오. 우리는 쾌락에 대해 말하는 것과 똑같이 고통에 대해 말하지만, 고통에 대해서는 그것이 우리를 사로잡고 있지 않을 때, 더이상 잡고 있지 않을 때에만 말할 수 있소. 고통이 우리 안으로 들어오면 우리는 매번 새로운 감각에 놀라게 된다오. 이전의 고통은 이미 잊어버린 거지. 그것은, 우리가 새로우니까, 새로운 고통이오. 고통은 매번 다른, 삶에 의해 조금 달라진 영혼과 육체를 다루는 거요. 그렇지만 고통이란 늘 하나의 고통이오. 우리는 쾌락에 대해 그렇듯이 고통에 대해서도 늘 똑같은 몇 가지 형태만을 알고, 거기서 벗어나지 못한다오. 이렇게 설명해봅시다. 우리의 영혼은 아마도 한정된 수의 건반만 가지고 있어서, 삶이 무엇을 하든 결국 두세 가지의 빈약한 음밖에 얻을 수 없는 거요. 끔찍할 정도로 무미건조한, 사람들이 자신을 내던질 듯 무언가에 매달리는 그런 저녁들이 떠오르는구려. 내가 음악에 미친듯이 달려들던 것도 떠오르고, 또 도덕적인 완벽성, 그래봐야 욕망이 자리를 옮긴 것에 지나지 않았을 텐데, 그것을 향해 병적인 욕구를 지녔던 것도 떠오르오. 그리고 내가 흘린, 진정으로 울 일이 전혀 아닐 때 흘린 눈물이 떠오르오. 나의 모든 고통의 경험은 제일 처음 겪은 고통의 경험 속에 이미 들어 있었소. 이후로 더 많이 고통스러울 수는 있었지만, 다르게 고통스럽지는 못했던 거요. 원래 고통을 겪을 때면 늘 이전보다 더 힘들게 느껴지잖소. 고통은 우리에게 그 원인에 대해 아무것도 알려주지 않는다오. 나 스스로 그 원인을 추측해봤다면 아마도 어느 여자한테 마음을 빼앗긴 거라 생각했을 거요. 단지 그 여자가 누구인지는 떠오르지 않았지만.

난 프레스부르크*의 중학교에 들어갔소. 건강이 별로 좋지 않았고, 이미 신경성 장애도 겪은 상태였소. 그 모든 이유로 일정이 늦춰졌던 거요. 하지만 집에서 받는 교육으로는 더이상 충분하지 않았고, 또 식구들은 내가 음악 때문에 공부를 제대로 못한다고 생각하기도 했소. 내가 공부를 잘하지 못한 건 사실이오. 중학교에 가서도 별로 나아지지 않았소. 난 성적이 형편없는 학생이었다오. 그나마 학교에 다닌 기간도 아주 짧았소. 프레스부르크에 머문 것이 이 년 조금 안 되니까. 곧 이유를 알려주리다. 놀라운 사건을 상상하진 마오, 아무 일도 일어나지 않았다오. 아니 적어도 나한텐 아무 일도 없었소.

난 열여섯 살이었소. 그전까진 나만의 세계에 빠져 살았는데, 프레스부르크에서 보낸 시간이 나에게 삶을, 정확히 말하면 타인들의 삶을 가르쳐주었소. 그랬기에 힘겨운 시절이었소. 그때를 돌아보면 회색의 육중한 벽, 줄지어 놓여 있던 음울한 침대들, 이른 새벽의 냉기 속에 깨어났을 때 초라하게 느껴지던 나 자신의 몸, 먹기 싫은 음식을 억지로 먹을 때처럼 따분하고 실망스럽던 규칙적인 생활이 떠오르오. 급우들 대부분은 나와 비슷한 계층 출신으로 몇몇은 전부터 알던 사이였소. 원래 공동생활은 난폭함을 키운다오. 난 급우들의 놀이, 습관, 그리고 언어의 난폭함에 큰 충격을 받았소. 그 나이 아이들이 주고받는 말들은, 설사 그 아이들이 순결할 때라 해도, 아니 순결할 때 오히려 더, 세상에서 가장 파렴치한 것이지. 급우 중에는 온종일 여자 생각만 하는 아이들이 많았고, 당시에 내가 비난한 것만큼 나쁜 일은 아니었을 수 있지만, 그

* 슬로바키아의 수도 브라티슬라바의 옛 이름.

런 생각을 무척 천박하게 표현했소. 특히 나이가 많은 아이들은 학교 밖에서 마주치는 형편없는 여자들에게 정신이 팔리곤 했는데, 그 여자들이 나에겐 극도의 혐오감을 불러일으켰소. 여자는 존중의 대상이어야 한다는 생각에 익숙해져 있던 나는 존중받을 자격이 없는 여자들은 가차 없이 증오했다오. 내가 엄격한 교육을 받은 것도 부분적으로는 이유가 되겠지만, 나의 혐오감 속에는 단순한 순수의 증거 이상의 무엇인가가 있었던 것도 같소. 말하자면 난 순수의 환상에 빠져 있었던 거요. 사실 이런 일이 흔하다는 생각을 하면 웃음이 나온다오. 우리는 원하지 않는 것을 경멸하면서 자신이 순수하다고 믿어버리는 거요.

책 탓이 아니라는 말은 이미 했소. 내가 어떤 사례들에서 영향을 받은 것은 더욱 아니오. 나는, 그대여, 모든 것이 내면의 충동에서 비롯되었다고 믿고 있소. 사례 때문에 혼란을 겪었음을 부인하진 않겠지만, 당신이 생각하는 것처럼은 아니오. 나는 겁이 났던 거요. 분노한 건 아니오. 분노는 너무 단순한 감정이니까. 그땐 분노한다고 믿었소. 사람들이 훌륭한 감정이라고 부르는 것들로 가득찬 양심적인 소년이었으니 말이오. 난 육체적인 순결에 병적일 정도로 중요성을 부여했소. 나도 모르게 이미 육신에도 중요성을 부여했던 거요. 그러니 분노의 감정이 자연스러울 수밖에 없었지. 내가 느끼던 것을 지칭할 이름이 필요하기도 했소. 그것이 두려움이었음을 지금은 알고 있다오. 그 이전에도 난 늘 두려웠소. 정체를 알 수 없는 멈추지 않는 두려움, 괴물 같은, 날 미리 마비시켜버린 무언가에 대한 두려움. 그때부터 나의 두려움은 그 대상이 분명했소. 마치 내 주위에 퍼지고 있는 전염병을 발견한 것만 같았다오. 말로는 아니라고 단언하면서도 나 역시 그 병에 걸릴 수 있음을 느꼈소. 그런 것들이 있다는 걸 어렴풋이 알고는 있었소. 아마도 그런 식으로 생각하진 않았을 거요. 혹은 (전부 다 말하리다) 내가 그런 책을 읽던 시절에는 본능이 미처 덜 깨어났을 수도 있겠지. 그것들을 조금 막연한 사실로, 오래전에 일어났거나 다른 곳에서 일어나고 있는, 나에게는 아무런 현실성이 없는 사실로 생각했던 거요. 그런데 그때는 어딜 가나 떠올랐소. 저녁에 침대에 누워 그 생각을 하면 숨이 막혔고, 진심으로 난 그것이 혐오감 때문이라 믿었소. 혐오감이 사실은 떨칠 수 없는 생각의 한 형태임을 알지 못했고, 무언가를 갈망하기 시작하면 그것을 생각하지 않는 것보다 혐오감을 품고 생각하는 것이 더 쉽다는 사실 역시 알지 못했던 거요. 난 계속 그 생각을 했소. 그때 내가 의심한 사람들 대부분은 결백했을 테지만, 결국 난 모든 사람을 의심하게 되었다오. 난 자기를 돌아보는 습관을 갖게 되었소. 그때 나 자신을 의심했어야 했지. 당연히 그러지 않았다오. 물질적 증거가 전혀 없는 상태에서 스스로를 혐오감의 대상으로 떨어뜨릴 수는 없었으니까. 난 지금도 내가 다른 이들과는 달랐다고 생각하고 있소.

모럴리스트라면 다를 게 없다고 말할지도 모르겠소. 하지만 내 눈에 난 다른 이들과 같지 않았고, 심지어 우월해 보였소. 우선 나에겐 도덕적 불안이 있었지만 지금 내가 얘기하는 다른 이들은 분명 그렇지 않았기 때문이오. 그리고 또, 난 아름다움을 사랑했기에, 오로지 아름다움만을 사랑했기에, 그 때문에 선택의 폭이 제한되었을 테지만, 다른 이들은 그렇지 않았기 때문이오. 마지막으로, 나는 더 까다로웠기, 아니 좀더 섬세했기 때문이오. 바로 그 섬세함이 날 속인 거요. 그저 민감함에 지나지 않는 것을 난 미덕이라고 여겼지. 우연히 목격한 그 장면 역시 등장인물들이 좀더 아름다웠더라면 충격이 그렇게까지 크지 않았을 것도 같소.

공동생활이 괴로워질수록 감정적으로 혼자라는 괴로움도 커졌소. 최소한 난 나의 고통이 감정적 원인에서 비롯되었다고 믿었다오. 그땐 정말로 사소한 일에도 짜증이 났지. 이미 죄인이 되어버린 듯, 자꾸 의심받는 기분이 들었소. 떨쳐지지 않는 한 가지 생각 때문에 친구도 사귈 수 없었소. 그렇게 병이 났다오. 아니, 병이 심해졌다고 말합시다. 그 전부터 늘 조금 아픈 상태였으니까.

심각한 병은 아니었소. 나의 병, 이후로도 몇 차례 더 앓게 될, 이전에도 이미 앓았던 그 병이었지. 어차피 각자의 위생, 각자의 건강이 있듯이 우리는 모두 자기만의 병, 정확히 규정하기 어려운 병을 가지고 있잖소. 병은 꽤 오래갔소. 몇 주 동안 이어졌다오. 늘 그랬듯이 병은 날 약간 차분하게 해주었소. 열이 올라 있던 내내 떠오르던 장면들이 열이 내리면서 사라졌소. 나에게 남은 것은 증세가 누그러진 뒤 찾아오는 씁쓸한 맛과 비슷한 흐릿한 수치심뿐이었고, 추억은 흐릿해진 기억 속에서 뒤엉켜버렸다오. 그리고, 강박적인 한 생각은 다른 생각이 그 자리를 차지하는 동안만 사라지는 것이기에, 또다른 생각이 서서히 자라나기 시작했소. 죽음이 날 유혹한 거요. 난 늘 죽는 것이 쉬우리라 생각했소. 내가 죽음을 생각하는 방식은 사랑을 상상하는 방식과 크게 다르지 않았다오. 힘이 다 빠진 상태, 아마도 달콤할 패배이리라 생각했지. 그날 이후 사는 내내 그 두 가지 강박적 생각이 번갈아 나타났소. 하나에 시달리면 다른 하나가 나타나서 낫게 해주면서 말이오. 하지만 그 어떤 추론도 두 가지 병에서 다 낫게 해주진 못했다오. 난 양호실 침대에 누워 창 너머로 안마당의 회색 벽을 바라보았고, 밖에선 아이들의 거친 목소리가 올라왔소. 난 삶이 영원히 저 회색 벽이고, 거친 목소리고, 감춰진 혼란 속의 거북함이리라 생각했다오. 그걸 감내할 만한 가치가 있는 것은 이 세상에 없다고, 살겠다는 생각을 버리면 된다고 생각했지. 그때 서서히, 마치 나 자신에게 응답하듯, 내 안에서 음악 하나가 올라온 거요. 처음엔 장송곡이었다가, 이내 그 음악은, 삶이 이르지 못하는 곳에선 죽음도 더이상 의미를 갖지 못하니, 더이상 장송곡이라 부를 수 없는 상태가 되었소. 삶, 죽음보다 높이 있는 음악이었지. 평화로운 음악, 힘이 있어서 평온한 음악 말이오. 그 음악은 양호실을 가득 채웠고, 위쪽에서 나를 느린 너울처럼 감싸안고 흔들어주는 듯해서, 그 관능적인 흔들림에 저항 없이 몸을 내맡기면 잠시 동안 평온해졌소. 난 더이상 자기 자신에게 겁을 먹은 병든 소년이 아니었고, 진정한 나인 나가 된 느낌이었소. 누구든 원래 우리 그대로인 우리가 되겠다고 용기를 낸다면 다른 모습으로 바뀔 수 있는 거요. 사람들의 박수갈채를 꿈꾸기는커녕 그냥 받고 있는 것도 힘들어할 정도로 소심했던 내가, 얼마든지, 위대한 음악가가 되고, 마치 심장이 뛰듯 내 마음속에서 뛰고 있는 이 음악을 사람들에게 들려줄 수 있을 것 같았소. 양호실 반대편 구석에서 몸져누운 급우의 기침 소리 때문에 음악이 끊어졌을 때 보니, 내 혈관이 거칠게 뛰고 있었다오.

나는 병이 나았소. 회복기의 흥분을, 눈꺼풀에 고인 눈물을 경험했지. 앓는 동안 더 섬세해진 나의 감수성에는 학교에서 스치는 작은 접촉들이 한층 더 혐오스럽게 느껴졌소. 고독이 없는 것이, 음악이 없는 것이 고통스러웠소. 사는 내내 나에게 음악과 고독은 진정제 역할을 해주었는데. 마음속에서 일어난, 내가 미처 깨닫지 못한 채로 내 안에서 벌어진 싸움들, 그리고 그 싸움에 이어진 병이 내 기운을 고갈시켜버렸소. 너무 약해진 나는 그래서 경건해졌다오. 위대한 나약함이 늘 가져다주는 손쉬운 영성이랄까. 그 힘으로 나는 조금 전 당신에게 말한, 그리고 여전히 생각하곤 하는 그것을 더욱 진심으로 경멸할 수 있었소. 난 더이상 더럽혀진 환경 속에서 살고 싶지 않았소. 어머니에게 과장되긴 했지만 진실이 담긴, 어처구니없는 편지를 보내 제발 학교에서 나가게 해달라고 애원했지. 이곳에서 지내는 게 불행하다고, 위대한 음악가가 되고 싶다고, 더이상 나 때문에 돈을 쓰지 않게 하겠다고, 곧 자립하겠다고. 하지만 그때는 정작 이전보다 학교가 덜 힘들었다오. 거칠게 괴롭히던 급우들이 조금 친절해졌기 때문이오. 난 워낙 마음이 쉽게 풀리는 편이라 깊은 고마움까지 느꼈다오. 어쩌면 내가 틀렸나보다고, 나쁜 아이들이 아니라고 생각했지. 특히 한 명은 영원히 잊지 못할 텐데, 내가 한 번도 말을 건넨 적이 없는 그 아이는 우리집이 많이 가난해서 아무것도 보내오지 않는다는 걸 알고는 난 알지도 못하는 무슨 단 과자를 나눠 먹어야 한다고 우겼다오. 그때 난 스스로 굴욕감을 느낄 정도로 감상적이었고, 따뜻한 정이 어찌나 그리웠던지 울음을 터뜨리고 말았소. 죄를 저지르고 수치스러운 것처럼, 나의 눈물이 수치스러웠던 것이 기억나오. 그날 이후 우리는 친구가 되었소. 만일 다른 상황이었다면 막 시작된 우정 때문에라도 학교를 그만두는 날을 늦추고 싶었을 테지만, 그때 난 오히려 그 때문에 떠나고 싶었고, 최대한 빨리 떠나고 싶었소. 나는 어머니에게 더욱 절박한 편지를 썼소. 당장 날 데려가달라고 애원하면서 말이오.

어머니는 아주 선한 분이셨소. 언제나 나한테 잘해주셨지. 직접 날 데리러 오셨소. 기숙사비가 상당히 비쌌다는 것도 말해야겠소. 그 돈은 매 학기 우리 가족의 근심이었다오. 내가 공부를 좀더 잘했더라면 학교를 그만두지 못하게 했을지도 모르겠소. 하지만 난 학교에서 아무것도 안 했고, 형들은 결국 돈만 버린다고 생각한 거요. 전적으로 틀린 생각은 아니었지. 맏형은 막 결혼한 터라 돈이 더 필요하기도 했고. 보로이노로 돌아와보니 내 방이 저택의 측랑 쪽으로 멀리 옮겨져 있었는데, 하지만 난 전혀 불만스럽지 않았소. 어머니는 내게 뭐든지 먹어보라고 재촉하셨고, 손수 음식을 차려주셨소. 언제나 희미한 미소를, 더 잘해주지 못해 미안하다는 듯 미소를 띤 얼굴로 말이오. 어머니의 얼굴과 손은 입은 옷만큼이나 닳은 듯했고, 내가 항상 감탄했던 고운 손은 일에 지쳐서 이젠 가난뱅이 여자의 손처럼 엉망이 되어 있었소. 내가 어머니를 조금 실망시켰다는 것을, 어머니가 원한 것은 내가 음악가, 보나마나 평범한 음악가가 되는 미래가 아닌 다른 것이었음을 느낄 수 있었소. 하지만 어머니는 날 다시 보게 되어 기뻐하셨다오. 난 학교생활의 어떤 점이 날 슬프게 했는지 어머니에게 얘기하지 않았소. 그 일은, 우리 가족이 살아가기 위해서 고생하는 데 비하면 전적으로 상상 속의 것들로 느껴졌기 때문이오. 사실 말하기 어려운 것이기도 했고. 난 형들에게도 일종의 존경심을 느꼈다오. 형들은 사람들이 여전히 영지라고 부르던 것을 관리하고 있었소. 그것은 내가 하던 것보다, 앞으로 하게 될 그 어떤 것보다 대단한 일이었지. 그런 일에도 나름의 중요성이 있다는 사실을 나도 어렴풋이 이해하기 시작한 거요.

당신은 집으로 돌아온 내가 슬퍼했으리라 생각할 거요. 오히려, 난 행복했다오. 구원받은 듯했소. 당신도 짐작하겠지만, 그때의 구원은 나 자신으로부터의 구원이었소. 우스꽝스러운 느낌이었고, 더구나 이후에도 몇 번 같은 기분을 느꼈으니까, 다시 말해 결국 완전한 구원이 아니라는 뜻이니 더욱더 그랬지. 학교에서 보낸 시간은 나에게 간주곡에 불과했던 거요. 정말이오, 이후에 단 한 번도 그때 생각을 해본 적이 없소. 여전히 나는 소위 완전함이라는 헛꿈에서 깨어나지 못했고, 주위에서 권하는, 조금은 음울한 수동적인 도덕이 추구하는 이상에 따라 살면서 만족했고, 그런 삶이 영원히 이어질 수 있으리라 믿었소. 마음을 잡고 성실하게 노력했다오. 하루하루를 음악으로 채울 수 있게 되었고, 그렇게 음악이 이어지다보니 음악이 없는 순간은 그저 잠시의 휴지로 느껴졌지. 원래 음악은 생각을 촉진하지 못하고, 몽상을, 가장 흐릿한 몽상을 도와주잖소. 그때 난 그런 몽상으로부터 나를 돌려놓을 수 있는 혹은 나의 몽상을 분명하게 만들어줄 수 있는 모든 것을 두려워했을 거요. 나는 어린 시절의 친구 누구와도 다시 우정을 맺지 않았소. 식구들이 다른 집을 방문할 때면 혼자 남아 있겠다고 했다오. 학교에서 강제로 공동생활을 해야 했던 데 대한 거부감에서 나온 반응이었소. 미리 조심하려는 것이기도 했고. 물론 스스로 인정하진 않았지만 말이오. 우리 지방은 유랑 집시들이 많이 지나가는 곳이었소. 그중 일부는 음악에 뛰어난 재주를 지녔고, 당신도 알다시피 잘생긴 집시는 정말 아름답다오. 예전에, 그러니까 훨씬 더 어렸을 땐 정원 끝의 대문까지 가서 철책 너머로 집시 아이들과 이야기를 나누고 싶었는데, 정작 무슨 말을 해야 할지 몰라서 그냥 꽃을 건네주곤 했소. 그 아이들이 꽃을 받고 좋아했는지는 모르겠지만. 이번에 고향으로 돌아왔을 땐 이미 난 철이 들어서, 날이 밝고 난 뒤, 들판이 환할 때만 외출을 했소.

특별한 속생각이 있었던 것은 아니오. 생각은 되도록 하지 않았소. 그때 공부에만 매달리면서 스스로 기뻐했던 걸 생각하면 쓴웃음이 나는구려. 열에 들뜬 환자처럼 나는 몽롱한 정신이 불쾌하지 않았지만, 조금만 움직여도 오한이 드는지라 움직이기는 두려웠소. 그러니까 내가 평온함이라 부르던 상태였소. 그런 평온함, 사건을 바로 옆에 두고 잠드는 그런 상태가 걱정스러운 것임은 나중에 알았소. 우리는 내면에서 무언가가 우리가 알지 못한 사이에 결정되어버렸을 때 평온하다고 믿는 거요.

그리고 바로 그때 그것이 있었소. 나의 정신도, 나의 몸도, 그 어느 것도 평소보다 뚜렷한 경고를 주지 않던, 여느 아침과 다를 바 없던 아침이었소. 상황이 예고 없이 들이닥쳤다고 말하진 않겠소. 이미 와 있었지만 내가 맞아들이지 않았던 거요. 상황은 원래 그런 식이라오. 소심하고, 하지만 지치지 않고 버티지. 늘 비슷비슷한 모습으로, 우리의 문 앞에 찾아왔다 돌아가면서 말이오. 손을 뻗어 지나가는 상황을 붙잡는 건 우리의 몫인 거요. 여느 아침과 다를 바 없던, 다른 날보다 빛이 더 환하지도 더 많이 가려지지도 않은 아침이었소. 나는 들판으로 나가 양쪽으로 나무가 늘어선 길을 걷고 있었다오. 모든 것이 자신이 살아가는 소리에 귀를 기울인 듯 침묵하고 있었소. 나의 사념들도, 정말이오, 시작되고 있는 순수한 하루 못지않게 순수했소. 적어도 그때의 사념 중에서 순수하지 않았던 것은 하나도 떠오르지 않는구려. 순수하기를 그치는 순간 이미 내 뜻대로 할 수 없는 것이 되었기 때문일 거요. 지금, 내가 자연에서 멀어지는 것처럼 보이는 이 순간, 나는 필연성의 형태로

이 세상 어디에나 편재遍在하는 자연을 찬양해야 하오. 열매는 때가 되어야, 그 무게가 아무리 오래전부터 땅으로 끌어당기고 있다 해도, 때가 되어야만 떨어지는 법이라오. 안에서 다 익는 것만이 열매를 움직이는 숙명이지. 난 당신에게 아주 모호한 방식으로밖에는 얘기할 수가 없소. 난 가고 있었고, 목적지는 없었소. 그날 아침에 내가 아름다움을 만난 것이, 그것이 나의 잘못은 아니니……

난 집으로 돌아왔소. 극적으로 과장하지는 않겠소. 그래봐야 당신은 내가 진실을 벗어나고 있다는 걸 금방 알 테니까. 내가 느낀 것은 수치심이 아니었소. 후회는 더욱 아니었고, 차라리 어리둥절함이었소. 내가 미리 겁을 집어먹고 무서워했던 것이 그토록 단순한 것이리라고는 상상하지 못했던 거요. 과오를 범하기가 그렇게 쉽다는 게 놀라워서 후회가 들어설 자리조차 없었다오. 그때 쾌락이 나에게 가르쳐준 그 단순성을 후에 나는 극심한 가난, 고통, 병에서 똑같이 발견했고, 죽음에서, 그러니까 타인의 죽음에서도 발견했고, 언젠가 나의 죽음에서도 발견하게 될 거요. 우리의 상상력이 아무리 옷을 입히려 애써도, 일들은 거룩하게 벗은 몸을 스스로 드러낸다오. 난 집으로 돌아왔소. 조금 어지러웠고, 그날을 어떻게 보냈는지 기억할 수 없었지. 내 안에서 요동치던 신경의 전율은 천천히 수그러들었소. 지금 기억나는 건 저녁에 방으로 돌아온 것, 그리고 이유를 설명할 수 없는 눈물, 결코 고통의 눈물이 아닌, 그저 긴장이 풀린 눈물이 흘렀다는 것뿐이오. 그때까지 살아오면서 줄곧 욕망과 두려움을 혼동했던 나는 그날 이후 그 둘 중 어떤 것도 느끼지 않게 되었소. 행복했다는 말은 아니오. 나는 행복에 별로 익숙하지 않았소. 그저 그렇게까지 혼란스럽지 않다는 것이 놀라워서 어리둥절했던 거요.

모든 행복은 순진함이오. 언제나 보잘것없어 보이는 이 단어를, 당신을 화나게 만들지 모르겠지만, 난 되풀이하려 하오. 행복의 중요성만큼 보잘것없는 우리 존재를 제대로 증명해주는 것은 없기 때문이오. 몇 주 동안 난 눈을 감고 살았소. 음악을 포기하지는 않았소. 오히려 음악 속에서 움직이는 게 편하게 느껴졌다오. 꿈속에서 느끼는 가벼움이 어떤지 당신도 알잖소. 아침의 몇 분이 하루의 나머지 시간 동안 날 내 몸으로부터 해방해주는 것만 같았소. 그때의 인상은, 너무도 다양하지만, 그래도 모두 내 기억 속에 남아 있소. 그러니까 나의 감수성이 더이상 나 혼자만의 것이 아니라 사물 속으로 퍼져나간 듯했지. 아침에 느낀 흥분은 저녁에 내가 연주하는 악절로 이어졌소. 결국 계절을 담은 어떤 색조, 어떤 냄새, 당시에 내가 빠져 있던 어떤 옛 곡조 들이 나에게 영원한 유혹으로 남게 되었다오. 그것들 모두가 나에게 다른 한 사람에 대해 말해주기 때문이지. 그리고 어느 날 아침, 그가 더이상 오지 않았소. 나의 열도 떨어졌소. 마치 잠에서 깨어난 느낌이었다오. 음악이 멈췄을 때 갑자기 찾아온 침묵이 주는 놀라움 외에는 그 무엇에도 비길 수 없는 느낌이었소.

깊이 생각해봐야 했소. 당연히, 주위에서 사람들이 받아들이는 관념을 기준으로 나 자신을 판단할 수밖에 없었소. 과오를 범했다는 것보다 그에 대해 혐오감을 갖지 않았다는 것이 더욱 가증스러웠을 거고, 그래서 나 자신을 엄하게 질책했소. 무엇보다 그렇게 살 수 있었다는 것, 몇 주 동안 행복할 수 있었다는 것, 그런 후에야 화들짝 그것이 죄였다는 생각을 했다는 게 두려웠소. 그 행위가 일어난 상황을 되짚어보려고 애썼지만, 안 되더군. 정작 행위를 하던 때는, 적어도 그 순간에는 그러고 있는 나 자신을 바라보진 않으니까, 그때보다 더 심하게 혼란스러웠소. 내가 일시적 광기에 빠졌던 거라 생각했소. 나의 자기 검증이 날 더 심한 광기로 끌고 갈 수 있다는 건 보지 못한 채로 말이오. 양심의 가책에 너무도 민감했기에 최대한 불행해지려고 스스로 애쓴 거요.

내 방에 옛날에 쓰던 작은 거울 하나가 있었소. 입김을 불어 희뿌옇게 만들어놓은 것처럼 늘 표면이 흐릿한 거울이었지. 순진하게도 난 내 안에서 무언가 심각한 일이 일어났으니 내 모습 역시 달라졌으리라 생각했지만, 거울에 비친 것은 보통때와 다를 게 없는 우유부단하고 겁먹은, 생각에 잠긴 얼굴이었다오. 난 그 얼굴을 손으로 문질러보았소. 접촉의 흔적을 지우기 위해서가 아니라 거울 속의 얼굴이 내가 맞다는 것을 확인하기 위해서였소. 감각의 쾌락이 그토록 끔찍한 까닭은 아마도 우리에게 몸이 있다는 사실을 가르쳐주기 때문일 거요. 그전까지 우리의 몸은 그저 살아가는 데만 쓰였소. 이제 우리는 그 몸이 독자적인 삶을 갖고 있고, 꿈을, 의지를 갖는다는 것을, 그리고 우리가 죽는 날까지 그 몸을 고려해야 한다는 것을, 양보하고 타협하고 맞서 싸워야 한다는 것을 느낀다오. 우리 영혼은 육체가 꾸는 최상의 꿈이라는 것을 느끼는 (혹은 느낀다고 믿는) 거요. 때로 나의 번민을 증폭시키는 거울 앞에 서서, 마치 내가 내 몸과 별개인 것처럼, 나와 내 몸이, 몸의 쾌락 혹은 고통이 무엇을 공유하는지 자문할 때가 있소. 하지만, 그대여, 난 내 몸과 별개가 아니잖소. 너무도 약해 보이는 이 몸은 그럼에도 나의 도덕적인 결심보다 더 오래간다오. 어쩌면, 영혼이 몸보다 먼저 죽을 때가 많으니, 내 영혼보다 더 오래갈지도 모르겠소. 아마도 당신한테는, 모니크, 나의 고백 전체보다 이 말이 더 충격적일 테지. 당신은 영혼이 죽지 않는다고 믿는 사람이니까. 영혼이 영원하다는 것을 당신만큼 확신하지 못하는, 아니 그렇게까지 높은 자부심을 갖지 못하는 나를 용서하오. 나에게 영혼은 그저 몸이 내쉬는 숨결일 뿐이라오.

나는 신을 믿었소. 신을 지극히 인간적으로, 다시 말해 지극히 비인간적으로 받아들였고, 내 모습이 신 앞에서 추악하다고 판단했소. 우리에게 삶이 무엇인지 가르쳐줄 수 있는 것은 오직 삶뿐이고, 삶은 책 속에 있는 것들도 설명해줄 수 있다오. 이전에 무심코 읽은 적 있는 성경의 몇 구절이 그전과 달리 강렬한 의미를 띠게 됐소. 그리고 무서워졌소. 그것이 이미 일어났다고, 어떻게 해도 그것이 일어나지 않은 일이 될 수 없다고, 체념할 수밖에 없다고 생각하기도 했지. 마치 지옥 영벌을 생각하듯이 말이오. 그러면 마음이 진정되곤 했소. 아무것도 할 수 없는 무력감의 밑바닥에는 평정한 마음이 있는 법이잖소. 단지 난 그것이 더이상 되풀이되지 않게 하리라 다짐했소. 신 앞에서 맹세했소. 마치 내가 맹세만 하면 신이 받아들여준다는 듯이 말이오. 나의 과오를 목격한 것은 나와 함께 일을 저지른 단 한 사람뿐인데, 그는 이미 가버렸지. 타인의 의견은 우리의 행위에 일종의 현실성을 부여하는데. 아는 사람이 아무도 없기에 이제 내 행위는 꿈속에서의 몸짓만큼이나 현실성이 없었다오. 마침내 난 아무 일도 없었다고 단언할 수 있게 되었소. 너무 지친 나의 정신이 거짓 속에서 피난처를 찾은 셈이지. 과거를 부인하는 거나 미래를 담보로 잡는 거나, 어처구니없기는 매한가지라오.

내가 느꼈던 것이 결코 사랑은 아니었소. 연모의 열정도 아니었지. 아무리 무지하다 해도 알 수 있었소. 그건 어떤 부추김 같은 것이었고,

내가 외적인 것이라 믿을 만한 것이었다오. 나는 그 일을 나와 함께한 자에게 책임을 떠넘겼소. 그와 헤어진 것이 내 의지에 따른 것이었다고, 칭송받을 만한 일이라고 스스로를 설득했소. 그렇지 않다는 걸 잘 알고 있었지만, 그랬을 수도 있으니 말이오. 우리의 기억도 속임수에 빠진다오. 우리가 했어야 하는 것을 계속 되새기다보면 결국 그것을 하지 않았을 리가 없다고 믿게 되는 거요. 나에게 악덕은 습관적으로 저지르는 죄였소. 딱 한 번 죄에 빠지는 것이 영원히 빠지지 않는 것보다 더 어렵다는 사실을 그때 난 알지 못했지. 나의 과오를 상황에서 비롯된 것으로 설명하고, 다시는 그런 상황에 빠지지 않으리라 다짐하면서, 말하자면 그 과오를 나 자신으로부터 분리해 우발적으로 일어난 외적인 사건으로 간주한 거요. 그대여, 당신에게 다 말해야겠소. 절대로 과오를 되풀이하지 않겠다고 다짐하고 나니 그것을 한 번 맛본 데 대한 후회가 줄어들었다오.

이후에 다시 찾아온 위반, 내가 절반만 죄인이라는 환상을 벗겨버린 새로운 위반들을 굳이 당신에게 이야기하진 않겠소. 어쩌면 당신은 내가 너무 너그러이 생각하는 것 아니냐고 비난할지도 모르겠소. 아마도 그게 맞을 거요. 지금 나는 사춘기 소년이던 나로부터, 그 내가 가졌던 사념과 고통으로부터 너무나 멀리 있기에, 일종의 사랑의 마음으로 그 아이를 돌아본다오. 그 아이가 안쓰럽고 위로라도 해주고 싶소. 이런 감정이 생기면, 모니크, 타인의 젊음을 보면서 우리 마음이 동요하는 까닭은 바로 우리 자신의 젊음에 대한 기억 때문이 아닌지 깊이 생각해보게 된다오. 그때 난 그토록 소심하고 둔감하던 내가 어떻게 그렇게 쉽게 공모의 가능성을 예측할 수 있었는지 스스로 경악했소. 과오를 자책한 것뿐 아니라 상황의 천박함을 자책했다오. 마치 덜 천박한 상황을 선택하는 것이 나 혼자의 일이기라도 했다는 듯 말이오. 내 책임이 아니라 생각하며 마음을 달랠 수도 없었소. 나의 행위들이 나 스스로 원한 것임을 느낄 수 있었으니까. 하지만 난 오로지 그 행위를 하는 그 순간에만 원했던 거요. 마치 본능이 양심이 사라질 때까지 혹은 눈감아줄 때까지 기다렸다가 날 사로잡았다는 듯했지. 나는 두 가지 의지, 상반되는 것이지만 동시에 오지 않기에 서로 충돌하지도 않던 두 의지에 번갈아 복종했소. 그렇지만, 이따금, 기회가 주어졌는데도 잡지 않은 적도 있었소. 소심한 탓이었지. 결국 나 자신에 대한 승리는 또다른 패배일 뿐이었으니, 우리의 결점이 오히려 악덕과 싸울 때 가장 좋은 무기가 될 수 있다오.

난 조언을 구할 사람이 아무도 없었소. 금지된 성향의 첫번째 결과는 우리가 우리 자신 속에 갇히게 된다는 거요. 침묵하든지 아니면 공모자들에게만 이야기해야 하기 때문이오. 나 자신을 이겨내려고 애쓰는 동안 고통스러웠던 건, 나에게 용기를 주는 사람도 연민을 품어주는 사람도 기대할 수 없다는 것, 진정한 선의가 누릴 자격이 있는 아주 약간의 존중이라도 베풀어줄 사람을 기대할 수 없다는 것이었소. 형들과는 속내를 털어놓고 얘기해본 적이 없었소. 신앙심이 깊고 우울한 어머니는 나에게 감동적인 환상을 품고 계셨다오. 무척 순수하고, 무척 달콤하고, 조금 밋밋한 그 환상을 혹시라도 앗아갔다면 어머니는 날 원망하셨을 거요. 만일 내가 가족에게 고백했다면, 분명 식구들이 가장 용서하지 못할 게 바로 그 고백이었을 거요. 양심적으로 살아가는 우리 가족은 나의 고백 때문에 그때까지는 알지 못했기 때문에 피할 수 있었던 상황에 빠지고 말았을 테지. 모두들 나를 감시하듯 지켜보고, 날 도와주지는 못했을 거요. 가족과 살면서 우리가 담당하는 역할은 나머지 사람들이 맡은 역할과의 관계 속에서 한번 정해지고 나면 바뀌지 않는다오. 아들, 형제, 남편, 이렇게 말이오. 우리는 각자 자신의 역할을 갖고 있소. 각자 이름이 있고, 이러저러하리라 여겨지는 각자의 건강 상태가 있듯이, 그리고 우리가 받을 자격이 있는 혹은 그렇지 않은 경의가 정해져 있듯이 말이오. 나머지는 중요하지 않고, 중요하지 않은 그 나머지가 우리의 삶이라오. 식탁이나 평화로운 거실에서 문득 이러다 죽는구나 싶을 때가 있었소. 그런데도 놀랍게도 아무도 알아채지 못하더군. 원래 우리와 우리 가족 사이에 놓인 공간은 건널 수 없는 곳이라오. 마치 크리스털 안에 들어앉은 것처럼 혼자 고독 속에서 발버둥쳐야 하는 거지. 결국 나는 저들은 지혜롭기에 다 알고 있고, 개입하지 않고, 놀라지 않는 거라 생각하게 되었소. 생각해보면 이런 가설은 신에게나 해당하는데. 평범한 사람들은 그런 지혜를 지녔다고 해봐야 소용없는 일이잖소. 그냥 아무것도 못 본다고 생각하는 게 낫지.

우리 가족의 삶에 대해서는 이미 얘기했으니, 당시의 분위기가 길고 긴 11월처럼 음울했으리라는 건 금방 이해할 수 있을 거요. 그때 난 그렇게까지 서글프게 살지 않아도 순수할 수 있으리라 생각했소. 지나치게 분별 있는 삶의 규칙성이 가장 거세게 우리의 본능을 날뛰게 부추긴다고 생각한 것도 옳았지. 우리는 겨울 동안 프레스부르크에 가 있었소. 누이 하나의 건강 문제로 도시에, 의사들 가까이 머물러야 했기 때문이오. 내 장래를 위해 최선을 다하던 어머니는 그전부터 내가 화성 수업을 받아야 한다고 주장했고, 너도나도 내 실력이 많이 늘었다고 한 마디씩 하기도 했소. 그때, 사람들이 도피처를 찾기 위해 일에 몰두하는 것처럼, 내가 무척 열심히 했던 건 분명하오. 날 가르치던 선생님이(실력은 형편없지만 선의가 가득한 사람이었다오) 어머니에게 날 외국으로 보내 음악 공부를 마치게 하라고 권했소. 떠나서 사는 일이 쉽지 않으리라는 건 알고 있었지만, 그래도 난 꼭 가고 싶었다오. 우리는 우리가 살아온 장소에 너무도 많은 끈으로 묶여 있기 때문에 그곳을 떠나면 우리 자신을 떠나는 것이 쉬워지리라 생각하게 되나보오.

내 건강 상태는 그동안 많이 좋아져서 더이상 장애가 되지 않았지만, 어머니 눈엔 내가 너무 어렸소. 자유롭게 지내다보면 나쁜 유혹에 빠지지 않을까 걱정하신 거요. 그동안 가족과 함께 지내는 생활이 날 그런 유혹으로부터 지켜주었다고 생각하셨을 테니까. 많은 부모들이 그렇잖소. 어머니는 내가 이제 돈을 좀 벌어야 한다는 데는 수긍하면서도 조금 더 있다가 해도 된다고 생각하셨소. 그때 날 떠나보내지 않으려는 어머니의 비장한 마음을 난 눈치채지 못했지. 어머니가 살날이 많이 남지 않았다는 사실을 몰랐던 거요.

어느 날 저녁, 프레스부르크에서 병든 누이가 숨을 거둔 직후였소, 난 다른 날보다 더 심하게 혼란스러운 상태로 귀가했소. 내가 무척 사랑했던 누이였다오. 누이의 죽음 때문에 슬픔이 너무 컸다고 말하려는 건 아니오. 그땐 고통이 너무 커서 깊은 슬픔을 느낄 여유조차 없었으니까. 고통은 원래 우리를 이기적으로 만들잖소. 우리를 송두리째 빨아들여버리지. 그러고는 나중에야 추억의 형태로 우리에게 연민을 가르쳐주고. 그날 난 생각했던 것보다 조금 일찍 집으로 돌아왔소. 몇시에 올 거라고 말하지 않고 나간 터라 어머니는 날 기다리지 않았소. 내가 문을 열었을 때 어둠 속에 혼자 앉아 계셨다오. 삶의 마지막 시기에 어머니는 밤이 다가올 무렵이면 그렇게 우두커니 있길 좋아하셨소. 마치 부동자세와 어둠에 미리 익숙해지려는 것처럼 말이오. 그때 어머니의 얼굴은, 추측건대, 우리가 완전한 어둠 속에서 아무도 없이 혼자 있을 때의 표정보다 더 조용하고 더 진지했을 거요. 난 들어갔소. 어머니는 누가 그런 식으로 갑자기 나타나는 것을 좋아하지 않으셨소. 변명하듯 조금 전에 등잔불이 꺼졌다고 하셨지만, 손으로 등잔의 유리를 만져보니 온기가 전혀 없었지. 어머니는 나한테 무슨 일이 있다는 걸 곧 알아차리셨소. 우리는 원래 어두울 때, 눈이 우리를 속이지 못할 때 통찰력이 커지잖소. 나는 더듬어가며 어머니 곁으로 가 앉았소. 그때 난 내가 자주 겪는, 조금 특별한 무기력 상태였소. 마치 눈물이 흐르듯 고백이 저절로 내 밖으로 막 나오려던 순간이었소. 입을 열어 아마도 모든 것을 얘기하게 될 그 순간에, 하녀가 다른 등잔을 들고 들어왔소.

그 순간 나는 더이상 아무 말도 할 수 없으리라는 걸, 내 말을 듣고 난 후 어머니 얼굴에 번질 표정을 감내할 수 없으리라는 걸 절감했소. 새 등잔의 옅은 불빛이 나로 하여금 돌이킬 수 없는, 쓸데없는 과오를 저지르지 않도록 막아준 셈이지. 속내를 털어놓는다는 건, 그대여, 다른 사람의 삶을 단순하게 만들어주겠다는 목적을 위해서가 아니라면 언제나 해로운 일이라오.

그렇다고 아무 말도 안 하기엔 이미 너무 멀리 와버린 상태였소. 말해야 했소. 나는 삶이 너무 슬프다고, 미래의 기회가 기약 없이 뒤로 밀려난다고, 형들이 날 구속하고 집안에 묶어두려 한다고 하소연했소. 그러면서 마음속으로는 훨씬 더 나쁜 구속, 떠남으로써 벗어나려 했던 구속을 생각했소. 그렇게 한탄하면서 나는 다른 고백에 담아내야 했을, 하지만 그럴 수 없는, 오직 나 한 사람에게만 중요한 비탄을 모두 쏟아냈다오. 어머니는 말이 없었고, 난 어머니가 설득되었음을 알 수 있었소. 어머니는 일어서서 문 쪽으로 걸어가셨소. 쇠약해지고 지쳐 계셨지. 나에게 안 된다고 말하지 않는 것이 어머니에게 얼마나 비통한 일인지 느낄 수 있었소. 마치 자식을 또하나 잃는 기분이셨을 거요. 나는 내가 고집을 부리는 진짜 이유를 설명할 수 없어 괴로웠소. 어머니는 내가 이기적이라고 생각하셨을 거요. 정말로 난 떠나지 않겠다고 말하고 싶었는데.

다음날 어머니가 날 부르셨소. 우리는 내가 떠나는 문제에 대해 마치 이미 합의된 일인 양 이야기를 나누었소. 우리집은 내 숙식비를 감당할 정도로 넉넉하지 않았기에 나도 일을 해서 돈을 벌기로 했소. 어머니는 처음 정착할 때 도움이 될 거라며 아무도 몰래 가지고 있던 돈에서 조금 떼어주셨소. 물론 큰돈이 아니었지만 당시 어머니와 나에게는 큰돈으로 보였다오. 이후에 형편이 되는 대로 곧 일부를 갚아드렸지만, 어머니는 너무 빨리 돌아가셨소. 결국 다 갚을 수는 없었지. 어머니는 내가 성공할 거라고 믿으셨소. 그나마 내가 조금이라도 명예를 갈구한 까닭은 그것이 어머니를 행복하게 할 수 있음을 알았기 때문이오. 결국 우리가 사랑하는 사람들이 하나둘 세상을 떠나게 되면, 함께 맛볼 수 있는 행복을 쟁취해야 할 이유가 줄어드는 셈이라오.

나는 열아홉 살 생일을 앞두고 있었소. 어머니는 내가 생일을 지내고 나서 떠나기를 바라셨고, 그래서 난 다시 보로이노로 왔소. 그곳에서 보낸 몇 주 동안 자책할 만한 행위를 한 적도 욕망을 품은 적도 없었다오. 그저 고지식하게 떠날 준비만 했지. 난 외지인이 몰려드는 부활절 이전에 떠나고 싶었소. 마지막날 저녁에 어머니와 작별 인사를 했소. 담담한 이별이었다오. 떠나는 순간에, 마치 자기를 그리워하게 만들려는 듯 지나치게 다정하게 구는 것은 옳지 못한 일이니까. 그리고 어차피 관능적인 키스를 하고 나면 다른 키스는 잊게 된다오. 더이상 할 수 없게 되거나 혹은 엄두를 내지 못하게 되는 거요. 나는 다음날 아침에 아무도 방해하지 않도록 아주 일찍 떠날 계획이었소. 내 방에서 창문을 열어놓고 나의 미래를 상상하며 밤을 보냈다오. 실로 광대하고 청명한 밤이었지. 우리집 정원과 밖의 큰 도로 사이에는 철책만 있었소. 도로 위로 늦은 귀가를 서두르는 사람들이 말없이 지나가더군. 멀리서 그들의 묵직한 발소리를 듣고 있었소. 한순간 그들의 구슬픈 노랫소리가 나에게까지 올라왔다오. 그 가난한 사람들은 어쩌면 생각도 고통도 다 어렴풋하게만 겪었는지도 모르겠소. 사물처럼 말이오. 하지만 그 노래에는 그들의 영혼이라 할 수 있는 것이 담겨 있었다오. 그들은 그저 무거운 발걸음을 달래기 위해 노래를 불렀고, 그러면서도 자신이 무엇을 노래하는지 알지 못했소. 특히 여자 같던 목소리 하나가 기억나는구려. 어찌나 투명하던지, 지치지 않고 하늘 끝까지 날아올라 신에게까지 이를 것만 같았지. 난 그 목소리처럼 삶 전체가 하늘로 오를 수도 있으리라 생각했고, 꼭 그렇게 되도록 하겠다고 엄숙하게 다짐했소. 하늘에 별이 떠 있을 땐 멋진 생각을 품어 키우는 것이 그리 어렵진 않잖소. 그 생각을 옹색한 낮까지 간직하기가 어려울 뿐이지. 신 앞에 어떤 모습을 보이는 것보다 그 모습을 타인들 앞에서 그대로 유지하는 게 더 어렵듯이 말이오.

나는 빈으로 갔소. 어머니는 모라비아 사람들이 오스트리아에 대해 품고 있는 선입견들을 내 머릿속에 심어두셨다오. 가혹하리만큼 힘들었던 첫 주 얘기는 하고 싶지 않소. 우선 정말로 누추한 집에 방을 구했다오. 그때 내 마음속엔 훌륭한 결심이 가득했소. 서랍 안에 물건을 정리해 넣듯이, 나의 욕망과 고통을 체계적으로 정리할 수 있다고 믿었던 거요. 스무 살에 겪어야 하는 포기에는 씁쓸한 도취가 담기는 법이니까. 언젠가 책에서, 무슨 책인지는 모르겠소, 청소년기의 특정 기간 동안에 어떤 혼란들이 드물지 않게 나타난다는 말을 읽은 적이 있었던 터라, 난 나의 추억이 실제보다 먼저 일어난 일이라고 믿으려 했소. 더없이 진부한, 인생에서 내가 이미 지나온 한 시기에 한정된, 우발적인 일이었음을 입증하고 싶었던 거요. 다른 형태의 행복은 꿈꾸어본 적도 없었소. 스스로 범죄라고 심판한 나의 성향과 아마도 인간적이지 않을 완전한 포기 사이에서 선택해야 했소. 그리고 선택했지. 스무 살에 나 스스로에게 감각과 감성의 절대적 고독 속에서 살아가는 형벌을 선고한 거요. 그때부터 몇 년 동안 나는 투쟁, 강박관념, 혹독함으로 점철된 삶을 살았소. 내 노력이 칭송받을 만한 것이었는지는 모르겠소. 어쩌면 무모했을 수도 있겠지. 어쨌든 했다는 게 중요하다오. 그 노력이 있었기에 그나마 지금 내가 나 스스로를 받아들일 수 있게 되었으니 말이오. 그때 난 무엇보다 이 낯선 도시에서는 기회가 좀더 쉽게 찾아올 테니 모두 물리쳐야 한다고 믿었소. 나를 떠나보내며 가족들이 보여준 신뢰를 저버릴 수는 없었으니까. 그렇지만, 실로 이상하게도 우리는 스스로에게 너무도 금방 익숙해진다오. 몇 달 전에 스스로 혐오한다고 믿었던 것을 포기하면서 칭송받을 일이라 여기다니.

앞에서 누추한 집에 방을 얻었다고 말했잖소. 아, 정말 나 스스로 마음먹은 일이었소. 하지만 가난이 가혹한 것은 궁핍하게 지내야 하기 때문이 아니라 아무하고나 부대껴야 하기 때문이라오. 프레스부르크에 있을 때는 도시 생활중에 겪게 되는 불결한 접촉들을 우리 집안의 지위 덕분에 피할 수 있었는데 말이오. 내 나이에 음악 수업을 할 일자리를 구하는 것은 집안에서 마련해준 여러 장의 추천장을 가지고도 무척 힘든 일이었소. 난 앞으로 나서는 걸 좋아하지 않았던 터라 어찌해야 할지 난감했다오. 극장에서 반주자로 일하는 동안 주위 사람들은 친근하게 대하며 날 편하게 해준다고 생각했겠지만, 사실 난 굉장히 힘들었소. 그곳에서 역시 흔히들 사랑할 만하다고 여기는 여자들에 대한 내 의견은 나아지지 않았소. 불행히도 나는 사물의 외양에 무척 민감해서, 내가 살던 집 때문에 고통스러웠고 그곳에서 만나게 되는 사람들 때문에 고통스러웠소. 그들이 천박한 사람이었다는 건 당신도 짐작할 거요. 하지만, 사람들과의 관계에서, 원래 남들이 그다지 행복하지 않다고 생각하면 나는 더 편안해졌소. 사물 역시 행복하지 않고, 그래서 우리는 사물을 친근하게 느끼는 거요. 처음엔 내 방이 혐오스러웠소. 나름대로 최선을 다한 것이라 안쓰러움이 느껴질 정도인 일종의 가짜 우아함을 지닌 처량한 방. 더구나 깨끗하지도 않았소. 앞서 살았던 이들이 남긴 흔적이 난 좀 역겨웠다오. 나중엔 그들이 어떤 사람이었을지 궁금해졌고, 그 삶을 상상해보게 되었지만 말이오. 그들이 친구처럼 느껴졌소. 서로 알지 못하니 사이가 틀어질 수도 없는 친구. 내가 앉는 이 탁자 앞에 그들도 앉아서 하루를 결산했을 테고, 내가 눕는 침대에 누워 잠들기도 하고 불면의 밤을 보내기도 했을 테니까. 내가 그렇듯이 그들도 소망을 품고, 미덕, 악덕, 그리고 비참함을 겪었을 테니까. 우리 자신의 결함이 우리에게 연민을 가르쳐주지 못한다면, 그대여, 과연 무슨 소용이 있겠소.

난 익숙해졌소. 사람들은 쉽게 익숙해진다오. 자기가 가난하고 혼자이고, 아무도 자기를 생각하지 않는다는 것을 알면 기쁨까지 느껴지지. 삶을 단순하게 만들어주잖소. 하지만 그건 커다란 유혹이기도 하오. 매일 저녁 나는 너무 지쳐서 피로조차 느끼지 못하는 상태로, 그 시간이면 인적이 거의 없는 동네를 지나 집으로 돌아왔소. 낮 동안 거리에서 마주치는 사람들은 명확한, 아마도 타당한 이유를 가지고 목표를 향해 가는 것처럼 보이지만, 밤이 되면 모두 꿈속에서 걷고 있는 것 같다오. 내 눈에 그들은, 나와 마찬가지로, 꿈속에 등장하는 인물처럼 흐릿한 형상이었소. 어쩌면 삶 전체가 악몽이 아닌지, 지쳐 진 빠지게 하는, 끝없이 이어지는 악몽이 아닌지도 알 수 없었소. 빈의 밤이 얼마나 밋밋했는지는 굳이 말하지 않겠소. 이따금 아무렇지도 않게 문 앞에 드러누워 이야기를 나누는, 아마도 키스를 하고 있을 연인들이 눈에 띄었소. 주위의 어둠 탓에 서로 간의 사랑의 환상도 봐줄 만했다오. 저토록 평화로운 만족이라니, 난 그걸 갈구하지는 않았지만, 부러웠소. 그대여, 우리는 참으로 이상한 사람들이오. 난 처음으로 남들과 다르다는 데서 배덕의 쾌감을 느꼈소. 남들보다 더 많이 고통받을 땐 스스로 우월하다고 믿지 않기가 어려운 법이고, 행복한 사람들의 모습을 보면 행복에 욕지기가 올라오잖소.

나는 내 방으로 돌아가는 것이 두려웠고, 잠들지 못할 게 분명하니, 침대에 눕는 것이 두려웠소. 하지만 어쩔 수 없었소. 나 자신에게 한 약속을 어긴 뒤(정말이오, 모니크, 아주 드문 일이었소) 새벽이 되어서야 돌아오던 때도 결국엔 방으로 올라가야 했고, 육신을 벗어버리고 싶은 마음으로 옷을 벗고 이불 속에 들어가 누워야 했고, 그때는 잠이 찾아왔다오. 쾌락은 너무나 일시적이고, 음악이 우리를 높이 올려준다 해도 한순간일 뿐 지나고 나면 더 처량해지지만, 잠은 보상이라오. 잠이 우리를 떠나갈 때도 몇 초는 지나야 고통이 다시 시작되잖소. 우리는 잠들 때마다 한 친구에게 우리 자신을 내맡기는 것 같소. 물론 나는 그 친구는, 모든 친구가 그렇듯이, 신의를 지닌 친구가 아님을, 우리가 너무 불행해지면 우리를 버릴 친구임을 알고 있소. 하지만 우리는 그가 아마도 다른 이름으로 곧 다시 찾아올 것임을, 우리가 그의 품에서 쉬게 되리라는 걸 알잖소. 잠은 꿈이 없을 때 완벽하오. 삶 속에 있는 우리를 밤마다 잠이 깨워내는 것일 수도 있소.

난 절대적으로 혼자였소. 지금까지 난 나의 욕망이 스며들어 체화된 얼굴들에 대해 아무 얘기도 하지 않았지. 당신과 나 사이에 익명의 허깨비들만 세워놓은 셈이오. 부끄러움 때문에 그랬다고, 혹은 흔히 자기 자신의 추억에 대해서까지 품게 되는 질투심 때문에 그랬다고 생각하진 마오. 사랑했던 거라고 자랑하진 않겠소. 제아무리 강렬한 감정이라 해도 얼마나 덧없는지 이미 절감한 터라, 소멸을 피할 수 없는, 어디로 가든 죽음에 걸려 있는 존재들과의 관계에서 영원하다고 할 만한 감정을 끌어낼 수 없다는 걸 난 알고 있었다오. 타인 안에 있는 것 중에서 우리의 감정을 흔드는 것들 역시 삶이 빌려준 것에 지나지 않지. 지금 나는 영혼도 육신과 똑같이 늙는다는 것을, 훌륭한 사람들에게도 영혼은 한 계절 동안만 꽃을 피운다는 것을, 젊음이 그렇듯이 그것은 하루

살이 같은 짧은 기적일 뿐임을 절감하오. 그러니, 그대여, 그저 흘러가 버리는 것에 의지해봐야 무슨 소용이 있겠소.

난 인위적인 감동, 감각의 기만, 게으른 습관, 이런 것들로 이루어진 익숙한 관계를 경계했소. 내가 누군가를 사랑할 수 있으려면, 그렇소, 완벽한 존재여야만 했소. 물론, 어느 날 그런 존재를 만나게 된다 해도, 그가 보잘것없는 나를 반갑게 맞아주진 않았을 테지만 말이오. 그대여, 더 들어야 하오. 우리의 영혼, 우리의 정신, 우리의 육체가 원하는 욕구들은 거의 대부분 서로 충돌한다오. 그토록 많은 욕구 중에서 어떤 한 가지 욕구를 나머지 것들의 가치를 떨어뜨리거나 좌절시키지 않으면서 충족시키는 건 쉬운 일이 아니라오. 결국 난 사랑을 따로 떼어냈소. 나의 행위를 굳이 형이상학적인 설명으로 미화하진 않으리다. 나의 소심함만으로도 충분히 설명이 되니까. 그때 난 내가 매달리게 되거나 힘들어하게 될지 모른다는 막연한 두려움 때문에, 거의 대부분, 진부한 공모의 관계를 넘어서지 않았다오. 본능의 포로인 것으로 충분하거늘 정념의 포로까지 될 필요는 없잖소. 난, 진심으로, 단 한 번도 사랑하지 않았소.

그러고 보니 기억들이 떠오르는구려. 겁먹진 마오, 아무것도 묘사하지 않으리다. 이름도 말하지 않으리다. 심지어 이미 다 잊었고, 어쩌면 아예 알았던 적이 없을 수도 있소. 목덜미, 입, 눈꺼풀의 특이한 곡선, 슬픔이 어려서 사랑했던 얼굴들, 입술이 처지게 하는 피로 어린 주름, 그리고 무지하고 잘 웃는 젊은 친구의 방탕에 담겨 있던 알 수 없는 천진함, 그러니까 영혼이 육체의 표면에 드러내던 모든 것이 떠오르오. 내가 지금 생각하는 건 누구인지 모르는 이들이오. 사람들이 다시 보게 되지 않을, 다시 보려 하지 않는 이들, 그렇기 때문에 진지하게 자기 이야기를 하거나 혹은 아무 말도 하지 않는 이들 말이오. 난 그들을 사랑하지 않았소. 나에게 주어진 그 얼마 되지 않은 행복을 붙잡아둘 마음은 없었으니까. 그들이 날 이해해주길 바라지 않았고, 지속적인 애정을 원하지도 않았소. 그들의 삶을 듣고 있었을 뿐이오. 삶이란 각각의 존재가 품고 있는 신비라오. 너무도 경이롭기에 우리는 언제라도 삶을 사랑할 수 있소. 정념은 외침이 필요하고, 사랑은 말을 주고받는 걸 좋아하지만, 공감은 소리 없이 있을 수 있으니까. 나는 예정된 대로 고마움과 평온함이 주어지는 순간뿐 아니라, 그 어떤 쾌락과도 연결되지 않은 이들을 보면서도 그런 공감을 느꼈소. 나에게 공감을 불어넣은 사람들은 정작 이해하지 못할 테니, 나 혼자 조용히 느낀 거요. 누군가가 꼭 나의 공감을 이해해야 할 필요는 없으니까. 난 그런 식으로 꿈속에 등장하는 형상들, 가난하고 초라한 사람들, 그리고 때로 여자들을 사랑했소. 하지만 여자들은, 말로는 그렇지 않다고 하지만, 다정한 애정을 사랑으로 가는 길로밖에 보지 못한다오.

옆방에 마리라는 젊은 여자가 살았소. 무척 아름다웠으리라 추측하진 마오. 그저 평범한, 눈에 잘 띄지 않는 얼굴이었다오. 마리는 하녀와 진배없는 처지였소. 일을 하기는 했지만, 그것만으로 살았을 성싶진 않소. 어쨌든 내가 찾아갈 때마다 마리는 늘 혼자 있었소. 그 시간이면, 추측건대, 혼자 있기 위해 미리 조정했을 거요.

마리는 똑똑하지도 그리 착하지도 않았소. 하지만, 서로 도울 필요가 있다는 걸 잘 아는 가난한 사람들이 늘 그렇듯이, 주변 사람을 잘 도와주었다오. 가난한 이들의 세계에서는 서로 간의 연대를, 매일매일 푼

돈을 지출하듯 그렇게 쓰는 것 같기도 하오. 누군가가 나에게 잘해주면 그게 아무리 사소한 일이라 해도 우리는 고마워해야 하잖소. 지금 마리 얘기를 하는 것도 그 때문이오. 그녀는 사람들에게 권위를 갖지 못했는데, 아마도 내게는 그럴 수 있어서 좋았을 거요. 그녀는 나에게 옷을 따뜻하게 입는 법과 화롯불 피우는 법을 조언해주었고, 필요한 자질구레한 일들을 대신 해주었소. 마리를 보면서 누이들을 떠올렸다고까지 말하진 않겠소. 그렇지만 그녀에게서 어릴 적 내가 사랑했던 여성적인 부드러운 몸짓을 본 건 사실이오. 그녀는 고운 자태를 지니려고 노력했으니, 그거면 이미 훌륭하잖소. 마리는 자기가 음악을 사랑한다고 믿었고, 정말로 사랑했소. 불행히도 그 취향이 저속했을 뿐이지. 너무 천진해서 감동적일 정도로 저속했다오. 그녀에게는 더없이 상투적인 감정들이 가장 아름다워 보인 거요. 그녀의 사람됨과 마찬가지로 그녀의 영혼은 가짜 장신구로 치장하고 만족하는 듯했소. 마리는 세상에서 가장 진실되게 거짓말을 할 줄 알았다오. 아마도 그녀는, 대부분의 여자들이 그렇듯이, 현실의 자신보다 더 훌륭하고 더 행복한 상상의 삶을 살았을 거요. 예를 들어 만일 내가 그동안 애인이 없었느냐고 물으면 단호하게 한 번도 없었다고 대답했을 거고, 내가 그 말을 믿지 않으면 눈물을 흘렸을 거요. 그녀는 시골의 정직한 환경 속에서 보낸 어린 시절의 기억, 그리고 약혼자라고 하기는 애매한 연인의 기억을 가슴 깊이 간직하고 있었지. 다른 기억도 있었지만 그에 대해선 말하지 않았소. 여자들의 기억은 바느질할 때 쓰는 오래된 재봉 작업대와 비슷하니까. 감춰진, 오래전부터 닫혀 있는, 이제는 아예 열리지도 않는 서랍들 말이오. 마른 꽃, 가루가 된 장미가 들어 있고, 헝클어진 실타래가, 때로는 재봉용

핀이 들어 있지. 마리의 기억은 더없이 자족적이었기 때문에 마치 수를 놓듯 그 기억들로 과거를 장식할 수 있었던 거요.

추워지기 시작하면, 그리고 혼자 있기 무서워지면 난 저녁마다 마리의 방으로 갔소. 우리의 대화는 분명 무미건조했지만 뭔지 알 수 없는 평온함, 끊임없이 고통받는 사람들이 한 여자가 늘어놓는 대수롭지 않은 얘기를 들으며 느끼는 평온함이 있었다오. 마리는 게을렀소. 내가 일을 거의 안 하는 것을 보면서도 그다지 놀라워하지 않았지. 난 전설 속 왕자가 될 만한 구석은 전혀 없는 사람이오. 여자들, 특히 가난한 여자들이 자기 앞에 그동안 꿈꾸던 남자가 나타났다고, 전혀 닮지 않은 사람이라 해도 그대로 쉽게 믿어버린다는 걸 그때 알지 못했소. 나의 신분, 그리고 아마도 가문의 이름이 마리에게 공상의 위력을 발휘했을 테고, 난 짐작조차 하지 못했소. 물론 난 항상 최대한 조심스럽게 그녀를 대했소. 처음에는 아마도 익숙하지 않은 세련된 태도로 대우받는데 우쭐했을 거요. 그녀가 말없이 바느질을 하는 동안 무슨 생각을 하고 있었는지 난 전혀 알아차리지 못했소. 그저 나에게 잘해주고 싶어한다고 믿었고, 어떤 생각들은 단 한 번도 해보지 않았다오.

날이 갈수록 마리가 조금씩 차가워지는 것을 느낄 수 있었소. 대단치 않은 말 속에도, 마치 내가 자신보다 훨씬 높은 계층 출신이라는 걸 갑자기 깨달았다는 듯, 일종의 공격적인 공손함이 담겨 있었다오. 그녀는 화가 났던 거요. 난 마리의 애정이 떠나버린 것에 놀라지 않았소. 모든 것이 떠나가게 되어 있으니까 말이오. 그저 그녀가 슬프다는 걸 알았고, 순진하게도 슬픔의 이유를 알아내려 하지는 않았소. 난 그녀가 내 삶의 어느 측면을 눈치채는 것은 불가능하다고 믿었고, 차라리 알았더라면 그녀는 나보다 충격을 덜 받았으리라는 생각을 하지 못했다오. 결국 다른 상황이 닥쳤소. 내가 감당하기에는 방세가 너무 비싸 더 누추한 집으로 옮겨야 했던 거요. 그 이후 마리를 다시 만나지 못했소. 아무리 조심한다 해도 괴로움을 안기지 않는 것이 얼마나 어려운 일인지……

난 계속 싸웠소. 미덕이란 것이 노력을 이어가는 데 있다면, 그때 난 흠잡을 게 없는 인간이었소. 너무 빨리 포기하는 것은 위험하다는 걸 배웠고, 완벽함과 맹세가 별개의 것이라는 믿음을 버렸소. 지혜는 삶과 마찬가지로 지속적인 진보, 되풀이되는 시작, 인내로 이루어진다고 생각한 거요. 서서히 치유되는 편이 더 안정적이라 생각했고, 나는 가난한 사람들처럼 보잘것없는 작은 것을 벌어나가는 데 만족하기로 했다오. 병이 도지는 순간을 늦추려고 애썼고, 그러고 나면 몇 달, 몇 주, 며칠이 지났는지 미친듯이 계산했소. 그 극단적인 절제의 시기 동안, 스스로 인정하진 않았지만, 난 다시 저질러도 되는 때라고 정해놓은 그 순간을 기다리는 힘으로 살았소. 그러다 제일 처음 마주친 유혹에, 너무 오랫동안 스스로를 묶어둔 채 지냈기 때문에, 오직 그 이유 하나 때문에 무조건 빠져들었소. 다음번 무너질 시기를 미리 정해놓다시피 했고, 매번 그보다 조금 일찍 무너졌소. 가련한 행복을 한시라도 빨리 맛보고 싶었기 때문이라기보다는 다음번을 기다리는 것이, 그 기다림을 감내하는 것이 끔찍하게 싫었기 때문이오. 나 스스로를 제어하기 위해 어떻게 조심해야 했는지는 말하지 않겠소. 지금 생각하면, 정작 내가 저지른 과오보다 더 비천한 짓들이었는데. 처음에는 죄를 범할 기회를 피해야 한다고 생각했소. 이내 우리의 행동은 징후로서의 가치밖에 지나지 않음을 깨달았소. 우리의 타고난 기질 자체를 바꾸어야 하는 거요. 이전에는 사건들이 두려웠지만, 그때부턴 나의 육체가 두려웠소. 결국 난 우리의 본능이 우리의 영혼과 교감하고 우리 전체에 파고든다는 것을 인정하게 되었다오. 그러고 나니 더이상 숨을 곳이 없었지. 나는 가장 순수한 생각 안에서 유혹의 출발점을 찾아냈고, 제아무리 순수한 생각이라도 오랫동안 그 상태 그대로인 것은 찾을 수 없었소. 순수한 생각들이 내 안에서 타락하는 듯했고, 그렇게 더 잘 알게 되고 보니 나의 영혼이 육체만큼이나 혐오스러워졌다오.

특히 더 위험했던 때도 있었소. 주말과 월초가 그랬는데, 아마도 다른 때보다는 수중에 돈이 많은 때라 돈을 쓰면서 공모의 짝을 구했기 때문일 거요. (그대여, 겨우 이렇게 초라한 이유들이라오.) 축제 전야면 혼자 사는 사람들을 찾아오는 무료함과 서글픔이 두려웠고, 그래서 방에 틀어박혀 있었소. 아무것도 할 일이 없어 방안을 왔다갔다하면서 거울에 비친 내 모습을 보느라 지겨웠다오. 나로 하여금 나 자신의 존재를 감당하게 하는 그 거울이 증오스러웠소. 희미한 석양이 방안을 채우기 시작하고 그림자가 더러움을 한 겹 더 씌우듯 물건 위로 내려앉곤 했지. 난 바깥공기가 그리워서 창문을 닫지 않았다오. 밖에서 들려오는 소리 때문에 피곤해지면 더이상 제대로 생각할 수가 없었소. 난 앉아 있었고, 어떤 생각이든 하나를 붙잡아 정신을 모아보려 했지만, 한 가지 생각은 또다른 생각으로 이어지는 법이고, 그 생각이 어디까지 갈지는 알 길이 없었소. 차라리 움직이는 게, 걷는 게 나았다오. 석양 무렵에 밖으로 나가는 건 전혀 비난받을 일이 아니지만, 그것은 패배였고 또다른 패배의 전조였소. 나는 도시의 열기가 고동치는 그 시간이 좋았소. 취한 듯 쾌락을 찾아다니던 일, 때로 낙담하기도 했던 일, 그 낙담을 보상해주는 충족이 끝끝내 오지 않을 때면 과오를 저지른 이후보다 더 심하게 쓰라린 도덕적인 모멸감에 괴로웠던 일을 이야기하지는 않겠소. 욕정에 휩싸여 몽유병자처럼 헤맸던 일도, 다른 결심을 모두 쓸어내며 갑작스럽게 결심을 했던 일도, 마침내 육체가 스스로에게만 복종하면서 활기를 되찾았던 일도 말하지 않겠소. 우리는 육체를 벗어던진 영혼의 행복을 자주 묘사하지만, 살다보면 육체가 영혼을 벗어던지는 순간들이 있다오.

오, 신이시여, 전 언제 죽나이까?…… 모니크, 기억날 거요. 독일 옛 기도의 첫 구절이잖소. 미래가 없는, 미래에 대한 믿음이 없는 이 초라한 존재, 나와 갈라설 수 없으니 결국 '나'라고 부를 수밖에 없는 그 존재가 난 정말 진절머리 나오. 그 '나'는 자기의 슬픔을, 자기의 아픔을 나에게 떠안긴다오. 물론 그 나보다 내가 더 낫소. 난 그에 대해 남 얘기 하듯 말할 수 있으니까. 그런데 무슨 이유로 내가 그에게 사로잡혀서 벗어나지 못하는지는 모르겠소. 가장 끔찍한 건, 아마도 남들이 나에 대해 알게 될 것은 결국 삶과 싸우던 그 인물일 거라는 사실이오. 그가 죽기를 기원해봤자 헛일이오. 그가 죽으면 나도 같이 죽을 테니까. 빈에서 그 내적 투쟁의 시기에 난 여러 번 죽음을 기원했다오.

사람들은 자신의 악덕 때문에 고통을 겪는 게 아니라오. 체념하고 그 악덕을 받아들일 수 없기에 고통스러울 뿐이지. 나는 정념의 궤변을 모두 겪었고, 양심의 궤변도 겪었소. 사람들은 어떤 행위를 배척하면서 도덕이 금지하기 때문이라고 생각하오. 실제로는 본능적 혐오감에 복종할(복종하는 행복을 누리는) 뿐이면서. 우리의 가장 중대한 과오들이, 우리가 나서서 후회를 통해 더 오래 지속되도록 하지 않는 한, 우리의 삶에서 그저 미미한 자리를 차지할 뿐이라는 사실에 난 어쩔 수 없이 충격을 받았소. 우리의 영혼과 마찬가지로, 육체도 잊는다오. 우리 중 어떤 이들에게 순수가 되살아나는 것은 아마도 그렇게 설명할 수 있을 거요. 나는 잊으려고 노력했소. 거의 잊었소. 그런데 그런 건망증이 끔찍하도록 두렵더군. 여전히 불완전해 보이는 기억들은 나를 더욱 고통스럽게 했소. 나는 달려들어 기억들을 되살리기로 했다오. 기억이 희미해지는 게 절망스러웠으니까. 현재와 미래를, 내가 포기해버린 그 시간을 보상해줄 수 있는 것은 오로지 그 기억뿐이었으니까. 나 자신에게 그토록 많은 것을 금지한 후에 나의 과거마저 금지할 용기가 없었다오.

나는 이겨냈소. 비참하게 다시 도지고 그걸 더 비참하게 이겨내면서, 나는 그 일 년 동안을 평생 그렇게 살기를 갈구했을 그런 식으로 살아냈소. 그대여, 웃지 마오, 내가 대단했다고 과장하진 않겠소. 고작 과오를 저지르지 않고 참아낸 일을 미덕으로 삼는 것은 죄지은 자가 되는 한 가지 방법일 테지. 때로 우리는 행위의 방향을 결정하기도 하오. 생각은 그러기가 더 어렵소. 꿈은 아예 그럴 수 없지. 나는 꿈을 꾸었소. 고여 있는 물의 위험을 겪은 거요. 어쩌면 실제로 행하는 것이 우리의 죄를 사해주지 않을까 싶소. 행위에는, 설사 죄를 짓는 행위라 해도, 우리가 그에 대해 생각하는 것에 비해 순수한 점이 있다오. 순수하다는 말이 거슬린다면 그냥 덜 불순한 것이라고 합시다. 아무튼 그것은 현실에 늘 들어 있는, 정확히 말할 수 없는 초라한 어떤 것 때문이라오. 그 해, 비난받을 일을, 정말이오, 단 한 번도 저지르지 않은 그 일 년 동안 난 그 어느 해보다 많은, 그리고 더 비천한 강박적인 사념들에 시달렸소. 너무 일찍 봉합해버린 상처가 영혼 속에서 다시 벌어져서 독毒을 퍼뜨린 셈이오. 그때 일을 극적인 이야기로 만드는 건 어렵지 않지만, 당신도 나도 그런 식의 이야기를 좋아하지 않고, 사실 말하지 않음으로써 오히려 더 잘 표현할 수 있는 것도 많잖소. 그러니까 난 삶을 사랑했던 거요. 삶의 이름으로, 다시 말해 내 미래의 이름으로, 난 나 자신을 다시 정복하려고 노력한 거요. 하지만 고통을 겪는 인간은 삶을 증오하게 된다오. 자살하고 싶다는 생각에 시달렸고, 떨치지 못하는 다른 생각, 더 가증스러운 생각에도 시달렸소. 일상의 지극히 사소한 물건이 모두 파괴에 쓰일 수 있는 도구로 보였다오. 난 천으로 된 것이 무서웠소, 묶을 수 있으니까. 가위도 무서웠소, 끝이 뾰족하니까. 무엇보다 날이 있는 물건이라면 다 무서웠소. 나는 전부 벗어나게 해줄 수 있을 그 난폭한 형태에 끌렸고, 그래서 나와 내 광기 사이에 자물쇠를 채워버렸소.

나는 엄격해졌소. 그때까지 다른 사람들을 판단하지 않으려고 노력해왔는데, 할 수만 있다면, 나 자신에게 가차없이 엄격했던 것처럼 다른 사람들에게도 똑같이 했을 거요. 난 옆에서 저지르는 사소한 위반도 용서하지 않았소. 남들에게 너그러운 태도를 취하면 그 관용이 양심을 누그러뜨려 나 자신의 과오를 용서하게 될까봐 두려웠던 거요. 부드러운 감각들이 나를 무르게 할까봐 겁이 났던 거지. 결국 나는 봄철의 포근함 때문에 자연을 증오하게 되었소. 감동적인 음악도 최대한 피했다오. 내 앞에 놓인, 건반 위에 올려진 내 손이 애무의 추억을 떠올리며 내 마음을 흔들었기 때문이오. 사교 모임에서 예기치 않게 만나게 될 사람들이 무서웠고, 사람들의 얼굴이 불러올 위험이 무서웠소. 난 혼자였소. 그러고 나니 고독이 두려워졌지. 사람은 절대로 완전히 혼자일 수 없소. 불행히도 늘 자기 자신과 함께 있다오.

음악, 강자에겐 즐거움인 그것이 약자에겐 위안이라오. 음악은 나의 생업이 되었소. 아이들에게 음악을 가르치는 것이 고역인 것은, 기교는 아이들을 영혼에서 떼어놓으려 하기 때문이오. 난 아이들이 영혼을 먼저 맛보도록 해야 한다고 생각하오. 하지만 관례적인 교수법은 그렇지 않고, 당시 내 학생들도 그 가족도 그 방식을 바꿀 생각이 없었다오. 그래도 이미 기교를 배운 뒤 내게 온, 무언가를 표현해내야 한다고 믿는 어른들보다는 아이들을 가르치는 쪽이 나았소. 아이들 옆에서는 어른들과 있을 때처럼 주눅이 드는 것도 덜했다오. 내가 하려고만 했으면 수업을 더 많이 할 수 있었을 거요. 하지만 하던 수업만으로도 살기에는 충분했소. 그것만으로도 일은 너무 많았소. 나는 일이라는 걸, 특히 그 결과가 우리 자신에게만 관련되는 일은 예찬하지 않는다오. 몸을 피곤하게 만드는 건 아마도 스스로를 길들이는 방법일 거요. 하지만 육체의 힘이 고갈되고 나면 영혼 역시 무뎌지지. 불안에 젖은 영혼이 잠든 영혼보다 차라리 낫지 않은지, 모니크, 한번 생각해볼 일이오.

그래도 저녁 시간은 내 것이었소. 저녁마다 나는 오로지 나만을 위한 음악의 시간을 보냈소. 물론, 그런 고독한 기쁨은 불모의 기쁨이오. 하지만 우리 존재가 다시 삶과 화음을 이루게 해주는 기쁨이라면 결코 불모의 기쁨이 아니라오. 음악은 나를 다른 세계로, 고통이 멈추진 않았지만 급류가 흘러내려 호수가 되듯이 더 넓어지고 잔잔해진, 더 고요하고 깊어진 세계로 데려가준다오. 늦은 시각 집에 돌아와서 시끄러운 음악을 연주할 수는 없었소. 게다가 난 그런 음악을 좋아하지도 않고. 그때 그 집에 살던 사람들이 내 음악을 참고 들어주고 있다는 걸 느낄 수 있었소. 지친 사람들에게는 그 어떤 선율보다 잠이 더 소중했을 텐데. 그래서 난, 그대여, 무언가를 깨우게 될까봐 두려운 사람처럼, 소리 없이 연주하는 법을 익혔다오. 침묵은 인간에게 언어의 무능을 보상해주고, 재능 없는 음악가에게는 화음의 빈곤을 보상해줄 수 있소. 난 언제나 음악은 오로지 침묵이어야 한다고, 스스로를 표현하려고 애쓰는 침묵, 침묵의 신비여야 한다고 생각했다오. 예를 들어 분수가 그렇지. 말없는 물이 수로를 채우고, 그 안에 쌓이고, 넘치고, 그렇게 떨어지는 물방울이 소리를 내는 것. 난 항상 음악은 거대한 침묵이 자리를 다 채우고 난 뒤 넘쳐나는 것이어야 한다고 생각했소.

어릴 땐 나도 영예를 갈구했소. 그 나이엔 원래 사랑을 갈구하듯 영예를 갈구하잖소. 우리에게는 스스로의 모습을 드러내기 위해 타인이 필요하니까. 야망이 무용한 악덕이라는 뜻은 아니오. 야망은 영혼을 독려할 수 있지. 단지 영혼의 힘을 고갈시킨다오. 지금까지 난 절반의 거짓 없이 얻어진 성공을 본 적이 없소. 우리로 하여금 무언가를 빠뜨리거나 과장하지 않을 수 없게 만드는 청중도 본 적 없소. 진정으로 아름다운 영혼은 어차피 영예를 갈구하지 않을 테니 절대 영예를 얻을 수 없겠구나, 슬퍼하며, 그렇게 느낀 적이 많았지. 나로 하여금 영예의 미망에서 벗어나게 해준 그 생각은 재능의 미망에서도 벗어나게 해주었소. 재능이란 결국 특별히 유창하게 말할 줄 아는 능력에 지나지 않는다고, 시끄러운 표현력을 타고난 거라고 생각할 때가 많았다오. 설사 내가 쇼팽이나 모차르트, 혹은 페르골레시*였다 해도, 나는 그저 어느

* 18세기 이탈리의 작곡가, 바이올린 연주자. 어린 시절부터 음악에 천재적인 재능을 보였으나 지병으로 스물여섯 살에 요절했다.

시골 음악가가 매일매일 겸허하게 최선을 다하면서 느끼는 그것을, 아마도 완벽하지 못한 상태로, 그대로 표현했을 거요. 나는 최선을 다했소. 나의 첫 연주회는 실패보다 훨씬 못한 것, 그러니까 반쪽짜리 성공이었소. 연주회를 하겠다고 마음먹기 위해서는 온갖 종류의 물질적 이유가 필요했고, 도와주고 싶어하는 사교계 인사들이 우리에게 갖는 권위가 필요했소. 빈에는 우리 집안의 먼 친척들이 많았지. 그들은 나에게 후원자였고, 전적으로 낯선 이방인이었소. 나의 가난이 그들에게는 모욕이었고, 내 얘기가 나와도 곤란하지 않도록 내가 명성을 쌓길 바랐을 거요. 난 그들과 드물게 만났을 뿐이오. 다들 도와달라는 부탁을 거절할 수 있는 기회를 주지 않는 내가 마땅찮았을 거요. 그렇지만 그들은 날 도와주었소. 그들에게는 전혀 부담이 되지 않는 일이었음을 알지만, 그렇다 해도, 그대여, 우리가 누군가에게 호의를 요구할 권리는 없는 것 아니겠소.

첫 연주회 때 무대에 오르던 순간이 기억나는구려. 관객은 얼마 되지 않았지만, 나에겐 그것만으로도 너무 많았소. 난 숨이 막혔다오. 예술을 그저 필요한 허영으로 누리는 청중, 영혼을 숨기고 있는 부자연스러운 얼굴들이 싫었소. 정해진 시각에, 출연료를 미리 받고, 모르는 사람들 앞에서 연주한다는 걸 받아들이기 쉽지 않았고, 그들이 늘어놓을 판에 박힌 감상, 연주회장을 나서면서 한마디씩 해야 한다고 믿고 있을 상투적인 감상들은 너무도 뻔했다오. 난 그들이 불필요한 과장을 좋아하는 것도, 내가 자신과 같은 계층 출신이라는 이유로 관심을 갖는 것도 싫었고, 여자들이 인위적으로 호사스럽게 치장한 것도 싫었소. 그보다는 저녁에 어느 초라한 방에서 이따금 내가 무료로 연주하는 자리에

모인 서민 청중이 좋았소. 배우겠다는 희망을 품고 오는 이들이었으니까. 앞의 청중만큼 똑똑하진 않았지만, 열정은 더 컸소. 다들 저녁식사를 마친 뒤 최대한 잘 차려입었을 테지. 장장 두 시간을 어두컴컴한 실내에서 추위에 떨어도 좋다고 작정하고 말이오. 연극을 보러 가는 사람들은 자신을 잊으려고 애쓰지만, 연주회에 가는 사람들은 자신을 되찾으려고 애쓴다오. 낮 동안 여기저기 흩어지고 잠 속에서 사라지는 그사이에, 자기 자신 속에 잠겨 다시 힘을 얻어내려는 거요. 저녁 시간에 모인 청중의 피곤한 얼굴, 몽상에 젖어드는, 그리고 그 속에 잠기는 듯한 얼굴. 내 얼굴은…… 사랑도, 신앙도, 당당히 밝힐 수 있는 욕망도 갖지 못한, 기댈 사람이라고는 나 자신, 늘 나를 배신하는 나 자신밖에 없는, 그런 나 역시 몹시 가난한 자가 아니겠소?

이어진 겨울에는 비가 많이 내렸소. 난 감기에 걸렸지. 그동안 아픈 상태엔 워낙 익숙했던 터라 심하게 아파도 불안하진 않았소. 그대여, 지금 말하는 그 한 해 동안 난 어릴 때와 같은 신경성 장애를 다시 앓았소. 감기로 오한이 드는 상태를 제대로 치료하지 않아 더 약해졌고, 결국 진짜로 병이 났소. 이번엔 아주 심각했지.

그때 나는 혼자 있다는 것의 행복을 깨달았소. 만일 내가 그대로 죽었다면, 난 그 누구도 그리워하지 않아도 됐겠지. 완전히 홀로 떨어져 나온 상태였다오. 마침 형들의 편지를 받고 어머니가 이미 한 달 전에 돌아가셨다는 소식을 들은 터였소. 슬픔, 무엇보다 좀더 일찍 알지 못한 슬픔이 컸소. 몇 주 동안의 고통을 빼앗긴 기분이었다오. 난 혼자였소. 보다 못한 사람들이 데려온 동네 의사도 얼마 지나지 않아 발길을 끊었고, 이웃들도 날 간호하는 일에 진력내기 시작했지. 난 그러고 있는 게 좋았소. 체념해야 할 필요조차 느끼지 못할 정도로 평온했다오. 내 육신이 발버둥치고, 숨막혀하고, 고통스러워하는 것을 지켜보았지. 내 몸은 살고 싶어했소. 내 몸 안에 나 스스로도 감탄할 만큼 생명을 향한 강한 믿음이 있었던 거요. 그때까지 내 몸을 무시하고 좌절시키고 잔인하게 벌한 것이 후회되었소. 상태가 조금 회복되고 일어나 앉을 수 있게 되었을 때도, 정신은 여전히 허약해서 얼마 동안은 생각에 집중할 수 없었소. 그때 내가 처음 누린 기쁨은 내 몸을 매개로 해서 왔다오. 거의 성스러워 보이던 아름다운 빵, 내 얼굴을 녹이던 가느다란 햇살, 살아 있음에 도취해 멍해지던 순간이 떠오르오. 어느 날 창문을 열고 창턱에 팔꿈치를 괴고 서 있을 수 있게 되었소. 그때 난 빈 외곽의 우중충한 동네에 살았지만, 담보다 높이 솟은 나무 한 그루를 보고도 숲을 떠올릴 수 있는 순간들이 있잖소. 그날, 다시 살아난 놀라움에 취한 내 앞에, 나의 몸을 통해, 세상의 아름다움이 두번째로 모습을 드러냈소. 첫번째는 언제를 말하는지 당신도 알 거요. 처음에 그랬듯이 나는 울었소. 행복의 눈물도 감사의 눈물도 아니었지. 그저 삶이 이토록 단순하다는 것에, 우리도 단순해져서 그것을 받아들인다면 삶이 무척 쉬우리라는 생각에 울었소.

병이 나서 나쁜 점은 쉽게 포기하게 한다는 데 있소. 그렇게 욕망에서 치유되었다고 생각하지만, 회복기가 되면 다시 재발하고, 쾌락이 여전히 고통을 줄 수 있다는 사실을 깨달으며 또다시 경악하게 되는데. 이어진 몇 달 동안 난 병자의 초연한 눈으로 삶을 바라볼 수 있으리라 믿었소. 그리고 살날이 얼마 남지 않았다고 생각하려 애썼소. 내가 죽고 난 뒤 아마도 신께서 나에게 베푸실 용서처럼, 나는 나 자신의 과오를 용서했다오. 인간의 아름다움에 과하게 감동받는 것을 더이상 자책하지 않았고, 가슴이 가볍게 떨리는 것은 회복기라 아직 몸이 허약해서 그렇다고, 말하자면 다시 새로워진 삶 앞에서 육체가 느끼는 혼란이라고, 용서받을 만한 거라고 믿었소. 나는 다시 교습을 다녔고 연주회도 시작했소. 그래야만 했다오. 병을 치료하느라 이미 돈을 너무 많이 썼으니까. 그동안 내가 어떻게 지냈는지 궁금해하는 사람은 거의 없었소. 교습을 하러 간 집에서는 내가 여전히 상당히 쇠약한 상태라는 것을 알아차리지도 못했다오. 그들에게 난 그저 무척 온순하고, 상당히 분별있고, 교습료를 비싸게 받지 않는 젊은 선생이었을 뿐이오. 그들은 오직 그 한 가지 시선으로 나를 바라보았고, 내가 수업을 못한 것 역시 그들에게는 그저 난처한 일이었을 뿐이지. 조금 더 먼 곳까지 걸어갈 수 있게 되었을 때, 나는 카트린 공작부인을 찾아갔소.

마이나우 공작 부부는 그즈음 겨울마다 빈에 와서 몇 달 동안 머물렀잖소. 지금 생각하면, 그대여, 그 구식 사람들이 지닌 대수롭지 않은 세속적 결점들 때문에 우리가 그들의 진가를 제대로 보지 못했을지도 모르겠소. 그들은 우리가 사는 세상보다 더 가볍기 때문에 더 합리적인 세상의 생존자였던 거요. 너그러운 상냥함을 지녔고, 사소한 일에서 그 상냥함은 진정한 선의를 충분히 대신할 수 있었소. 공작 부부는 외가 쪽으로 나와 먼 친척 사이였소. 공작부인은 우리 외할머니와 함께 독일인 수녀들에게 교육받던 일을 자주 되새기곤 했다오. 아주 오래전에 친하게 지냈던 시간을 회상하는 게 좋았던 거요. 오래된 것이 귀족의 품위를 더해준다고 믿는 부류의 여자였으니 말이오. 어쩌면 영혼을 젊게 간직하는 게 그녀의 유일한 멋부리기였을지 모르겠소. 카트린 드 마이나우의 아름다움은 유명했지만 이미 추억으로만 남은 상태였잖소. 그녀의 방에는 거울 대신 이전에 그린 초상화들이 걸려 있었소. 하지만 그녀가 이전에 아름다웠다는 것을 모두 알고 있었지. 소문에 의하면 그녀에게 열정을 품은 남자들이 많았다고 하잖소. 그녀 역시 열정을 느꼈고. 물론 아픔도 겪었지만 오래 품고 있지는 않았다고 하오. 그녀에게 슬픔은 아마도 딱 한 번 입어본 무도회 드레스 같았을 거요. 기억을 넣어두는 옷장이 있어서, 슬픔을 겪고 나면 한 번 입고 난 옷들처럼 넣어두는 것. 언젠가 당신도, 그대여, 카트린 공작부인이 레이스처럼 보드라운 영혼을 지녔다고 말했잖소.

나는 그녀의 집에서 친한 사람들이 모이는 자리에 아주 간간이 참석했을 뿐이지만, 그녀는 언제나 반겨주었소. 나에 대해 진심으로 애정을 가진 것은 아님을, 그저 너그러운 노부인이 별 의미 없이 베푸는 자애 같은 것임을 느꼈지. 그럼에도 그녀에 대한 내 마음은 사랑에 가까웠소. 꽉 끼는 반지들을 낀 살짝 부은 손, 피로에 젖은 두 눈, 청아한 어조를 사랑했소. 그녀는 내 어머니와 마찬가지로 베르사유 시대의 유려한 프랑스어를, 중요하지 않은 단어 하나하나에 이미 사라진 옛 언어가 가졌던 구식 매력을 부여하는 프랑스어를 구사했소. 그 집에 가 있으면, 나중에 당신 집에 갔을 때처럼, 어릴 적 고향의 말을 다시 들을 수 있었다오. 그녀는 날 사교계에 어울리도록 만드느라 많이 애썼소. 시인들의 책을 빌려주었고, 다정다감한 책, 피상적인 책, 어려운 책으로 골라주었지. 공작부인은 내가 분별 있는 남자라고 믿었는데, 그것은 그녀가 참아주지 못하는 단 한 가지 결점이었다오. 그녀는 웃으면서 내가 그 집에서 마주치는 여자들에 대해 이것저것 물었고, 내가 그중 누구한테도 반하지 않은 것을 알고 놀라워했다오. 그런 질문조차 나에겐 형벌처럼 힘들었소. 당연히 그녀도 알아차렸겠지. 그리고 내가 소심하고 나이보다 어리다고 생각한 거요. 난 나를 그렇게 판단해준 것이 고마웠소. 불행할 때, 그리고 스스로 죄인이라 여길 때 대수롭지 않은 아이 대접을 받는 것은 마음을 편하게 해주니까.

그녀는 내가 무척 가난하다는 걸 알고 있었소. 가난은 질병과 마찬가지로 그녀가 외면하는 추한 것이었소. 그 어떤 상황이 닥친다 해도 그녀는 6층까지 올라가야 하는 방에 머물 일은 없었을 거요. 그렇다고, 그대여, 너무 성급하게 공작부인을 비난하지는 마오. 그녀는 더없이 섬세한 여인이었다오. 나에게 늘 쓸모없는 것들을 선물로 주었는데, 아마도 내가 상처받을까봐 그랬던 듯싶소. 가장 쓸모없는 것이 가장 필요한 것이기도 하잖소. 그녀는 내가 병이 났다는 걸 알고 꽃을 보내주었다오. 꽃을 앞에 두고서 누추한 집에 산다는 사실에 화를 낼 수는 없지. 그 누구에게도 기대하지 않았던 선물이었소. 이 세상에 나에게 꽃을 보내줄 선량한 사람이 있으리라고는 생각하지 못했으니 말이오. 그즈음 공작부인은 연보랏빛 라일락에 빠져 있었고, 난 그녀 덕분에 꽃향기를 맡으며 회복기를 보낼 수 있었소. 내 방이 얼마나 초라했는지 이미 얘기했잖소. 공작부인이 보낸 라일락마저 없었더라면 난 병을 이겨낼 용기를 내지 못했을지도 모르오.

감사 인사를 하러 찾아갈 때까지도 난 여전히 많이 쇠약했소. 그녀는 늘 그렇듯이 단 한 번도 끝마친 적이 없는 자수거리를 앞에 두고 앉아 있었소. 그런데 나의 감사 인사를 듣고 그녀가 놀라는 거요. 그녀는 나한테 꽃을 보낸 일을 기억하지 못했고, 그대여, 난 화가 났소. 보낸 이가 별 의미를 두지 않는 선물이라면 그 아름다움이 경감될 수밖에 없으니 말이오. 카트린 공작부인의 집 창은 덧문이 거의 언제나 닫혀 있었소. 일부러 늘 어슴푸레하게 해놓은 거지. 그렇지만 거리의 먼지 냄새가 이미 방안에 스며들어 있었소. 여름이 시작된 거요. 여름 네 달을 견뎌내야 한다는 생각에 숨막힐 듯한 피로가 밀려왔소. 수업이 많이 줄었다는 것, 시원한 곳을 찾아 집밖으로 나가봐야 소용없다는 것, 짜증, 불면, 그리고 다른 위험들이 떠올랐소. 다시 병이 날까봐, 병이 난 것보다 더 나쁜 상태가 될까봐 두려웠소. 결국 난 큰 소리로 여름이 너무 빨리 왔다고 불평을 터뜨리고 말았소. 마이나우 공작부인은 조상들이 물려준 반트*의 오래된 영지에서 여름을 보내곤 했소. 나에게 반트는, 우리가 언젠가 가보리라 생각조차 할 수 없는 장소의 이름이 그렇듯이, 그저 막연한 이름으로만 존재했지. 공작부인이 날 그곳으로 초대했다는 것도 곧바로 이해하지 못했소. 그녀는 아마도 내가 불쌍했나보오. 기쁘게 날 초대했고, 신경써서 내가 머물 방까지 미리 정해주었다오. 그렇게 가을이 올 때까지 내 삶은 그녀의 수중에 들어간 거요. 나는 조금 전 불평을 터뜨림으로써 무언가 바라는 것처럼 보였다는 게 창피했소. 나는 제안을 받아들였소. 거절함으로써 나 자신을 벌주고 싶었지만 용기가 나지 않았다오. 당신도 알다시피, 그대여, 카트린 공작부인의 뜻을 거스를 수는 없잖소.

난 삼 주간 지낼 요량으로 반트로 갔고, 여러 달 머물렀소. 그 몇 달은 정체된 긴 시간이었다오. 서서히, 저절로, 느낌조차 없이, 그렇게 흘

---

* 빈 근교의 산악 지역.

러갔소. 아마도 나도 모르게 기다렸을 거요. 반트에서의 생활은 더없이 단순하면서도 격식이 많았고, 나는 손쉬운 삶이 주는 평온함을 즐겼소. 그곳에서 보로이노를 떠올렸다고 말하기는 그렇지만, 늙음의 기운과 지속되는 고요함은 두 곳이 같았다오. 우리집에 가난이 오래전부터 자리잡은 것처럼, 그곳엔 부유함이 아주 오래전부터 자리잡고 있었소. 마이나우 공작의 지위를 이어온 사람들은 옛날부터 지금까지 계속 부유했던 거요. 그러니 누구도 그들이 부자라는 데 놀라지 않았고, 가난한 사람들도 그 때문에 속상해하지 않았소. 공작 부부는 찾아오는 손님이 많았다오. 프랑스에서 최신 책들이 왔고, 악보들이 펼쳐져 놓여 있었고, 마차들의 방울 소리가 들렸소. 그처럼 교양이 넘치면서도 경박스러운 분위기에서는 인간의 지성 역시 사치를 더하는 역할을 할 뿐일 테지. 나에게 공작 부부는 친구는 아니었고, 그저 후견인이었소. 공작부인은 웃으면서 자기가 좋아하는 뛰어난 음악가라고 날 소개하곤 했소. 사람들은 저녁이면 나더러 피아노에 앉으라고 했지. 난 이런 사교계 사람들 앞에서는 진부한, 조금 전에 그들 입에서 나온 말처럼 피상적인 음악밖에 연주할 수 없음을 절감했소. 하지만 그 잊힌 아리에타들에도 나름의 아름다움이 있었다오.

반트에서 보낸 그 몇 달은 나에겐 그 무엇도 생각하지 않으려 애쓴 시간, 그저 낮잠 같은 시간이었소. 공작부인은 내가 연주회를 중단하지 않기를 바랐고, 그래서 난 독일의 대도시에서 연주회를 하느라 몇 차례 자리를 비워야 했다오. 때로는, 그곳에서 익히 잘 아는 유혹에 직면하기도 했지만, 그것은 그저 사소한 사건이었소. 반트로 돌아오고 나면 기억조차 나지 않았다오. 다시 한번, 나의 그 지독한 망각 능력을 사용했던 거요. 사교계 사람들의 삶은 표면적으로는 몇 가지 쾌적한, 아니면 적어도 격에 맞는 생각에 한정되어 있소. 그것을 위선이라고는 할 수 없겠지. 드러내기엔 너무 충격적인 것들을 피해 가는 것뿐이라오. 굴욕적인 현실이 존재한다는 사실을 알면서도 다들 그 현실을 겪지 않는 척하며 사는 거요. 입고 있는 옷을 자기 몸으로 간주하게 되는 거나 마찬가지랄까. 그 정도로 노골적인 오류를 범할 능력을 난 갖지 못했소. 이미 다 벗은 내 몸을 봐버렸으니까. 난 그저 눈을 감은 거요. 당신이 오기 전까지 반트에서 난 행복하지 않았소. 그저 졸음에 빠져 있었지. 그리고 당신이 온 거요. 당신 곁에서도 난 행복하지 않았소. 그저 행복이 존재한다고 상상했을 뿐이오. 어느 여름날 오후의 백일몽과 같았다오.

당신이 오기 전에 나는 사람들이 한 아가씨에 대해 알 수 있는 모든 것, 다시 말해 얼마 되지 않는 것들, 지극히 사소한 것들을 이미 알고 있었소. 사람들 말로는 당신이 무척 아름답고 부유하고 모범적인 여인이라고 했소. 하지만 당신이 얼마나 착한지는 말해주지 않았다오. 공작부인도 모르고 있었거나, 아니면 그런 건 덤으로 덧붙일 만한 정도의 장점이라 생각했을 수도 있소. 상냥함만으로 충분하다고 생각한 거요. 아름다운 아가씨들이 많고, 부유하고 모범적인 아가씨들도 그렇지만, 나로선 그런 것에 관심을 가질 이유가 전혀 없었소. 당신을 설명하는 그 모든 말이, 그대여, 아무 소용 없었다고 해도 놀라지 마오. 모든 완벽한 존재의 밑바닥에는 찬사를 바치고 싶은 마음을 꺾어놓는 특이한 무엇인가가 있다오. 공작부인은 내가 당신을 만나기 전에 미리 경탄하기를 바랐소. 그래서 난 당신이 그토록 꾸밈없는 사람일 거라 생각하지 못했다오. 반트에서 대단할 것 없는 손님 역할을 하면서 그럭저럭 잘 지냈는데, 당신이 온 뒤로는 모두 나에게 존재감을 드러내라고 강요하는 것만 같았소. 난 내가 그럴 수 없으리라는 걸 알았고, 사실 처음 보는 얼굴 앞에선 항상 주눅들기도 했소. 내 마음대로 할 수 있었다면 아마 당신이 오기 전에 떠났을 테지만, 난 그럴 수가 없었소. 공작 부부가 어떤 의도로 날 붙잡아두었는지 이제는 알고 있지. 불행히도 두 노인은 나에게 행복을 마련해주고 싶었던 거요.

당신도, 그대여, 카트린 공작부인을 용서해야 하오. 그녀는 날 제대로 알지 못했고, 그래서 당신과 잘 어울리리라 생각한 거요. 그녀는 당신이 무척 신앙심 깊은 사람이라는 걸 알고 있었소. 당신을 알기 전, 나 역시 쉽게 가책을 느끼는 아이 같은 신앙심을 지니고 있었다오. 나는 가톨릭 신자였고 당신은 프로테스탄트였지만, 전혀 상관없었소. 공작부인은 유서 깊은 우리 가문의 이름이 가난을 상쇄할 수 있으리라 여겼고, 당신 가족들의 생각도 그랬을 거요. 외롭게, 거의 언제나 힘겹게 살아가던 나에 대해 마이나우 공작부인은 과장해서 안타까워했소. 당신한테 천박한 구혼자들이 모여들면 안 된다고 걱정도 했지. 공작부인은 어느 정도는 자신이 당신의 어머니와 내 어머니 역할을 대신해야 한다고 믿었던 거요. 나와는 친척 간이기도 했고, 우리 식구를 기쁘게 해주고 싶기도 했을 테지. 감상적인 사람이었던 마이나우 공작부인은 독일식 약혼이라는 살짝 밋밋한 분위기를 좋아했다오. 그녀에게 결혼은 응접실에서 상연되는 희극이었으니까. 군데군데 감동과 미소가 등장하는, 행복은 5막이 되어서야 등장하는 그런 희극 말이오. 행복은 오지 않았소. 아니 어쩌면, 모니크, 우리는 행복할 수 없는 사람들이오. 카트린 공작부인의 잘못은 아니오.

마이나우 공작부인이 나에게 당신 이야기를 들려줬다는 말은 이미 했소. 정확히 말하면 당신 부모님 이야기였지. 젊은 여인들의 이야기는 내면적인 것밖에 없잖소. 처음에는 시였다가, 이어 드라마가 되는 이야기 말이오. 나는 당신 이야기를 무심하게, 저녁마다 식사 후에 끝없이 이어지던 마이나우 공작의 사냥 이야기, 여행 이야기와 다름없이 들어주었소. 정말로 여행 이야기였지. 마이나우 공작이 아주 먼 원정길에서, 그러니까 프랑스령 서인도제도 원정에서 당신의 부친을 만난 얘기 말이오. 명성이 자자한 탐험가였던 티에보 박사는 꽤 나이가 들어서 결혼을 했고, 그리고 당신이 태어났소. 얼마 후 아내와 사별한 박사는 서인도제도를 떠났고, 당신은 프랑스의 어느 시골로 가서 친가 쪽 친척의 집에서 살았지. 그렇게 해서 엄격하면서도 무척 다정한 분위기에서 자라날 수 있었소. 행복한 소녀로 어린 시절을 보낸 거요. 물론, 그대여, 당신 이야기를 들려줄 필요는 없다는 걸 알고 있소. 당신이 나보다 더 잘 아는 이야기니까. 당신에게 그 이야기는, 마치 시편처럼, 하루 또 하루, 한 구절 또 한 구절, 그렇게 펼쳐졌을 테지. 굳이 기억을 되새길 필요도 없소. 그 이야기가 지금의 당신을 만들었고, 당신의 몸짓, 당신의 목소리, 당신 전부가 그 평온했던 과거를 증언하고 있다오.

당신은 8월 말의 어느 날 석양 무렵에 반트로 왔소. 당신이 나타나던 순간의 세세한 것은 기억나지 않소. 당신이 그 독일 부부의 집안으로 들어올 뿐 아니라 내 삶 안으로도 들어오고 있음을 그땐 알지 못했지. 날이 이미 어두워졌다는 것, 아직 현관에 등불을 밝히지 않았던 것만 기억나오. 당신은 반트가 초행이 아니라서 사물들을 친근하게 알고 있었고, 사물들 역시 당신을 알고 있었소. 난 너무 어두워서 당신 얼굴을 제대로 볼 수 없었다오. 당신이 굉장히 침착하다는 것만 알 수 있었지. 그대여, 여자들은 웬만해서 침착하지 않잖소. 태평스럽든가 아니면 흥분하든가 하지. 당신은 등불처럼 잔잔했소. 그리고 당신을 초대한 공작 부부와 이야기를 나누었소. 당신은 꼭 필요한 말과 손짓만 했고, 그래서 완벽했소. 그날 저녁 나는 평소보다 더 소심했고, 그런 내 모습은 아마도 당신의 선의마저 가로막았을 거요. 당신을 저어했던 건 아니오. 그렇다고 찬탄하지도 않았소. 당신은 너무 멀리 있었으니까. 그저 당신이 온 것이 걱정했던 데 비해 덜 불쾌했을 뿐이오. 지금 내가 진실을 말하고 있다는 건, 그대여, 당신도 알 거요.

우리의 약혼으로 이어진 그 몇 주 동안을 최대한 정확하게 되짚어보겠소. 모니크, 그건 쉬운 일이 아니오. 사랑, 행복, 이런 말을 피해야 하지. 난 당신을 사랑하지 않았으니까. 단지 당신은 나에게 소중한 사람이 되었소. 내가 여자들의 온화함에 얼마나 민감했는지는 이미 말했잖소. 난 당신 곁에서 신뢰와 평화의 감정을 느꼈소. 나처럼 당신도 들판을 오랫동안 걷는 것을 좋아했지. 정해진 목적지 없이 말이오. 굳이 갈 곳이 없어도 상관없었소. 당신 곁에선 내 마음이 잔잔해졌다오. 생각에 잠기기 좋아하는 당신의 천성은 소심한 나의 천성과 잘 맞았고, 우리는 함께 침묵할 수 있었소. 그러다가 엄숙하고 조금 가라앉은, 침묵에 젖은 당신의 아름다운 목소리가 내 예술과 나 자신에 관하여 물었지. 나는 당신이 나에게 일종의 다정한 연민을 느낀다는 것을 알 수 있었다오. 당신은 선한 사람이었소. 고통을 아는 사람이었지. 고통을 치유해준 적이 많거나 위로해준 적이 많았던 사람 말이오. 당신은 내가 병자거나 아니면 가난뱅이일 거라 생각했지. 그때 난 너무 가난하기까지 했기에 당신을 사랑하지 않았소. 그저 당신이 다정하게 느껴졌소. 당신의 사람이 된다면, 그러니까 당신과 내가 오누이 사이라면 행복하겠다는 꿈을 꾼 적은 있다오. 그 이상 나간 적은 없소. 난 그 이상을 상상할 정도로 주제넘은 인간이 아니었고, 혹은 나의 천성이 침묵한 것일 수도 있소. 지금 생각하면, 그때 나의 천성이 침묵한 것 자체가 이미 중요한 일이었는데 말이오.

당신은 신앙심이 아주 깊은 사람이었소. 그 시절 당신과 나는 아직 신을 믿었소. 많은 사람들이 잘 안다는 듯 묘사하는 그 신 말이오. 그렇지만 당신은 신에 대해 아무런 얘기도 하지 않았소. 어쩌면 그 누구도 신에 대해 얘기할 수 없다고 믿었을 수도 있고, 아니면 신이 늘 함께 있다고 느꼈기 때문에 얘기하지 않은 것일 수도 있지. 원래 자기가 사랑하는 사람에 대해서는 그 사람이 옆에 없을 때 얘기하게 되잖소. 당신은 신 안에서 살았소. 당신도 나처럼 신비주의자들이 쓴 옛날 책, 수정 구슬을 통해 삶과 죽음을 들여다보는 듯한 그런 책을 좋아했소. 우린 서로 책을 빌려주었고, 함께 읽기도 했지. 하지만 입 밖으로 나오는 말은 언제나 무언가를 깨뜨린다는 것을 알았기에 소리 내서 읽지는 않았소. 말하자면 각각의 침묵이 화음을 이루었던 거요. 한 페이지가 끝나면 옆에서도 끝나길 기다렸다 함께 책장을 넘겼소. 기도문이 시작되면 당신의 손가락은, 마치 나에게 길을 가르쳐주듯, 한 줄 한 줄 짚어가며 따라갔지. 어느 날, 난 평소보다 더 용기를 냈고, 당신은 평소보다 더 다정했던 그날, 난 지옥에 떨어지게 될까봐 두렵다고 당신에게 고백했소. 당신은 진지하게, 날 안심시키기 위해, 미소를 지어 보였소. 그리고 정말 그 순간, 내가 가지고 있던 생각이 사소하고 보잘것없게, 무엇보다 아주 아득하게 느껴졌다오. 바로 그날, 난 신의 너그러움을 깨달았소.

그러니까 나에게도 사랑의 추억이 있는 거요. 아마도 진정한 열정은 아니었을 테지만, 그것이 진정한 열정이었다 해도 내가 더 나은 사람이 되었을지, 적어도 더 행복하긴 했을지는 모르겠소. 하지만 그러한 감정에 이기심이 포함되어 있음은 잘 알고 있다오. 난 당신한테 집착했던 거요. 집착이었소. 불행히도 그것만이 어울리는 표현이오. 몇 주일이 흘렀고, 공작부인은 매일매일 당신을 더 붙잡아둘 이유를 찾아냈잖소. 아마도 그때 당신은 나에게 익숙해지기 시작했을 거요. 우리는 서로의 어린 시절에 대해 얘기할 정도가 되었소. 당신을 통해 난 어린 시절의 행복한 기억을 알게 되었고, 나를 통해 당신은 어린 시절의 슬픈 추억을 알게 되었지. 우리는 마치 우리의 과거를 둘로 나누어 살아온 듯했소. 조심스럽게 오누이의 애정을 나누던 우리 관계에 시간이 흘러갈 때마다 무언가가 더해졌고, 그때쯤 난 사람들이 우리를 결혼할 사이로 본다는 것을 깨닫고 경악했소.

나는 카트린 공작부인에게 속내를 내비쳤소. 다 말할 수는 없었고, 그냥 우리집 사정이 형편없다는 걸 강조한 거요. 불행히도 당신은 나와 맺어지기에는 너무 많이 부유하다고 했소. 두 세대 전부터 명성을 얻은 당신 가문의 이름은 가난한 오스트리아 귀족보다 훌륭한 혼처가 어울린다고. 그리고, 용기를 내서, 이전에 저지른 과오, 아주 중대한 과오들이 있어서 당신과의 사랑은 불가능하다고, 물론 분명하게 밝히지는 못하고 암시적으로 말했소. 하지만 이런 절반의 고백을 듣고, 그것만으로도 난 힘들었는데, 공작부인은 그저 미소를 지었다오. 모니크, 사람들은 내 말을 믿지도 않았소. 무엇이든 가볍게 생각하고 마는 사람들의 고집에 부딪힌 거요. 공작부인은 이미 우리 둘을 결혼시키겠다고 마음먹은 상태였소. 처음에 날 좋게 보고는 그 생각이 그대로 굳어진 거지. 사교계란 곳은 때로는 너무 엄격하지만, 그 냉엄함을 부주의로 보상하곤 한다오. 간단히 말해서, 우리를 의심하지 않는다오. 마이나우 공작부인은 자신이 많은 경험을 통해 모든 걸 대수롭지 않게 생각하는 인간이 되었다고 말한 적이 있었는데, 정말로 그녀도 그녀의 남편도 내 말을 심각하게 듣지 않았소. 그들에겐 오히려 나의 거리낌이 진정한 사랑의 증거로 보였다오. 내가 저어하는 것을 보고 욕심 없는 사람이라고 생각한 거요.

미덕에도 나머지와 똑같이 유혹이 있고, 그것들은 우리가 경계하지 않기 때문에 더 위험한 유혹이오. 당신을 알기 전에 결혼을 꿈꾸기도 했소. 스스로 비난받을 만한 것이 전혀 없는 삶을 사는 사람이라면 아마 다른 것을 꿈꿀 테지. 우리는 그렇게 각자 하나의 기질만을 타고나, 행복의 한쪽을 살아갈 수밖에 없는 아쉬움을 달래는 거요. 단 한 번도, 심지어 마음껏 달려들 때조차, 나는 나의 상태가 결정적이라고, 아니 지속적이라고조차 생각해본 적이 없었소. 나는 가족의 품에서 이미 여인들의 다정한 애정이 보여줄 수 있는 훌륭한 본보기들을 경험한 터였고, 나의 종교 역시 결혼이 우리에게 유일하게 허용된 순수한 이상이라고 믿게 했소. 더없이 다정한, 더없이 부드러운, 더없이 진지한 여자라면 언젠가 나로 하여금 자기를 사랑할 수 있도록 이끌어주리라 상상하기도 했다오. 집 밖에서는 그런 여인을 본 적이 없었으니, 오래된 책의 책장 사이에서 창백한 미소를 짓는 처녀들, 율리 폰 카르펜티어나 테레제 브라운슈바이크를 떠올렸소.* 조금 막연한, 불행히도 매우 순수한 상상이었다오. 그리고 꿈꾼다는 건, 그대여, 바라는 것과는 다르다오. 그냥 꿈꾸는 걸로 만족하는 거지. 꿈이 불가능하다는 것을 알기에 오히려 더 감미롭게. 언젠가 진짜로 그렇게 살아야 한다는 불안이 없으니 말이오.

어찌해야 했겠소? 아무리 성숙한 여자의 영혼을 지녔다 한들 젊은 처녀에게 어떻게 모든 것을 다 말할 수 있었겠소? 설사 말하려 했어도 적절한 단어를 찾지 못했을 테지. 내 행위들에 대해 실제보다 약하게 혹은 지나치게 과장되게 그렸을 테고. 모두 말한다는 것은 곧 당신을 잃는다는 것을 의미했소. 설사 당신이 모든 것을 안 뒤에도 나와의 결혼을 받아들였다 한들, 당신이 나에게 갖고 있던 신뢰 위에 그림자가 드리웠을 거요. 당신의 신뢰를 배반하지 않도록 스스로 강제하기 위해서 나에겐 꼭 필요한 신뢰 말이오. 난 삶이 단 한 번 건네준 구원의 기회를 거부하지 않을 권리가 (아니 차라리 의무가) 있다고 믿었소. 나의 용기도 거의 한계에 다다랐음을 절감했고, 혼자서는 더이상 치유될 수 없다는 것도 깨달았소. 그 시절에, 난 치유되고 싶었소. 인간적인 행복을 덧없고 경멸받는 형태로만 누리는 것은 사람을 지치게 하니까. 사실 무언의 약혼 관계는 말 한마디면 깨질 수 있었소. 변명거리를 찾아내 당신을 사랑하지 않는다고 말하기만 하면 그만이었지. 난 그렇게 하

---

* 율리 폰 카르펜티어는 독일 시인 노발리스의 약혼녀였으나 결혼하기 전에 노발리스가 병으로 사망했다. 테레제 브라운슈바이크는 베토벤의 제자였고 그와 약혼했으나, 베토벤은 약혼을 취소하고 다른 사람에게 구혼했다.

지 않았소. 나의 유일한 후견인이던 공작부인이 용납하지 않으리라는 걱정 때문은 아니었소. 내가 그러지 않은 것은 당신에게 기대를 걸었기 때문이오. 난 떠밀리듯 그냥 갔소. 행복을 향해 갔다고 말하진 않으리다(그대여, 우린 행복하지 않잖소), 난 죄악을 향해 갔소. 잘하려는 욕망이 결국 날 가장 사악한 타산이 끌고 갈 수 있는 곳보다 더 낮은 곳으로 데려간 거요. 난 그렇게 당신의 미래를 훔쳤소. 당신에게 그 무엇도, 당신이 기대한 그 큰 사랑조차 가져다주지 못했소. 내가 지녔던 일말의 미덕은 이 거짓의 공모자가 되었고, 나의 이기심은 스스로 정당하다고 여겼기에 더욱더 추악했소.

당신은 날 사랑했소. 하지만 난 당신이 진정으로 날 사랑했다고 믿을 정도로 오만한 인간은 아니오. 아직도 난 당신이 어떻게, 나에게 반했다 말하진 않겠소, 날 받아들일 수 있었는지 잘 모르겠소. 우리 둘 다 사람들이 생각하는 사랑에 대해 거의 알지 못했지. 당신에게 사랑은 아마도 그저 열렬한 선의였을 거요. 아니면 나한테 호감을 느꼈을 수도 있고. 내가 당신의 마음에 들 수 있었던 건 우리의 가장 중대한 결점들의 그늘에서 자라나는 장점, 그러니까 유약함, 망설임, 섬세함, 이런 것 덕분이었소. 무엇보다 당신은 날 동정한 거요. 난 경솔하게도 당신의 연민을 촉발했소. 그리고 당신은 몇 주 동안 나에게 잘해주었으니 당연히 평생 동안 그래야 한다고 믿은 거요. 당신은 스스로 완벽하면 그것만으로 행복할 수 있다고 믿었소. 나는, 행복하기 위해서는, 더이상 죄인이 아니기만 하면 되었다오.

우리는 반트에서 비가 꽤 많이 내리던 시월 어느 날 결혼했소. 아마도, 모니크, 그때 난 우리의 약혼 기간이 좀더 길기를 바랐을 거요. 난 시간이 우리를 싣고 가는 것은 좋지만 우리를 끌고 가는 것은 싫소. 우리 앞에 열리는 삶에 대해 난 불안하기도 했소. 내 나이 스물둘이었고, 당신은 내 삶을 차지한 첫 여자였다는 걸 생각해보오. 하지만 당신 곁에선 모든 것이 단순해졌지. 당신 곁에선 두려움이 사라지는 것이 고마웠소. 공작 부부는 차례로 그곳 저택을 떠났고, 우리도 함께 출발하기로 했소. 우린 마을의 교회에서 결혼식을 올렸고, 당신의 부친은 멀리 원정중이었던 터라 결혼식 자리에는 몇몇 친지들과 우리 형밖에 없었소. 형은 여행 경비가 부담스러웠을 텐데도 그곳까지 와주었고 나더러, 형의 말을 그대로 옮기자면, 집안을 구했다며 고마워했소. 당신의 재산을 두고 하는 말임을 깨닫고 수치스러웠다오. 그 말에 아무 대답도 하지 않았지. 하지만, 그대여, 당신을 우리 가족에게 희생 제물로 바친 게 맞다 한들 나 자신을 위한 제물로 바치는 것보다 더 큰 죄라 할 수 있겠소? 그날은 쉽게 표정을 바꾸는 사람의 얼굴처럼 해가 났다 비가 왔다 했잖소. 날씨가 좋아지려고 애쓰는 것 같았고, 나도 행복해지려고 애쓰는 것 같았소. 오, 난 행복했다오. 소심스레 행복했소.

이제, 모니크, 침묵이 필요하오. 여기서 나 자신과의 대화가 멈춰야 하오. 그리고 여기서, 하나가 된 두 영혼과 두 육체의 대화가 시작할 거요. 하나가 된, 혹은 그저 한데 이어진 육체와 영혼 말이오. 빠짐없이 다 말하려면, 그대여, 나 스스로 금지한 그 대담성이 필요하다오. 그리고 무엇보다 나 역시 여자여야만 하오. 난 그저 내 기억들을 당신의 기억들과 비교해보고 싶고, 말하자면 슬픔 혹은 고통스러운 기쁨의 순간들, 아마도 우리가 너무 성급하게 살아냈던 그 시간들을 느린 속도로 되새겨보고 싶소. 그러니까 거의 사라졌던 생각들, 나지막한 목소리로 속삭이는 속내 이야기, 귀를 기울여야 들을 수 있는 조심스러운 음악 같은 거요. 나지막한 목소리로 편지를 쓸 수 있는지 해보리다.

내 건강은 그때까지도 불안정했고, 내가 그에 대해 하소연하지 않아 당신은 오히려 더 불안해했소. 첫 몇 달 동안 기후가 좀더 온화한 곳에 가 있자고 당신이 주장했고, 우리는 결혼식 날 곧바로 메라노*로 떠났소. 그리고 겨울이 되자 다시 더 온화한 곳을 찾아가야 했지. 난 그때 바다를 처음 보았다오, 태양이 내리쬐는 바다 말이오. 하지만 그건 중요하지 않소. 오히려 더 슬프고 더 근엄한 곳, 내가 살고자 갈구하던 삶과 조화를 이룰 수 있는 곳이면 더 좋았을 거요. 난 근심 걱정 없고 관능적 행복이 넘치는 곳에서 경계심과 동시에 당혹감에 휩싸였소. 쾌락이 죄를 품고 있다는 의혹 역시 그대로였지. 그때까지 난 나의 처신이 비난받을 만한 것으로 보일수록 더욱더 나 자신의 행위를 단죄하는 엄격한 도덕적 관념에 매달려왔소. 우리가 따르는 이론들은, 모니크, 그것이 우리 본능의 공식이 아니라면, 결국 본능의 공격을 피하기 위해 우리가 스스로 내세우는 방어책일 뿐이라오. 당신이 나한테 장미꽃 한가운데가 너무 빨갛다고, 조각상 좀 보라고, 지나가는 검게 그을린 아이가 아름답다고 말할 때, 난 당신이 원망스러웠소. 그런 순수한 것들에 대해 일종의 금욕적인 혐오감을 느꼈으니까. 그리고, 같은 이유에서, 난 당신이 조금 덜 아름다웠으면 좋겠다고 생각했소.

우리는 일종의 암묵적인 합의를 통해 우리가 완전히 서로의 것이 되는 순간을 미루어왔소. 그 일을 생각하면 약간의 불안감이 엄습했고 혐

* 이탈리아 북단에 있는 도시.

오감도 들었소. 그런 지나치게 내밀한 관계는 무언가를 망쳐버리고 비천하게 만들지 않을까 걱정했던 거요. 게다가 두 사람이 하나될 때 무엇이 솟아오를지, 육체의 호감과 반감 중에서 어느 게 나타날지 누가 알겠소. 건전하지 못한 생각이었을 수도 있소. 하지만 그게 바로 내 생각이었다오. 난 밤마다 정말로 용기를 내서 당신에게 갈 수 있을지 자문했고, 그대여, 가지 못했소. 그리고, 결국, 가야 했소. 당신이 더는 날 이해할 수 없었을 테니 말이오. 나 아닌 다른 사람이었다면 당신이 스스로를 내어주는 그 순수한 일의 아름다움(선함)을 얼마나 높이 평가했을지, 지금 생각하면 마음이 아프오. 당신을 놀라게 할 말은 하고 싶지 않고, 미소 짓게 만들 말은 더욱 하고 싶지 않지만, 그때 당신은 마치 어머니가 자식에게 자신을 내어주는 듯했소. 나중에 당신의 아기가 당신 품에 안긴 모습을 보면서 남자들은 여자에게서, 스스로 깨닫지 못하지만, 무엇보다 어머니 품에 안기던 때의 추억을 찾는 것이라는 생각을 했다오. 적어도 내 경우는 그랬소. 나를 안심시키려고, 위로하려고, 아마도 기쁘게 해주려고, 조금은 걱정스러워하면서 당신이 얼마나 노력했는지 생각하면 안쓰럽기까지 하오. 바로 내가 당신의 첫 아이였던 것 같소.

난 행복하지 않았소. 물론 행복이 없다는 데 조금 실망하기도 했지만 결국 체념했소. 어차피 행복, 적어도 기쁨은 이미 포기했었다오. 그리고 난 원래 신혼의 첫 몇 달이 달콤하기는 드물다고, 각자 살다가 갑자기 연결된 두 인간이 그렇게 빨리 서로 안에 녹아들어 진정으로 하나가 될 수는 없다고 생각했소. 그러려면 많은 인내와 성의가 필요하오. 우리 둘 모두에겐 그런 것이 있었지. 난, 더 나아가서, 기쁨이 우리에게 당연하게 주어지는 것은 아니라고, 불평해서는 안 된다고 생각했소. 우리가 온당한 분별력만 지니고 있다면, 아마도 모든 것이 별 차이가 없으리라고, 행복은 결국 잘 견뎌낸 불행에 지나지 않으리라고 말이오. 바꿀 수 없을 땐 그대로 인정하는 것이 곧 용기일 테니, 그렇게 생각한 거요. 그럼에도 삶에서든 그저 우리 마음속에서든 결핍은 언제나 큰 자리를 차지하고 있고, 우리는 그만큼 고통을 겪게 된다오. 당신 역시, 그대여, 행복하지 않았잖소.

당신은 스물네 살이었소. 내 누이들과 거의 비슷한 나이였지. 하지만 당신은 내 누이들과 달리 소극적으로 굴거나 수줍어하지 않았소. 당신에겐 경이로운 활력이 있었다오. 당신은 사소한 비애 혹은 작은 행복으로 이루어진 삶을 살기 위해 태어난 사람이 아니었소. 너무도 강한 사람이었지. 당신은 소녀 시절부터 아내로 살아가는 삶에 대해 엄격하고 진지한 생각을 지녔고, 사랑보다는 애정 담긴 부드러운 마음을 이상으로 품었소. 그렇지만 당신은, 스스로 알지 못한 채로, 당신 미래의 전부가 되어야 한다고 믿었던 그 지루하고 대부분 힘겨운 의무들의 연결고리에 무언가를 끼워넣었소. 관습은 여자들에게 열정을 허락하지 않고 사랑만을 허락하잖소. 여자들이 그토록 온전히 사랑에 빠지는 것은 그 때문이라오. 당신이 쾌락적인 삶을 살기 위해 태어났다는 말은 못하겠소. 그런 말 속에는 무언가 죄스러운, 최소한 금지된 것이 들어 있으니 말이오. 차라리 이렇게 말하리다. 그대여, 당신은 기쁨을 알기 위해 그리고 주기 위해 태어났소. 이제 순수한 상태로 돌아가서 그 기쁨이, 햇살 가득한 행복의 형태가 얼마나 순결한지 이해하도록 해야 하오. 당신은 주기만 하면 무조건 돌려받을 수 있다고 생각했었지. 당신이 실망했는지는 내가 단언하기 힘드오. 여자들의 경우 감정이 생각으로 변모하려면 시간이 오래 걸리잖소. 당신은 그저 슬펐을 거요.

그러니까 난 당신을 사랑하지 않았소. 당신은 이미 나에게서 그 깊은 사랑을 구하기를 포기했지만. 당신 곁에서 느끼지 못했다면 어차피 나는 그 어떤 여자를 통해서도 그런 사랑을 누리지 못했을 거요. 하지만 그것을 당신은 알지 못했소. 당신은 무척이나 이성적인 사람이었기에 출구 없는 그런 삶을 받아들일 수밖에 없었던 거지. 하지만 당신은 무척이나 건강한 사람이었기에 그로 인해 고통받지 않을 수 없었소. 사람들은 원래 자신이 야기한 고통을 다른 모든 고통 뒤에 마지막으로 알게 된다오. 게다가 당신은 고통을 숨겼소. 처음에 난 당신이 거의 행복하다고 믿었다오. 말하자면 당신은 날 위해서 당신의 불씨를 꺼버리려 노력했던 거요. 당신은 자신의 아름다움이 가려지도록 어두운색의 두꺼운 옷을 입었소. 당신이 조금만 치장해도 사랑을 바치려는 줄 알고 내가 두려워했기 때문이지. (당신도 이미 알고 있었던 거요.) 당신을 사랑하진 않았지만, 난 당신에게 더없이 애타는 애정을 품었소. 잠시만 당신이 곁에 없어도 온종일 울적했소. 당신이 곁에 없어서 힘들었는지 아니면, 그저 나 혼자 있는 게 힘들었는지는 알 길이 없지만 말이오. 나 자신도 알지 못했소. 하지만 난 함께 있는 것도, 우리가 단둘이 함께 있는 것도 두려웠다오. 난 당신을 성가실 정도로 다정한 분위기로 감쌌소. 스무 번이나 연달아, 정말로 꼭 내가 좋으냐고 묻기도 했지. 그럴 수 없다는 걸 알고 있으면서 말이오.

우리는 열광적인 신앙을, 더이상 우리의 진짜 믿음과 맞지 않았음에도, 그래도 실천하려고 애썼소. 모든 걸 잃은 사람들은 신에 의지하게 되고, 그 순간 그들은 신을 잃어버린다오. 우리는 찾아오는 여행객을 포근하게 맞아주는, 빛이 잘 들지 않는 오래된 성당들을 찾아가 늦게까지 있었소. 심지어 항상 기도도 했지. 저녁에 돌아올 때면, 최소한 공통의 열기가 우리를 이어준 덕에 우리는 꼭 붙어 있었소. 오는 길엔 핑계를 만들어 거리에 머물며 남들의 삶을 바라보기도 했소. 남들의 삶은, 우리가 직접 사는 게 아니니까 언제나 쉬워 보이잖소. 어디엔가 우리의 방이 기다리고 있음을 우린 잘 알고 있었소. 춥고 장식 없는, 쓸데없이 창밖으로 이탈리아의 포근한 밤이 펼쳐지는, 고독이 없는, 그렇지만 내밀하지도 못한 방이었지. 방 하나를 같이 쓰고 있었잖소. 내가 원한 일이었소. 저녁마다 우리는 망설이며 등불을 켰소. 그 불빛이 거북했지만 더이상 끌 용기도 없었던 거요. 당신은 내 얼굴이 창백한 걸 보았소. 당신도 나만큼이나 창백했는데. 난 당신이 감기에 걸릴까봐 걱정했고, 당신은 나더러 기도를 너무 오래 해서 피곤하겠다며 부드럽게 힐책했소. 서로에게 필사적으로 선의를 쏟아부은 거요. 그 시기에 당신은 심각한 불면증으로 힘들어했소. 나 역시 잠을 잘 이루지 못했지. 우리는 상대를 불쌍히 여겨야만 하는 상황을 피하기 위해 잠든 척했소. 아니, 당신은 울었소. 당신은 내가 알아차리지 못하도록 최대한 소리를 죽여가며 울었고, 난 못 듣는 척했소. 눈물을 달래줄 수 없을 땐 차라리 모르는 척하는 게 나을 테니까.

난 성격이 변했소. 변덕스러워졌고, 까다로워졌고, 짜증이 많아졌소. 한 가지 미덕을 위해 다른 미덕은 모두 면제받은 그런 기분이었다오. 얻을 수 있으리라 기대했던, 그것만은, 아, 어쩌오, 꼭 얻고자 했던 바로 그 평온을 주지 않는다고 난 당신을 원망했소. 그때까지 수시로 모호한 속내 이야기를 털어놓던 나는 이젠 고백으로, 불완전해서 더욱 불안스러운 고백으로 당신을 괴롭혔소. 우리는 그렇게, 눈물 속에서 일종의 초라한 만족을 얻었소. 행복 대신에 서로의 비탄이 우리를 하나로 이어준 셈이지. 그렇게, 당신도 달라졌소. 말하자면 당신이 지녔던 차분함을 내가 빼앗아버렸고, 하지만 내 것으로 만들지는 못한 거요. 당신도 나처럼 이유 없이 조급해졌고, 슬퍼졌소. 우리는 둘 다 병자가 되어 서로에게 의지하게 되었던 거요.

그때 난 이미 음악을 완전히 버렸소. 음악은 내가 더이상 살 수 없다고 포기한 세계에 속하는 것이었으니까. 흔히들 음악이 세계의 영혼이라고들 하지. 그대여, 맞는 말일 수 있소. 그 말이 증명하는 것은 오로지 영혼과 육체가 분리될 수 없다는 것, 건반을 누르면 소리가 나는 것처럼 하나가 다른 하나를 끌어온다는 것뿐이오. 음악의 선율이 그친 직후의 정적은 보통의 정적과 같지 않소. 그것은 듣는 이의 주의를 끄는 정적이라오. 살아 있는 정적 말이오. 그 정적의 힘으로 우리 안에서 스스로 미처 알지 못했던 것들이 속삭이기 시작하고, 막 끝난 음악이 우리에게 무슨 말을 해줄지는 알 길이 없소. 그림, 조각상, 그리고 시는 우리에게 분명한, 그래서 우리를 그다지 멀리 데려가지 못하는 생각을 보여주잖소. 음악은 끝을 한정할 수 없는 가능성에 대해 이야기를 들려준다오. 삶 속에서 감정의 흥분을 더이상 맛보지 않기로 결심했을 때 예술 속에서 그런 흥분에 노출되는 것은 위험한 일이지. 그래서 난 더이상 연주도 작곡도 하지 않았소. 나는 누리지 못하는 쾌락의 보상을 예술에서 얻으려 애쓰는 부류의 사람이 아니오. 예술을 사랑하고 또 쾌락을 사랑하는 것이지, 인간 욕망의 조금 처량한 두 형태 중 어느 하나를 위해 다른 하나를 사랑하는 게 아니니까. 난 더이상 작곡을 하지 않았소. 삶에 대한 환멸은 이상적인 삶을 향한 꿈까지 잠식해갔지. 걸작이란, 모니크, 꿈꾸어진 삶인데 말이오. 모든 예술가가 한 작품을 완성한 뒤에 누리는 기쁨조차 전부 메말라버렸소. 아니 보다 정확히 말하자면, 얼어붙어버렸소. 아마도 당신이 음악 애호가가 아닌 것과도 관련 있을 거요. 내가 만일 저녁마다 당신을 두고 혼자 화음의 세계 안에 들어가 있었다면, 나의 포기, 나의 충실함은 완전할 수 없었을 테지. 난 더이상 일하지 않았소. 난 가난했고, 결혼 전에는 힘겹게 살았소. 그때 난 당신에게, 나아가 당신의 재산에 의지하면서 일종의 관능적 쾌감을 느꼈소. 조금은 모욕적인 그런 상황은 이전의 죄에 다시 빠지지 않는다는 보증인 셈이었지. 우리 모두는, 모니크, 아주 이상한 선입견들을 갖고 있소. 우리를 사랑하는 여자를 배반하는 것은 그저 잔인한 일이고, 여자의 돈으로 살면서 그 여자를 속이는 것은 추악한 일이라고 생각하는 것 말이오. 그리고 당신은, 무척이나 부지런한 당신은, 내가 전혀 일하지 않아도 한 마디 힐책조차 못했소. 그것이 나에게 가난에 대한 비난으로 받아들여질까 겁이 났던 거지.

겨울이 갔고, 이어 봄도 갔소. 우리가 겪은 과도한 슬픔은, 심한 방종처럼 우리를 탈진시켰소. 과하게 울고 난 때처럼 가슴이 메말라버렸고, 그때의 의기소침한 상태는 겉으론 평온함과 비슷했소. 그렇게까지 평온한 상태라는 데 나 스스로 겁이 날 정도였다오. 그때 난 나 자신을 다 정복했다고 믿었소. 하지만, 애석하게도, 정복해낸 것들은 금방 싫증이 나는 법이지! 우리는 여독으로 지쳤기 때문이라 믿으려 애썼소. 그사이 빈으로 돌아와서 정착했으니까. 난 이전에 혼자 살았던 도시로 돌아오는 것이 내키지 않았지만, 내가 고향에서 먼 곳으로 가지 않을 수 있게 하려고, 자상하게도, 당신은 빈을 고집했소. 난 빈으로 돌아가면 이전보다 덜 불행하리라 믿으려 애썼지. 그런데 덜 불행했다기보단 덜 자유로웠소. 가구와 벽지를 고르는 일은 모두 당신이 맡았지. 아직 아무것도 채워넣지 못한, 우리 둘의 삶이 갇히게 될 방들을 오가는 당신을 바라보며 조금 씁쓸했다오. 빈의 사교 모임에서 만난 사람들은 이미 갈색머리의 아름다운 당신에게, 사념에 잠긴 듯한 당신의 아름다움에 매혹된 터였소. 당신이나 나나 별로 익숙하지 않았던 사교계 생활 덕에 우리는 한동안 우리 자신이 얼마나 외로운지 잊을 수 있었소. 얼마 후 우린 그런 생활에 지쳤지만. 우리는 물건에 우리의 추억이 전혀 배어 있지 않은, 거울이 우리의 모습을 알지 못하는, 지나치게 새것인 집안에서 일종의 끈기를 발휘하며 권태를 견뎌냈소. 미덕을 위한 나의 노력, 사랑을 위한 당신의 시도, 그 어느 것도 서로의 권태를 달래주지 못한 채로 말이오.

어느 정도 통찰력을 지닌 사람에게는 모든 것이, 심지어 결함까지도 나름의 이점을 갖는다오. 세상을 덜 관습적인 관점에서 볼 수 있게 해주기 때문이오. 덜 외로운 생활과 독서를 통해 나는 외적인 예법과 내적인 도덕 사이에 어떤 차이가 있는지 알게 되었소. 원래 남자들은 마음을 잘 털어놓지 않지만, 나처럼 할말을 감추는 습관을 지녀야 했던 사람들은 남들도 마찬가지라는 것을 금방 알아차리게 된다오. 이미 난 숨어 있는 악덕이나 약점을 간파해낼 수 있는 특별한 재능을 얻은 거요. 나의 양심이 모든 것을 벗어던지고 나니 남들의 양심이 모습을 드러냈다고 할까. 나와 비교된 사람들은 자기들이 나와 한통속으로 묶인다는 데 분개할지도 모르겠소. 그들은 스스로, 아마도 자신들의 악덕이 워낙 보편적인 것이기 때문에, 정상적이라고 믿었을 테지. 하지만 대부분의 경우 아이를 원하지 않고 자기 자신만을 위한 쾌락을 추구하는 그들이 과연 나보다 좋은 인간이라고 판정할 수 있겠소? 결국 나의 유일한 잘못은(아니, 유일한 불행은) 모든 사람보다 더 나쁜 것이 아니라 다만 다를 뿐이라는 생각을 하게 됐다오. 어차피, 나와 같은 본능에 순응하는 사람들도 많으니까. 그렇게 드문 일도, 무엇보다 그렇게 기이한 일도 아니니까 말이오. 수많은 사례가 부인하는 가르침을 받아들인 나 자신이 원망스러웠소. 인간의 도덕이란 어차피 위대한 절충일 뿐인데 말이오. 아, 그 누구도 탓하지 않으리다. 각자 자신의 비밀과 꿈을 절대 드러내지 않고, 스스로도 인정하지 않으면서 조용히 품고 살아가는 거고, 거짓말만 안 하면 문제될 게 없잖소. 그동안 별일도 아닌 것 때문에 나 자신을 그토록 괴롭혀온 거지. 그래서 가장 엄정한 도덕규범들을 따라 나는 나 자신에게 그 규범을 심판할 권리를 부여했소. 삶의 자유를 완전히 포기한 이후에 나의 생각이 오히려 더 자유로워진 셈이오.

당신이 얼마나 아들을 원했는지, 그 얘기는 아직 하지 않았소. 나 역시 간절히 원했지. 하지만 아이가 태어난다는 걸 알았을 때 그리 기쁘지 않았소. 아이 없는 결혼이란 아마도 허용된 방종에 지나지 않을 거요. 여자의 사랑이 남자의 사랑과 달리 존중받을 자격을 지닌다면 그것은 미래를 품고 있다는 한 가지 이유 때문이오. 하지만 삶이 어처구니없어지고 모든 목적을 잃어버린 듯한 시기에 그 삶이 영속된다고 기뻐할 수는 없잖소. 우리가 함께 꿈꾸었던 아이, 남남 사이에서 태어날 그 아이는 행복을 드러내 보일 증거도 행복을 완성할 보완물도 아니었소.

그저 행복을 대신할 보상이었지. 우리는 아이가 태어나면 모든 문제가 해결되리라 막연히 기대했고. 내가 처음 아이를 바라게 된 것은 당신이 슬퍼했기 때문이오. 당신은 아이 얘기를 꺼내면서 수줍어하기까지 했소. 우리 둘의 삶이 얼마나 멀리 떨어져 있었는지 더없이 잘 드러내면서 말이오. 하지만 그 작은 존재가 우리를 도와주기 시작했소. 내 머릿속에서 그 아이는 다른 누군가의 아이 같았고, 그렇게 사랑의 열정이 더이상 개입될 소지가 없는 형제애와도 같은 아늑한 친밀감을 다시 누릴 수 있었소. 당신이 내 누이 같았고, 혹은 누군가 나에게 맡긴, 그러니까 내가 돌봐주고 안심시켜줘야 하는, 누군가가 함께 있지 못한 것을 위로해주어야 하는 친척 같았다오. 당신은 그 자그마한 생명, 적어도 당신 안에서는 이미 살고 있는 그 아이를 사랑하게 되었지. 떳떳하게 드러낼 수 있었던 나의 기쁨에는 이기심 역시 없지 않았소. 어떻게 해야 당신을 행복하게 할 수 있는지 알지 못했던 나는 자연스럽게 그 일을 아기에게 떠넘길 수 있다고 생각했던 거요.

다니엘은 유월에, 보로이노에서, 내가 태어난 쓸쓸한 바이센베르크 지방에서 태어났소. 우리의 아이가 옛 풍경을 간직한 그곳에서 태어나야 한다고 당신이 고집했으니까. 그래야 나에게 보다 완전하게 내 아들을 안겨준다고 믿었을 거요. 우리가 살던 집은 수리하고 칠도 새로 했지만 여전히 옛 모습 그대로였소. 식구가 줄었기 때문에 더 크게 느껴졌을 뿐이지. 그 집에서 형이(그땐 이미 형 하나밖에 남지 않았소) 아내와 함께 살고 있었소. 둘 다 무척 촌스러운 사람들이었지. 외진 곳에 살다보니 거칠어졌고, 또 가난하게 살다보니 겁이 많아진 거요. 형 부부는 조금 어색하리만치 부산을 떨며 친절하게 당신을 맞이주었고, 당신이 여독으로 피곤하리라는 생각에 환대의 표시로 제일 큰 방, 어머니가 숨을 거둔 곳이자 우리 형제들 모두가 태어난 그 방을 내어주었소. 흰 시트 위에 놓인 당신 손은 내 어머니의 손과 닮아 보였소. 난 아침마다 그 방에 들어가서 어머니의 가늘고 긴 손가락이 축복을 내리기 위해 내 머리로 다가오기를 기다렸다오. 당신한테 똑같이 해달라고 할 수는 없는 일이니 그 손가락에 입을 맞추는 것으로 만족했소. 하지만 그때 난 어머니가 해주시던 그 축복이 정말로 필요했다오. 방은 조금 어두웠고, 양쪽으로 묵직한 커튼이 달린 거대한 침대가 놓여 있었소. 먼 옛날 우리 가문의 수많은 여인들이 아이를 혹은 죽음을 기다리며 누웠던 자리였지. 사실 죽음 역시 영혼을 낳아 세상에 내보내는 것이잖소.

당신의 임신 말기 몇 주간은 굉장히 힘들었소. 하루는 형수님이 나에게 기도를 하라고 했지만, 난 하지 않았소. 그저 당신이 죽을지도 모른다고 되뇌기만 했다오. 진심으로 절망이 느껴지지 않을까봐 두려웠거든. 회한을 미리 겪은 셈이오. 삶에 그다지 집착하지 않는 사람들이 그렇듯이 당신은 이미 체념했고, 그런 당신의 평온함은 날 비난하는 것만 같았소. 아마도 당신은 우리의 결합이 평생 동안 이어질 수 있는 것이 아님을, 결국 당신이 다른 누군가를 사랑하게 될 것임을 예감했을 거요. 원래 앞날에 대한 두려움은 죽음을 더 잘 받아들이게 만든다오. 난 열이 떨어지지 않아 뜨거운 당신의 손을 꼭 잡고 있었소. 우리는 같은 생각을, 그러니까 당신이 죽을지도 모른다는 생각을 하면서 입을 열지 않았소. 당신은 너무 많이 쇠약해진 상태라 아이가 어떻게 될지 생각할 여유조차 없었지. 난 자연의 가장 명료한 법칙을 따르는 이들을 정작 자연이 너무 부당하게 대한다고 반항했소. 한 아이가 세상에 태어날 때마다 두 생명이 위험에 처하게 되니 말이오. 누구나 태어나기 위해서 남에게 고통을 떠안기고, 죽는 순간에는 스스로 고통을 겪다니. 하지만 삶이 그렇게 잔혹하다는 것은 대단찮은 일이라오. 더 나쁜 것은 삶이 공허하다는 것, 삶에는 아름다움이 없다는 거요. 탄생의 장엄함은 죽음의 장엄함과 마찬가지로 그 자리에 입회한 사람들에게 혐오스럽거나 하찮을 뿐이라오. 이미 난 당신 방에 더는 들어갈 수 없었고, 당신은 여자들의 보살핌과 기도 속에서 발버둥쳤소. 밤새도록 켜둔 등불만이 누군가가 오기를 기다리는 중임을 말해주었소. 닫힌 문들을 지나 나에게 들려오는 당신의 비명소리에는 무언가 비인간적인 것이 실려 있었고, 난 그 소리가 너무 무서웠다오. 그처럼 동물적인 형태의 고통에 사로잡힌 당신을 떠올리는 날이 오리라 한 번도 생각해본 적이 없었던 나는 당신으로 하여금 그런 비명을 지르게 하는 아이가 원망스러웠소. 이렇게 삶 속에서뿐 아니라, 모니크, 영혼 속에서도 모든 것이 서로 연관된다오. 당신이 살아날 수 없으리라 믿었던 그 시간의 기억이, 그동안 나의 본능이 늘 끌리고 있던 쪽으로 날 다시 데려가는 데 기여한 듯싶소.

마침내 난 당신 방으로 들어가 아이를 볼 수 있었소. 모든 것이 평온을 되찾고 있었지. 당신은 행복해했고, 하지만 그것은 지친 몸이 고통에서 벗어났다는 행복이었소. 아이만 여자들 품에서 울고 있었소. 아마도 추위 때문에, 사람들 말소리 때문에, 자기를 잡고 있는 손들 때문에, 배내옷의 감촉 때문에 울었을 거요. 삶이 그 아이를 따뜻하고 어두운 엄마 뱃속에서 갑자기 밖으로 끌어낸 것 아니겠소. 아이는 두려웠을 거요. 밤도 죽음도 그 아이에게 태초의 안식처를 대신할 수 없을 테지. 밤과 죽음은 심장이 뛰며 생명을 불어넣어주지 못하는 차가운 어둠이니까. 키스를 해주어야 할 아이 앞에서 난 자꾸 소심해졌소. 아이를 보아도 애정도 자애로운 정도 느껴지지 않았고, 오히려 깊은 연민이 느껴졌다오. 갓 태어난 아기들의 앞날에 울어야 할 어떤 이유가 마련될지 우리는 알 수 없는 일 아니겠소.

난 마음속으로, 모니크, 그 아이는 당신 거라고, 내 아이이기보다는 훨씬 더 당신의 아이라고 말했소. 그 아이는 보로이노가 오랫동안 누리지 못했던 재산을 당신에게서 물려받을 테고(재산이 행복을 주지는 않지만, 그대여, 행복을 허락할 때가 많다오), 또한 고요하도록 차분한 당신의 몸짓, 당신의 지성, 그리고 프랑스 그림에 나오는 사람들 같은 해맑은 미소를 이어받을 테지. 적어도, 난 그렇게 되길 바라오. 맹목적인 의무감 때문에 난 아이의 삶에 대해, 어쩌면 행복하지 못할, 내 아들이기에 행복하지 못할 삶에 대해 책임을 느꼈소. 그나마 내가 해줬다고 내세울 수 있는 건 오직 훌륭한 어머니를 주었다는, 그 한 가지뿐이었지. 하지만 그러면서도 난 그 아이가 제라 가문의 일원이라고, 황금 썰매나 왕가의 마차처럼 더이상 쓸모가 없어진 구닥다리 사상들을 소중하게 이어받은 가문의 아이라고 마음속으로 되뇌었소. 그 아이는 나와 마찬가지로 폴란드, 포돌리아*, 보헤미아 혈통의 조상을 두었고, 조상들이 그랬듯이 정열적일 거고, 갑자기 들이닥치는 실의를 겪게 될 거고, 슬픔과 기이한 쾌락을 즐기게 되겠지. 다시 말해 조상들의 숙명, 나의 숙명까지 더해진 숙명을 그대로 지니게 될 거요. 사실 우리 가문은

* 현재의 우크라이나 서부 지방.

좀 이상한 혈통이라오. 수 세기에 걸쳐 광기와 우울이, 검은 눈과 푸른 눈이 번갈아 나타났소. 다니엘과 나는 똑같이 푸른 눈이오. 아이는 침대 곁에 놓인 요람에서 자고 있었소. 탁자 위에 놓인 램프들의 희미한 불빛이 물건을 비추었고, 너무 자주 눈에 띄어서 평소에는 보통 보지도 않고 지나치는 조상들의 초상화가 이전처럼 가만있는 게 아니라 존재를 드러내기 시작했소. 그러니까, 그림 속 조상들이 표명하던 의지가 드디어 실현되어, 우리의 결혼이 아이로 이어진 거요. 우리 아이를 통해 유서 깊은 가문은 미래로 이어질 거고, 내 삶이 이어지든 말든 그것은 중요하지 않게 되었소. 죽은 조상들은 더이상 나에게 관심이 없고, 난 사라질 수도 죽을 수도 있고, 다시 살기 시작할 수도 있게 된 거요.

우리는 다니엘의 탄생으로도 가까워지지 않았소. 사랑이 그랬던 것처럼 다니엘의 탄생 역시 우리의 기대를 저버렸지. 우리가 함께하는 삶은 여전히 다시 시작되지 않았소. 어둠을 무서워하는 아이처럼 당신 품에 파고들던 밤은 이미 끝나버렸고, 난 열여섯 살 때 쓰던 방으로 돌아갔소. 옛날의 꿈이 그대로 남은 그 침대에, 내 몸의 무게로 움푹해진 곳에 그대로 누워서 나는 나 자신과 하나가 된 기분이었소. 그대여, 우리는 삶이 우리를 변화시킨다고 믿지만, 그렇지 않다오. 삶은 우리를 마멸시키고, 우리 안에서 마멸되는 것은 우리가 배워서 알게 된 것들이오. 난 전혀 변하지 않았소. 단지 나와 나 자신의 타고난 기질 사이에 사건들이 끼어들었을 뿐이오. 나는 이전의 나 그대로였고, 어쩌면, 환상과 믿음이 하나둘 스러져갈 때마다 우리 자신의 진정한 모습을 더 잘 알게 되니, 이전보다 더 깊숙하게 나 그대로였소. 수없이 노력하고 수없이 성의를 쏟았지만 결국 이전과 똑같은 나 자신과 마주하게 된 거요. 조금 혼란스럽긴 했지만, 미덕에 묶여 있던 두 해 동안의 미망을 벗어던진 영혼 말이오. 모니크, 그렇게 되면 더이상 용기를 지닐 수 없는 법이라오. 당신 역시 당신 안에서 완수된 모성의 긴 작업을 겪으면서 원래의 순박한 기질을 되찾은 듯했소. 결혼 전처럼 행복을 갈망하지만 좀더 단호하고 좀더 평온한, 영혼의 거추장스러움에서 좀더 풀려난 젊음으로 되돌아가 있었지. 그사이 당신의 아름다움에는 평화로운 풍요가 더해졌소. 이제 내가 병자였고, 그걸 알고 난 기뻤다오. 그 여름 몇 달 동안 내가 몇 번이나 죽음을 갈망했는지는 부끄러워서 앞으로도 영원히 말하지 못할 거요. 그리고 당신이 자신보다 더 행복한 다른 여자들과 스스로를 비교하면서 내가 당신의 미래를 망쳐놓았다고 원망하지 않았는지는 알고 싶지 않소. 그래도 우리는, 상대에 대한 열정 없이 할 수 있는 사랑으로는, 최대로 사랑했소. 북쪽 지방에서는 늘 그렇듯이 조급하게, 가장 햇빛이 좋은 계절이(우리가 결혼하고 나서 두번째 맞는 것이었소) 끝나고 있었소. 우리는 이미 열매를 맺었으니 이제 사라질 일만 남은 여름과 애정의 종말을 말없이 음미했지. 그런 서글픔 속에서 음악이 다시 날 찾아온 거요.

9월 어느 날 저녁, 우리가 빈으로 돌아오기 전날 저녁에 그때까지 뚜껑이 닫혀 있던 피아노가 날 끌어당겼소. 어둑어둑해진 거실에 나 혼자 있었고. 조금 전 말했듯이 보로이노에서의 마지막 저녁이었다오. 족히 몇 주 전부터 육체적인 불안이 내 안에 스며든 터였고, 난 신열과 불면증과 싸우면서 가을을 탓했소. 음악 중에는 우리의 갈증을 달래주는 시원한 것들이 있지. 적어도 난 그렇게 생각했다오. 그리고 연주를 시작했소. 피아노를 쳤고, 처음에는 신중하게, 작은 소리로, 내 안의 영혼을 잠재우기라도 하듯 조심스럽게 연주했소. 가장 조용한, 지성의 맑은 거울이라 할 수 있는 드뷔시나 모차르트의 음악을 골랐다오. 혹시라도 이전에 빈에서처럼 음악이 내 마음을 혼란스럽게 할까봐 두려웠는지도 모르겠소. 하지만 나의 영혼은, 모니크, 잠들려 하지 않았소. 아니, 어쩌면, 영혼이 아니었을지도 모르지. 나는 음 하나하나가 고요한 정적 위로 떠다니도록 흐릿하게 연주했소. 그날은 (조금 전에도 말했듯이) 보로이노에서의 마지막 저녁이었소. 내 두 손이 다시는 이 건반에 닿지 못하리라는 걸, 내가 연주하는 화음이 이 방을 채우는 일이 다시는 없으리라는 걸 난 알고 있었소. 난 내 몸에 느껴지는 고통을 죽음의 전조로 해석했소. 그대로 죽으리라 이미 결심한 상태였다오. 나의 영혼을 마치 절정에 이른 뒤 내려앉기 시작하는 파도에 실린 몸처럼 아르페지오의 절정에 버려두고, 다가올 심연과 망각 속으로 떨어질 때 음악이 도와주리라 기대한 거요. 난 더없이 쇠약해진 상태로 연주했소. 내 삶은 아예 처음부터 다시 살아야 하는 거라고, 병이 낫는다 해도 그 무엇으로도 치유될 수 없다고 생각했지. 병이 다시 도지고, 다시 노력하고, 똑같이 기운을 소진하는 두 가지를 번갈아 겪느라 너무 지친 거요. 어느새 난 음악 속에서 나의 나약함과 나의 자포자기를 즐기고 있었소. 예전처럼 열정적인 삶에 대해 경멸을 느낄 힘은 없었고, 여전히 그런 삶이 두렵기는 했지. 나의 영혼은 나의 육신 속에 더 깊이 박혀버렸소. 그때, 사념에 사념을 이어가면서, 화음에 화음을 이어가면서, 그렇게 가장 내밀하고 가장 깊이 감추어진 나의 과거로 거슬러올라가면서 내가 아쉬워한 것은 그동안 내가 저지른 과오들이 아니라 쾌락을 줄 수 있었던, 내가 거부했던 기회들이었다오. 너무 여러 번 무너졌다고 후회한 게 아니라 너무 오랫동안 너무 힘들게 싸웠다고 후회한 거요.

계속 연주했소. 필사적으로 연주했지. 인간의 영혼은 우리 자신보다 느리다오. 그래서 난 영혼이 우리보다 더 오래 지속될 수 있음을 인정하오. 영혼은 언제나 우리의 현재 삶보다 조금 뒤처져 있지. 난 내 마음속에서 울리는 음악, 내 안에 억눌러놓은 야생의 쾌락과 욕망의 음악이 지닌 의미를 이해하기 시작했소. 그때까지 난 내 영혼을 단 하나의 단조로운 탄식의 선율에 묶어놓았고, 내 삶을 시편의 노래만이 솟아날 수 있는 침묵으로 만들어버렸던 거요. 난 신앙심이 그다지 깊지 않아서, 그대여, 시편만으로는 만족할 수 없다오. 내가 지금 후회하는 것은 후회했다는 바로 그 사실이오. 소리들은, 모니크, 형태들이 공간 속에 펼쳐지듯 시간 속에서 펼쳐지고, 음악이 멈출 때까지, 부분적으로, 미래 속에 잠겨 있소. 그래서 즉흥적으로 곡을 만들면서 이어질 음을 선택하는 데는 무언가 감동적인 면이 있지. 그때 난 음악과 삶에서 오로지 스스로의 전개 법칙만을 따르는 자유를 처음 깨달았소. 리듬은 마음속에서 커지는 동요를 그대로 따라가기에, 심장이 너무 빨리 뛸 때 박동 소리를 듣고 진단하는 건 무서운 일이라오. 지난 두 해 동안 내가 나 자신을 감금시켜놓은 이 악기에서 흘러나오는 것은 더이상 희생의 노래가 아니었고, 욕망의 노래도 아니었으며, 가까이 다가온 쾌락의 노래도 아니었소. 그것은 증오였소. 나를 변조시켜놓은, 그토록 오랫동안 날 짓눌러온 모든 것에 대한 증오. 난 당신 방에까지 내 피아노 소리가 들릴 것이라 생각하며 일종의 잔인한 기쁨을 느꼈고, 그것이면 충분한 고백이, 설명이 되리라 생각했소.

바로 그때 나의 두 손이 눈에 들어왔다오. 나의 손, 장식용 반지도 결혼반지도 끼지 않은, 아무것도 없는 두 손이 건반 위에 놓여 있었지. 눈앞에 나의 영혼이 다시 살아나 있는 것만 같았소. 그 순간 갑자기 나의 두 손이(나의 유일한 친구들이기에 얘기할 수 있는 거요) 극도로 예민해진 듯했소. 움직이지 않으면서도, 어서 화음으로 모습을 드러내라고 부추기듯이 침묵을 어루만졌다오. 나의 두 손, 리듬의 여운으로 살짝 떨리면서, 가능한 모든 소리가 이 건반 안에 잠들어 있듯이, 건반 위에 놓인 그 두 손 안에, 모든 미래의 동작이 잠들어 있었소. 짧은 포옹의 기쁨으로 여러 몸을 끌어안았던 손이고, 소리 내는 건반 위에서 눈에 보이지 않는 음들의 형태를 만져보았던 손이며, 어둠 속에서 잠든 몸들의 윤곽을 따라갔던 손이었소. 이전에 기도하는 자세로 자주 들어올렸던, 그리고 당신의 두 손과 하나가 되었던 내 손은 더이상 그 모든 것을 기억할 수 없었소. 익명의 손, 어느 음악가의 손이 되어버린 거요. 그것은 나의 매개물이었고, 음악을 통해 나를 우리가 신이라고 부르고 싶어하는 그 무한의 존재에게 이어주는, 애무를 통해 다른 사람들의 삶과 만나게 해주는 접촉 수단이었소. 그 흐릿한 손은, 그동안 햇볕을 쬐지도 일을 하지도 기쁨을 누리지도 못했기에 그 아래 놓인 상아 건반처럼 창백했소. 충실한 하녀처럼 날 섬기던 손이었는데. 음악으로 먹고살던 시절에는 그 두 손이 나에게 먹을 것을 가져다주었잖소. 난 예술로 먹고사는 일에 아름다움이 있다는 사실을, 그 일이 우리를 예술이 아닌 모든 것에서 자유롭게 해준다는 사실을 처음 깨달았소. 나의 두 손이, 모니크, 나를 당신으로부터 자유롭게 해줄 거요. 이제 이 손은, 거리낌없이, 다시 내밀어질 수 있을 테지. 나의 두 손이 나에게 출발의 문을 열어주었고, 날 해방해주었소. 어쩌면, 그대여, 이런 것까지 얘기해선 안 될 테지만, 그날 저녁 난 자기 자신과 계약을 체결하는 사람처럼 나의 두 손에 입을 맞추었소.

이어진 날들의 이야기는 빨리 넘어가리다. 그때 내가 느낀 것들은 나 혼자만의 일이고 나 혼자만의 감동이었으니 말이오. 당신 앞에서는 수치심에 가까운 부끄러움 때문에 조심스레 말할 수밖에 없을 테고, 나의 후회 역시 거짓말일 테니, 내밀한 추억은 나 혼자 간직하리다. 마지막임을 알면서 겪는 패배만큼 달콤한 것은 없다오. 빈에서, 하늘이 화창하던 마지막 가을날 동안, 난 나의 육체를 되찾는 환희를 누렸소. 영혼을 가졌다는 사실로부터 육체가 나를 치유시켜준 거요. 당신은 나의 근심, 후회, 양심의 가책만을 보았고, 그나마도 그것은 나 자신의 양심이 아니라 내가 다른 이들의 것을 길잡이로 삼은 양심이었소. 육체의 아름다움과 신비에 대해 내가 얼마나 열렬한 애정을 느끼는지, 스스로를 내어주는 한 육체가 어떻게 매번 인간적 젊음을 한 조각씩 가져다주는 듯 느껴졌는지, 난 당신에게 어떻게 말해야 하는지 알지 못했소. 아니, 말할 용기를 내지 못했소. 그대여, 산다는 것은 어려운 일이오. 나는 이미 수많은 도덕 이론을 세워보았기에 또다른, 모순되는 이론들을 다시 세울 생각이 없소. 행복이 과오의 언저리에 존재한다고 믿기에는 난 너무 합리적이고, 스스로 기쁨을 갖지 못하는 사람에게는 악덕이든 미덕이든 기쁨을 주지 못하는 법이라오. 단지, 난 광기에 가까운 자기 부정보다는 과오가(만일 그것이 과오라고 한다면) 여전히 더 좋소. 삶은 나를 지금의 나로, 내가 선택하지 않았지만 체념하며 받아들이는 본능의 죄수로(이렇게 말해도 상관없소) 만들었고, 난 지금의 순응이 나에게 행복은 아니더라도 평온한 마음을 가져다주기를 바라오. 그대여,

난 언제나 당신은 무엇이든 이해할 수 있다고 믿었소. 그것은 무엇이든 용서하는 것보다 더 희귀한 일이라오.

이제 당신에게 작별 인사를 하려 하오. 당신의 여성적인, 아니 모성적인 다정함을 생각하며 난 감미로운 기쁨을 무한히 느낀다오. 아쉬워하며 당신을 떠나고, 당신의 아이를 부러워하지. 당신은 내가 누군가의 앞에서 스스로 죄인이라 느낀 유일한 인간이었소. 하지만 내 삶을 글로 쓰는 동안 내 마음은 더 단단해졌다오. 이제야 난 당신을 불쌍히 여기되 나 자신을 가혹하게 단죄하지 않을 수 있게 되었소. 나는 당신을 배반했지만, 당신을 두고 부정을 저지르고 싶지는 않았소. 당신은 언제나 의무감에 따라 가장 좁고 가장 힘든 길을 선택하는 여인에 속하지. 연민을 베풀어달라고 간청함으로써 당신에게 자기 자신을 희생하도록 내몰 핑계를 줄 생각은 없소. 평범한 도덕에 따라 살지 못했던 나는 이제, 적어도, 나 자신의 도덕과 화해하려 하오. 모든 원칙을 거부하려는 때가 바로 자신이 옳은지 조심스레 고민해야 하는 때라오. 이전에 난 당신에게 삶이 저항할 수밖에 없는 경솔한 약속을 했소. 이제 더없이 겸허하게, 당신을 떠나는 것에 대해서가 아니라 그토록 오랫동안 곁에 있었던 것에 대해서, 당신에게 사죄하리다.

로잔에서,

1927년 8월 31일~1928년 9월 17일

은총의 일격

머리말

1914년의 전쟁과 러시아 혁명이 지나간 길에 자리잡은 이 짧은 소설 「은총의 일격」은 1938년 소렌토에서 쓰였고, 1939년의 전쟁, 즉 제2차세계대전이 일어나기 석 달 전에, 따라서 이 책에 이야기된 사건이 일어난 뒤 이십 년 후에 출간되었다. 소설의 주제는 우리와 아주 멀면서도 아주 가깝다. 이 책에 이야기된 사건 위로 그 이십 년 동안 수많은 다른 내전의 일화가 포개졌다는 점에서 우리와 멀고, 소설 속에 그려진 정신적 혼란에 우리가 여전히, 그리고 이전보다 더 깊이 빠져 있다는 점에서 가깝다. 이 책의 이야기는 실제 있었던 일에서 영감을 받은 것이고, 에릭, 소피, 콘라드라고 불리는 세 인물도 사건 당사자와 절친했던 사람 중 하나가 나에게 들려준 거의 그대로이다.

나는 내가 이 이야기에서 얻은 감동을 독자도 똑같이 느끼기를 바란다. 사실 문학적 관점만으로 보자면 나는 이 이야기가 고전 비극 양식의 요소를 다 갖추고 있다고 보고, 따라서 고전 비극의 몇 가지 특징을 간직한 프랑스의 전통적 이야기라는 틀에 잘 들어맞으리라 생각했다. 그 첫번째 특징은 시간과 장소의 단일성, 그리고 오래전에 코르네유가 절묘한 표현으로 정의한 위기의 단일성이다. 또한 이야기의 줄거리를 이끌어가는 인물은 두세 명에 한정되고, 적어도 그중 하나는 스스로를 알려 하고 또 자기 자신에 대해 판단을 내리려 하는 명철한 인물이다. 마지막으로 정념은 언제나 비극적 결말에 이른다. 물론 일상의 삶에서는 보다 은밀하거나 눈에 잘 띄지 않는 형태로 마무리되겠지만, 이런 이야기에서는 비극적 결말이 불가피하다. 더구나 혁명과 전쟁으로 고립된 발트 해 지역의 오지라는 배경 역시 라신이 『바자제』 서문에서 완벽하게 제시했던 것과 유사한 이유에서* 비극의 조건에 부합된다고 말할 수 있다. 즉 소피와 에릭의 이야기는 그 배경 덕에 일상적인 사소한 사건이 아닐 수 있게 된다. 또한 최근의 사건에 공간적 거리가 부여되면서 시간적 거리와 같은 효과가 생겨난다.

이 책을 쓰면서 어떤 공간, 어떤 시대를 재창조하는 것은 나의 의도가 아니었다. 설사 그랬다 해도 부차적일 뿐이다. 그렇지만 우리가 탐구하는 심리적 진실은 개별적인 것, 특수한 것과 워낙 긴밀하게 연결되어 있기 때문에 우리의 전범인 고전주의 작가들처럼 한 사건의 바탕

---

* 『바자제』(1672)는 1638년의 터키 궁전을 배경으로 한다. 라신은 서문에서, 바자제 이야기의 시간적 배경은 최근이지만 나라 간의 거리가 시대적으로 근접한 것을 보완해줄 수 있기 때문에 극시(劇詩)의 법칙에 어긋나지 않는다고 말한다. 이야기에 등장하는 터키의 인물들이 동시대인이지만 서로 접촉이 없기 때문에 다른 세기에 사는 사람처럼 보일 수 있다는 것이다.

을 이루는 외적인 현실을 철저히 외면하거나 그에 대해 침묵하기는 어렵다. 내가 크라토비체라고 부른 장소가 비극으로 발을 내딛기 위한 자리에 불과할 수는 없으며, 내전을 둘러싼 핏빛 일화들이 사랑 이야기가 펼쳐지기 위한 막연한 붉은 배경에 불과할 수는 없다. 그 자체가 이미 인물들의 내면에 항구적인 절망 상태를 만들어놓았고, 그것을 모르고는 그들에게 일어나는 일과 그들이 하는 일을 설명할 수 없다. 이야기 속의 젊은 남녀, 나로서는 전해 들은 짤막한 요약으로밖에 알지 못하는 두 사람은 그들을 제대로 비춰주는 조명 아래, 최대한 역사적으로 정확한 상황에 놓여야, 비로소 독자가 수긍할 수 있는 존재가 될 것이다. 이 주제에 담긴 정념과 의지의 갈등 때문에 선택한 나는 결국 군용 작전지도를 펼쳐야 했고, 다른 목격자들로부터 세부적인 자료를 모아야 했다. 또한 고립된 어느 나라의 국경 지역에서 벌어졌던 알려지지 않은 군사작전에 대해 아주 작은 메아리나 아주 흐릿한 그림자라도 당시 서유럽까지 전해진 소식이 없는지 찾기 위해 오래전 잡지들을 뒤져야 했다. 후에 두세 번쯤 발트 지역 전쟁에 참여했던 사람들이 먼저 연락을 해와서 「은총의 일격」이 자신의 기억과 일치한다고 확인해주기도 했다. 그것은 지금껏 내가 쓴 책들의 내용에 대한 그 어떤 호의적인 비평보다도 더 나를 안심시켜주었다.

이 이야기는 일인칭으로 서술되어, 주인공이 직접 말한다. 나는 이러한 방식을 자주 사용하는데, 그것이 책 안에 저자의 관점, 적어도 저자의 해설이 설 자리를 주지 않기 때문이고, 또한 자신의 삶을 직시하고 어느 정도 정직하게 설명하려고 노력하는, 무엇보다 기억하려고 노력하는 인간을 보여주기에 적합하기 때문이다. 그렇지만 주인공이 길게 말하는 동안 청자들이 거스르거나 끼어들지 않고 들어주는 형식의 이런 이야기는 어떤 경우든 문학적 관습임을 기억해야 한다. 그렇게 해서 『크로이처 소나타』나 『배덕자』*의 주인공은 세부적인 것까지 정확하게 이야기의 논리를 따라가며 자기 이야기를 한다. 실제의 삶에서는 그렇지 않다. 진짜 고백이라면 단편적으로 잘리고, 이미 나온 말이 다시 나오고, 순서가 뒤섞이고, 내용은 더 모호해질 것이다. 이러한 유보 조건은 기차역 대합실에 앉은 주인공이 옆에서 듣는 둥 마는 둥 하는 동료들에게 들려주는 「은총의 일격」에도 유효하다. 하지만 이런 유형의 이야기를 시작하기 위한 관습이 일단 받아들여지고 나면 저자는 한 존재를 온전히 보여줄 수 있게 된다. 고유의 어투로 드러나는 장점과 단점을 지니고 있고, 올바른 혹은 잘못된 판단을 하고, 자각하지 못한 선입견에 싸여 있고, 거짓말을 하지만 그것이 진실일 수 있고 반대로 고백하는 말이 사실은 거짓일 수 있으며, 할말을 못하고 주저하기도 하고 심지어 어떤 것은 잊기도 하는, 그런 주인공을 내세울 수 있게 되는 것이다.

이러한 문학적 형태는 독자의 협력을 가장 많이 요구한다는 단점이 있다. 즉, 이야기 속에서 '나'라고 말하는 존재를 거쳐서만 사건이나 인물이 주어지기 때문에 독자는 그 과정의 굴절을 고려해야 한다. 물 속에 담긴 물체의 정확한 위치를 가늠할 때와 마찬가지다. 일인칭 이야기에서 발생하는 이러한 시점의 편차는 대부분의 경우 자기 이야기를 하는 인물을 편하게 해준다. 그런데 「은총의 일격」의 경우 자기 이야기

* 톨스토이의 『크로이처 소나타』와 지드의 『배덕자』는 모두 주인공이 고백하는 구성으로 이루어져 있다.

를 할 때 불가피하게 발생하는 편차가 오히려 화자에게 손해가 된다. 에릭 폰 로몬트 같은 유형의 인간은 늘 자기 자신에게 불리한 방향으로 생각하기 때문이다. 혹시라도 틀렸을지 모른다는 두려움 때문에 그는 자신의 행위에 확신이 없을 경우 늘 최악의 해석을 제시한다. 혹시라도 책잡히는 일이 없게 하려는 생각 때문에 진짜 냉혹한 사람이라면 거들떠보지도 않을 냉혹함의 갑옷 속에 갇힌다. 자기 자신에 대한 자부심 때문에 자존감이 덮인다. 결국 순진한 독자는 에릭 폰 로몬트를 눈을 찌푸리지 않고 끔찍한 기억을 직시하기로 결심한 인간이 아니라 가학적인 인간이라고 생각할 위험이 있다. 그리고 정말 야수라면 누군가에게 고통을 주었던 기억을 떨치지 못할 수 없음을 잊고서, 그를 야수라고 생각할 수 있다. 또한 유대인을 야유하기는 하지만 자신의 계급적 관습에 순응한 정도에 지나지 않는 그를 골수 반유대주의자로 간주할 위험이 있다. 정작 그는 전당포를 하는 유대인의 아내가 지닌 용기에 찬탄을 내비쳤고, 그리고리 뢰프를 자신의 인생에서 벗이자 적수였던 이의 부류에 포함하기까지 했는데 말이다.

다들 같은 생각이겠지만, 화자가 그려내는 자기 자신의 모습과 현재 혹은 과거의 진짜 모습 사이의 괴리가 가장 뚜렷하게 드러나는 것은 사랑과 증오라는 복잡한 관계 속에서다. 에릭은 콘라드 드 르발을 뒤쪽에 밀어놓은 것 같고, 그를 열정적으로 사랑했음에도 지극히 막연하게만 그려낸다. 우선은 에릭이 자기에게 가장 중요한 것에 대해 많이 말하는 사람이 아니기 때문이고, 또한 그 존재가 뚜렷해지기 전에 혹은 형성되기 전에 세상을 떠난 친구를 두고 그를 알지도 못하는 사람들에게 할말이 없기 때문이기도 하다. 잘 가려들을 줄 아는 사람이라면, 에릭이 콘라드에 대해 넌지시 한 말 속에서 너무 많이 사랑했던 대상을 향한 인위적인 가벼움 혹은 미세한 신경질적 불안을 간파할 수 있을 것이다. 에릭이 반대로 소피는 전면에 내세우고 그녀의 결점들과 가련한 방종마저 미화해서 그린 까닭은, 단지 그녀가 주는 사랑이 싫지 않고 심지어 그게 마음을 편하게 해주었기 때문만은 아니다. 여자에게 사랑을 줄 수 없다면 적어도 존중해야 한다는 것이 그의 규칙이었기 때문이다. 그 외 다른 이유들은 덜 자발적인 것이다. 게다가 명민한 이 남자는 스스로 깨닫지 못하고 있지만 자신이 젊은 날에 겪은 격정과 거부를 단순화해서 정리해버린다. 어쩌면 그는 스스로 말한 것보다 더 깊게 소피에게 빠졌었는지도 모른다. 헛된 자만심 때문에 인정하지 않을 뿐 분명 그녀에게 훨씬 집착했다. 사실 젊은 여자의 집요한 애정 공세 앞에서 혐오감과 반감을 느끼는 일은 그가 생각하는 것보다 흔한 일이고, 그것은 지독한 사랑을 처음 만난 남자가 크게 놀란 데서 발생하는 평범한 결과다.

「은총의 일격」의 중심 주제는, 젊은 여자가 자기를 바치려 하고 젊은 남자는 거절한다는 부차적인 일화를 넘어, 동일한 결핍과 위험에 처한 같은 부류의 세 사람이 이루는 종족 공동체, 운명의 연대이다. 특히 에릭과 소피는 타협을 모르는 성격과 자기 운명의 끝까지 밀고 나가려는 열정이 닮았다. 소피의 방탕한 삶은 누군가 자기를 취해주기를 혹은 누군가 자기를 좋아해주기를 바랐기 때문이 아니라, 자신의 육체와 영혼을 온전히 바치려는 욕구를 가졌기 때문이다. 에릭의 콘라드에 대한 애착은 육체적인 행태를, 심지어 감정적인 반응을 넘어서는 것이다. 에릭의 선택은 엄격한 고행의 이상, 영웅적 동지애의 환상에 진정으로 부합

한다. 그것은 삶을 바라보는 관점의 일부이다. 그에게는 성애조차 생활 규범의 한 측면이다. 이야기의 끝부분에서 에릭과 소피가 재회하는 순간에 나는 꼭 필요한 몇 마디 말밖에 오가지 않는 가운데서도 그들 사이에 내밀함이 존재함을, 혹은 두 사람이 꼭 닮았음을 보여주려 했다. 그것은 육신의 정념으로 인한 갈등보다, 정치적 입장의 문제보다 강한 닮음이다. 심지어 좌절된 욕망이나 상처받은 자존심으로 인한 원한보다 강하다. 그러한 우애의 끈은 두 사람이 무엇을 하든 그들을 긴밀하게 이어주며, 그들의 상처의 깊이를 설명해준다. 그러한 상황에서는 둘 중 누가 죽이고 누가 죽임을 당했는지는 중요하지 않다. 그들이 서로 증오했는지 혹은 사랑했는지조차 중요하지 않다.

여기서 내가 인물들이 지닌 내적 고귀함이 「은총의 일격」을 쓰게 한 이유 중 하나라고 덧붙인다면 시류에 역행하는 것임은 알고 있다. 먼저 고귀함이라는 말의 의미에 대한 합의가 필요하다. 나에게 고귀함이란 이해타산이 철저히 부재한다는 뜻이다. 특권 계급에 속하고 마지막으로 그 계급을 대표하는 세 인물을 주인공으로 하는 이야기 속에서 고귀함에 대해 말하는 것이 모호성을 초래할 위험이 있음을 모르지 않는다. 우리는 정신적 고귀함과 귀족 계급이라는 두 개념이 언제나 겹치지는 않음을, 전혀 다른 것임을 잘 안다. 하지만 아무리 작위적인 것이라 해도 혈통의 고귀함이라는 이상이 어떤 천성의 소유자에게는 독립심 혹은 자부심, 변함없음 혹은 사심 없음, 다시 말해 고귀함으로 정의되는 것들이 발휘되는 바탕이 된 것은 사실이며, 이를 인정하지 않는 것은 결국 현시대의 대중적 편견을 되풀이할 뿐이다. 우리 시대의 문학적 관습이 인물에게 부여하기를 꺼리는 그러한 품격은 사회적 출신과는 거의 관련이 없다. 에릭이 자신의 선입견에도 불구하고 그리고리 뢰프가 그러한 품격을 지녔음을 인정하고, 정작 자신과 같은 계층에 속하고 같은 편으로 싸우던 책략가 폴크마르에게서는 인정하지 않는 이유이기도 하다.

자명한 것을 굳이 강조해야 했다는 아쉬움과 함께, 끝으로 「은총의 일격」이 그 어떤 집단이나 계급, 어떤 나라나 어떤 정당도 찬양하거나 반대로 폄하할 목적을 갖지 않았다는 말을 해야겠다. 내가 에릭 폰 로몬트에게 프랑스식 이름과 프랑스인 선조를 준 것은 전적으로 의도적인 일이었다. 독일인의 특성이라고 보기 힘든 날카로운 통찰력을 부여하기 위해서였다. 이것만으로도 내가 에릭이라는 인물을 통해 어떤 유형의 귀족 혹은 독일군 장교의 이상적인 초상화를 그렸다는, 혹은 반대로 풍자화를 그렸다는 해석은 옳지 않음을 알 수 있을 것이다. 내가 「은총의 일격」을 쓴 것은 정치적 자료가 아니라 인간적 자료로서의 가치(만일 그런 것이 있다면) 때문이고, 이 책은 그렇게 평가되어야 한다.

1962년 3월 30일

새벽 다섯시였고, 비가 내리고 있었으며, 사라고사에서 부상당한 뒤 이탈리아 병원선에서 치료를 받던 에릭 폰 로몬트는 독일로 돌아가기 위해 피사 역 구내식당에서 기차를 기다리고 있었다. 사십대의 나이임에도 마치 단단한 젊음이 그대로 굳어진 듯한 미남 에릭 폰 로몬트는 프랑스인 선조, 발트인 어머니, 프로이센인 아버지로부터 가느스름한 얼굴, 연푸른색 눈, 큰 키, 미소 지을 때면 드물게 나타나는 오만한 표정, 골절상 깁스 때문에 지금은 불가능하지만 발뒤꿈치에 힘을 주고 걷는 걸음걸이를 물려받았다. 흔히 개와 늑대를 구별하기 힘들다는 어슴푸레한 시각, 가장 예민한 사람들이 속내를 털어놓고, 범죄자들이 죄를 고백하고, 가장 조용한 사람들마저 졸음을 떨치기 위해 온갖 이야기와 추억담을 풀어놓는 시간이 다가오고 있었다. 지금껏 에릭 폰 로몬트는 고집스레 바리케이드의 우측 진영에서 버텨왔다. 그는 1914년에는 아직 어려서 위험에 스치기만 한 뒤, 전후戰後 유럽의 무질서와 개인적인 불안 속에서 만족하지도 체념하지도 못한 채 용병으로 변신해서는 매번 완전히 성공하지도 완전히 실패하지도 않는 명분을 위해 싸워온 부류에 속했다. 그렇게 그는 중부 유럽 지역에서 최종적으로 히틀러의 등장으로 귀결된 여러 흐름에 참여했다. 차코와 만주의 전장에도 가 있었고, 프랑코군에서도 싸웠다. 그전에는 쿠를란트에서 볼셰비키군에 맞서는 의용군 부대를 이끌었다.* 그는 배내옷에 싸인 아기처럼 붕대로 감싼 부상당한 다리를 의자 위에 비스듬히 올려놓았고, 이야기를 하면서 건성으로 손목의 구식 시곗줄을 만지작거렸다. 손목에 차고 있다는 것만으로 용기의 증거라며 찬탄할 수밖에 없는, 볼품없이 크기만 한 구식 손목시계였다. 그는 도중에 버릇처럼 탁자를 내리치곤 했다. 주먹이 아니라 가문의 문장紋章이 새겨진 육중한 반지를 낀 오른손 손바닥이 탁자에 닿을 때마다 옆에 있던 두 동료가 깜짝 놀랐다. 판매대 뒤에서 졸고 있던, 볼이 통통하고 머리가 곱슬거리는 이탈리아인 보이가 잔이 부딪치는 소리에 자꾸 깨어났다. 삯마차를 모는 늙은 애꾸눈 마부가 십오 분에 한 번씩 다가와 뜬금없이 피사 사탑의 야경을 보러 가지 않겠느냐고 물을 때마다 그는 성마른 목소리로 거절하느라 몇 번이나 이야기를 멈춰야 했고, 동료 중 한 명은 그 틈을 이용해 블랙커피를 다시 주문하곤 했다. 담배 케이스가 열리는 소리가 들렸다. 한순간 무언가에 짓눌린 듯, 독일인 에릭 폰 로몬트

* 차코는 제2차세계대전 직전에, 만주와 발트 해의 쿠를란트는 2차대전 중에 큰 전투가 있던 지역이다.

는 사실상 자기 자신에게 하고 있는 끝없는 고백을 잠시 멈추고 라이터 쪽으로 고개를 숙였다.

독일의 어느 민요에 죽은 자들은 발걸음이 빠르다는 가사가 있지만, 산 사람들도 그렇다. 십오 년이 흐르고 나니, 나 역시 리보니아와 쿠를란트에서 볼셰비키군과 맞서던 때의 일들이 전부 뒤엉켰고, 마치 꺼지지 않은 불씨가 다시 타오르듯 혹은 잠시 가라앉은 피부병이 다시 합병증을 일으키듯 내전이 이어지던 때가 잘 기억나지 않는다. 사실 전쟁은 지역마다 다르다. 호밀이나 감자 같은 지역 특산물이 있는 것과 같다. 내 인생에서 가장 사건이 많았던 그 열 달 동안 나는 그곳에서 부대를 지휘했다. 그곳 사람들의 러시아식, 라트비아식 혹은 독일식 이름이 신문에 등장한다 한들 유럽이나 다른 지역의 독자가 아무것도 떠올리지 못할 정도의 외딴 지역들이었다. 자작나무 숲, 호수, 사탕무 밭, 지저분한 소도시들, 이따금은 운좋게도 부하들이 돼지 한 마리를 찾아내

잡아먹을 수 있었던 불결하고 가난한 마을들, 안은 모두 약탈당하고 바깥은 그 주인과 가족들을 처형한 총탄 자국을 간직한 영지의 고저택들, 그리고 큰돈을 벌어보겠다는 욕심과 총검에 찔릴지도 모른다는 두려움으로 망설이는 유대인 돈놀이꾼들이 있었다. 지리멸렬한 부대들은 하나같이 사병보다 장교가 더 많았고, 망상가, 괴짜, 도박꾼, 멀쩡한 사람, 선량한 젊은이, 멍청이, 알코올 중독자 들이 뒤섞여 있었다. 잔인성에 대해 말하자면, 볼셰비키군에서 포로를 고문하던 라트비아 전문가들은 몽골 제국의 전통을 기려 끔찍한 고통을 가하는 기술을 개발해냈다. 예를 들어 장교에게만 가하던 중국식 손 고문이 있었다. 모두가 궁핍과 굴욕을 감내해야 했던 때였으니 어차피 추억에 지나지 않는 것이지만, 아무튼 장교만이 전설적인 흰 장갑을 꼈기 때문이다. 인간의 광기가 얼마나 섬세하게 발현되었는지 짐작할 수 있도록 덧붙이자면, 고문을 당하면서 자기 손에서 생으로 벗겨낸 살가죽으로 뺨을 얻어맞아야 했다. 더 끔찍한 것도 얼마든지 말할 수 있지만, 그런 것들은 가학적 심리와 멍청한 호기심을 오갈 뿐이다. 잔혹함을 보여주는 최악의 예들은 결국 듣는 이의 신경 가닥을 더 단단하게 해줄 뿐이다. 이미 심장이 돌처럼 단단해진 상태에서 그런 쪽으로 더 단련할 필요는 없으리라 생각한다. 물론 아군도 그 방면의 창안에 뒤지지 않았지만, 나는 거의 언제나 그냥 죽이는 쪽을 택했다. 잔혹함은 마약이나 실크 셔츠와 마찬가지로 한가한 자들이 누리는 사치다. 사랑에 관해서 역시 나는 단순한 완벽성을 지지한다.

게다가 용병으로 전쟁에 뛰어든 사람들은(내가 그랬다) 스스로 마주하기로 선택한 위험이 어떤 것이든 적에 대한 증오심을 끝까지 불태우지 못하는 일종의 무력감에 빠질 때가 많다. 어쩌면 나 개인의 무력함을 일반화하는 것일 수도 있다. 사실 나는 주변 사람들이 불어넣는 원한이나 사랑의 감정을 키워줄 이데올로기라는 촉진제를 찾는 일에서 나만큼 서툰 인간을 본 적이 없다. 나는 어떤 명분을 위해 위험을 감수하는 데 동의하면서도 그 명분을 믿어본 적은 없다. 볼셰비키들에게 계급적 적대감을 느꼈지만, 오늘날처럼 교묘한 책략에 따라 수시로 지도가 바뀌기 전까지 그 정도 적의는 자연스러운 것이었다. 나는 혁명에 맞선 백계 러시아인들의 불행에 대해서도 그다지 염려해본 적이 없고, 유럽의 운명을 생각하느라 잠 못 이루는 일도 없었다. 나와 상관없이 돌아가는 발트 지역의 기계장치 속에서 나는 그중 한 톱니바퀴의 역할을 최대한 해내는 것으로, 톱니 사이에 낀 손가락이 되지 않는 것으로 만족했다. 베르됭*에서 전사하면서 미국 여자와 결혼하는 데나 쓸모 있을 철제 훈장 하나에 빚만 잔뜩 유산으로 남겨놓은 아버지, 반쯤 정신이 나가서 하루 종일 불교 경전과 라빈드라나트 타고르의 시만 읽고 있는 어머니를 가진 내가 다른 무엇을 할 수 있었겠는가. 빗나가기만 하는 내 삶에서 콘라드는 적어도 하나의 고정점이었고, 매듭이었고, 심장이었다. 콘라드는 러시아 피가 섞인 발트인이었다. 나는 발트와 프랑스 피가 섞인 프로이센인이었다. 우리의 피는 이웃한 나라들에 걸쳐 있었다. 나는 콘라드에게서 내 안에서 자라나고 있는, 하지만 억눌려 있는 능력, 즉 그 무엇에도 집착하지 않고 전부 즐기면서 동시에 전부 경멸하는 능력을 알아보았다. 하지만 정신과 성격과 육체가 충동적으로

* 프랑스 북동부의 도시 베르됭을 중심으로 한 지역은 제1차세계대전중 서부전선 최대 격전지였다.

일치했을 뿐인 것을 심리적으로 설명할 생각은 없다. 아무튼 우리 육신에서 심장이라고 불러야 하는 설명할 수 없는 한 조각 역시, 물론 그의 가슴에서 뛰는 심장의 박동이 내 가슴에서 뛰는 것보다 조금 약하기는 했지만, 경탄스러울 만큼 똑같은 리듬으로 그 일치에 가담했다. 독일을 좋아했던 그의 아버지는 수천 명의 러시아인이 우울증과 해충과 싸우면서 비참하게 연명하던 드레스덴 인근의 포로수용소에서 티푸스에 걸려 죽었다. 우리의 성姓과 프랑스 혈통을 자랑스러워했던 나의 아버지는 아르곤의 어느 참호에서 프랑스군으로 참전한 흑인 병사의 총에 맞아 두개골이 깨져 죽었다. 이러한 어이없는 일들로 인해 나는 나 자신의 개인적 확신을 제외한 모든 것을 혐오하게 되었다. 1915년의 전쟁은, 심지어 죽음마저도 우리에게는 그저 숙제를 안 해도 되고 시험도 없는, 청소년기의 복잡한 근심이 사라진 긴 방학으로 받아들여졌다. 국경 지역으로 일종의 막다른 골목에 위치한 크라토비체에서는, 이미 전시의 기강이 해이해진 때였기에, 서로 친하거나 집안에서 아는 사람들에게는 여권에 통행허가 도장을 찍어주기도 했다. 어머니는 발트인이고 르발 백작가의 사촌이었지만 프로이센군의 미망인이었기 때문에 크라토비체로 가고 싶어도 러시아 당국이 허락하지 않았을 것이다. 하지만 열여섯 살짜리 소년이 와 있는 것은 그냥 눈감아주었다. 어린 나이가 통행허가증 역할을 해준 덕에 나는 외진 대저택에서 콘라드와 함께 지낼 수 있었다. 돌봐줄 사람이라고는 콘라드의 고모, 그러니까 르발 가문의 러시아 쪽 혈통을 대변하는 백치에 가까운 노처녀와 훌륭한 사냥개의 본능을 지닌 정원사 미헬밖에 없었다. 우리는 새벽이면 호수에서, 혹은 바닷물과 민물이 만나는 강어귀에서 물놀이를 했고 똑같이 생긴 우리 발자국이 모래 위에 패었다가 이내 바닷물에 빨려들어가 사라지는 광경을 바라보았다. 건초 더미에 누워 낮잠도 잤고, 연초든 풀잎이든 닥치는 대로 씹어가면서 당면한 시대적 문제들에 대해 토론하기도 했다. 우리가 더 큰 애들보다 뭐든지 더 잘해낼 수 있다고 확신했고, 서로의 앞에 각기 다른 재앙과 광기가 기다리고 있음을 미처 깨닫지 못했다. 함께 스케이트를 탔고, 겨울 오후 내내 눈밭에 몸을 던져 두 팔을 벌려 흔들면서 날개 자국을 남기는 이상한 천사 놀이도 했다. 라트비아 농가의 제일 큰 방에서 제일 좋은 거위털 이불을 덮고 깊은 잠에 빠지기도 했는데, 우리에게 방을 내준 농가의 아낙네들은 배급식량이 부족하던 그 시절에 열여섯 살짜리 남자아이들의 식욕을 바라보면서 놀라움과 두려움을 동시에 느껴야 했다.

심지어 전쟁의 한복판에서 외부 세계와 고립된 그 북쪽의 에덴동산에는 여자아이도 부족하지 않았다. 내가 경멸하는 마음을 내색하지 않았더라면 콘라드는 기꺼이 여자아이들의 알록달록한 치맛자락에 매달렸을 것이다. 콘라드는 경멸을 받으면 깊게 상처받는, 아무리 좋아하는 것이 있어도 그것이 애인이나 친구한테 조롱의 대상이 되는 순간 함께 의혹을 품는 섬세하고 예민한 부류의 인간이었다. 정신적인 면에서 콘라드와 나의 차이는 설화석고와 대리석의 차이처럼 절대적이면서 미묘했다. 콘라드의 부드러움은 단지 나이로 인한 것은 아니었다. 그는 천성적으로 아름다운 벨벳처럼 포근하게 주름이 지고 또 그 주름 자국이 간직되는 부류에 속했다. 서른 살이 된 그의 모습을 그려보는 것은 어렵지 않았다. 아마도 어수룩한 시골 귀족으로 농장의 계집아이들이나 사내아이들을 좇고 있거나, 우아하고 숫기 없고 말을 잘 타는 수비

대 장교가 되어 있거나, 러시아 체제 아래에서 잘 순종하는 공무원이 되어 있거나, 또 어쩌면 전후의 시류를 타고 T. S. 엘리엇이나 장 콕토를 추종하는 시인이 되어 베를린의 술집에 앉아 있으리라. 우리의 차이는 정신적인 것에 한했다. 육체적으로는 비슷해서, 둘 다 호리호리하고 단단하고 유연했으며, 볕에 그을린 피부색도 눈의 빛깔도 같았다. 콘라드의 머리카락이 조금 더 연한 금발이었지만, 큰 차이는 아니었다. 마을에서는 우리가 형제인 줄 알았고, 그 덕분에 열렬한 우정을 이해하지 못하는 사람들 앞에서도 문제될 게 없었다. 진실을 알려야 한다는 열정에 휩싸인 우리가 형제가 아니라고 부인할라치면 최대한 양보해서, 너무도 자명해 보이는 혈연관계를 한 단계 낮추어서 우리를 사촌형제로 보았다. 요즘 밤에 나는 잠을 자거나 쾌락을 누리거나 고독을 즐기는 대신 카페 테라스에 앉아 밤새도록 절망에 빠진 지식인들과 이야기를 나눌 때가 있는데, 그럴 때 내가 행복을 누린 적이 있다고, 액면가 높은 동전 한 움큼이나 전후 마르크 한 다발하고 바꿀 수 있을 금화 같은, 절대 변하지 않기에 아무리 평가절하되어도 원래의 가치를 간직할 수 있는 금화 같은 참되고 진실된 행복을 누린 적이 있다고 말하면 모두들 놀라워한다. 그러한 상태에 대한 추억은 우리를 독일 철학의 병에서 치유해준다. 그것은 삶을, 또한 삶의 반대인 것을 단순하게 만들어준다. 그 행복이 콘라드로부터 온 것인지 그저 나의 젊음에서 온 것인지는 중요하지 않다. 어차피 나의 젊음과 콘라드는 함께 죽었기 때문이다. 살기 힘든 시대였고 프라스코비 고모의 얼굴에는 늘 경련이 일어 보기 흉했지만, 그래도 크라토비체는 말하자면 금지도 없고 유혹의 뱀도 없는 평온한 낙원이었다. 그곳의 여자아이는 머리도 대충 빗고 옷차림도 별로 신경쓰지 않았다. 리가*의 유대인 대학생한테 빌려온 책에 파묻혀 살면서, 남자아이들은 대수롭지 않게 여겼다.

나도 국경을 넘어 독일로 돌아가서 군사훈련을 받아야 할 시기가 되었다. 그것을 회피한다면 내 안에 있는 나다운 것을 어기게 될 터였다. 굶주림과 복통에 시달리는, 머릿속에는 빵 배급표를 모을 생각만 가득한 하사들 밑에서, 몇몇 호감이 가는 경우도 있었지만 이미 전후의 난장판을 예고하기 충분했던 동료들과 함께 훈련을 받았다. 두 달만 더 뒤였다면 연합군 포병에 뚫린 우리 군의 전장을 메우러 갔을 거고, 그렇게 프랑스 땅, 프랑스 포도주, 프랑스 어린애들이 따라 오는 오디와 어우러져 평화롭게 지냈을지도 모른다. 하지만 내가 전쟁에 발을 들여놓던 시기는 우리 군에게는 참혹한 패배가, 적군에게는 허울좋은 승리가 주어지던 때였다. 휴전, 혁명, 인플레이션의 끔찍한 시기가 시작되었다. 나는 모든 것을 잃었고, 앞날이 사라진 육천만 명의 대열에 합류했다. 좌파 혹은 우파의 이론이 쳐놓은 감상적 미끼를 덥석 물기 좋은 나이였지만 나는 뻰지르르한 말의 지렁이를 도저히 물 수가 없었다. 이미 말했듯이 나에게는 그 어떤 구실도 소용없고, 나에게 영향력을 행사하는 것은 오직 인간적인 요인들뿐이다. 나의 결정을 불러오는 것은 언제나 누군가의 얼굴, 누군가의 몸이었다. 새로운 것으로 받아들여진 사상 때문에 폭발중인 분화구와 같던 러시아는 그 연기로 유럽 땅을 뒤덮었다. 크라토비체의 영지 안에 볼셰비키 적군赤軍의 사령부가 설치되었다. 독일과 발트 지역 사이의 교신이 불안정해졌고, 더구나 콘라드

* 발트 해의 항구도시로 현재 라트비아의 수도.

는 편지를 잘 쓰지 않는 부류에 속했다. 나는 스스로 어른이라고 생각했다. 그것이 젊은 시절 나의 유일한 착각이었다. 하지만 크라토비체의 남매나 제정신이 아닌 노인네와 비교하면 내가 경험도 많고 성숙하다는 것은 두말할 나위 없었다. 내 마음속에서 가족에 대한 책임감이 깨어났고, 그곳의 여자와 고모를 지켜야 한다는 데까지 생각이 미쳤다.

어머니는 전쟁을 싫어했지만, 내가 에스토니아와 쿠를란트에서 반反볼셰비키 투쟁을 이끄는 폰 비르츠 남작의 의용군에 입대하는 일에 찬성했다. 볼셰비키 혁명의 여파로 그곳에 있던 어머니 소유의 토지가 점점 위험해지는 바람에, 어머니가 세탁부나 호텔 청소부가 될 운명을 막아줄 유일한 수입원이 점점 불확실해지고 있었기 때문이다. 사실 당시 어머니는 동유럽의 공산주의와 독일의 인플레이션 덕에 독일 제국의 황제, 러시아, 혹은 프랑스가 유럽 땅을 전쟁으로 몰아가기 전에 이미 우리 집안이 파산했다는 것을 친구들에게 감출 수 있었다. 남편이 죽기 전에 파리의 창녀들에게, 그리고 몬테카를로의 카지노 딜러들에게 재산을 날렸다는 사실이 알려지는 것보다는 재앙의 희생자가 되는 편이 나았던 것이다.

쿠를란트에는 내가 알고 지내는 사람들이 있었다. 나는 그곳을 잘 알았고, 그곳 말, 심지어 몇 가지 사투리도 알았다. 나는 모든 방법을 동원하여 최대한 빨리 크라토비체까지 가려고 애썼지만, 리가에서 그곳까지 백 킬로미터 정도를 이동하는 데만 석 달이 걸렸다. 포근한 안개에 젖은 습한 여름이었던 그 석 달 동안 러시아를 떠나온 사람들의 보석을 좋은 조건으로 사들이기 위해 일부러 뉴욕에서 날아와서 흥정하는 유대인 상인들이 북적댔다. 그 석 달 동안 엄격한 군기는 여전히 남아 있었고, 사령부는 시끌시끌했고, 지리멸렬한 군사작전이 이어졌고, 담배 연기가 자욱했고, 희미한 혹은 지독하게 욱신거리는 치통 같은 불안이 퍼져나갔다. 십 주 차에 들어섰을 때, 라신의 어느 비극 첫 연에 등장하는 오레스트*처럼 창백하고 환한 얼굴로, 고모에게 남은 마지막 보석 중 하나를 팔아서 마련했을 법한 제복을 말끔하게 차려입고, 입술에 난 작은 상처 때문에 얼핏 보면 제비꽃을 입에 물고 질겅대는 듯 보이는 얼굴로, 콘라드가 다시 등장했다. 어린애 같은 순수함과 소녀 같은 부드러움은 여전했고, 최면에 걸린 듯 겁 없이 황소 등에 올라타고 파도에 뛰어들던 만용도 그대로였다. 저녁이면 릴케 취향의 대단치 않은 시도 썼다. 내가 없는 동안 콘라드의 삶이 정지되어 있었음을 한눈에 알아볼 수 있었다. 나 역시 겉모습과 달리 마찬가지였음을 인정하는 것이 더 힘들었다. 콘라드와 떨어져 있는 동안의 삶은 말하자면 여행이었던 것이다. 이제 그의 모든 것은 나에게 그 이후 어느 누구도 보여주지 못했던 절대적인 신뢰를 불어넣었다. 그의 곁에 있으면서 그 놀라운 단순함과 솔직함의 힘으로 마음이 편해진 나는 나머지 일에 더없이 효과적으로 집중할 수 있었고, 몸과 마음이 휴식을 취하듯 편안했다. 그는 이상적인 유년기의 동무였듯이, 이상적인 전우였다. 우정은 무엇보다도 확신이다. 그것이 우정과 사랑의 차이다. 우정은 또한 다른 존재를 존중하고 완전하게 받아들인다. 내가 그의 이름으로 기록해둔 경의와 신뢰의 총액을 그가 마지막 한 푼까지 다 갚았음은 그의 죽

* 라신의 『앙드로마크』 1막 1장은 필라드를 다시 만난 것을 기뻐하는 오레스트의 대사 "그래, 충실한 친구를 다시 만났구나. 이것은 내 운명이 새롭게 열리는 증거가 되리라"로 시작한다.

음이 증명했다. 그곳이 혁명과 전쟁에 휩쓸린 침통한 땅만 아니었다면, 재주 많은 콘라드가 나보다 더 잘 헤쳐나갔을 것이다. 그의 시는 사람들의 사랑을 받았을 테고, 잘생긴 외모 역시 그랬을 것이다. 파리로 가서 예술을 수호하는 여인들의 보호 아래 승승장구했을 수도 있고, 베를린 예술계에서 이 모임 저 모임 옮겨다녔을 수도 있다. 그때 내가 온통 불길한 기운뿐이던 발트의 혼돈 속에 발을 들여놓은 것은 오직 그를 위해서였다. 그 역시 오직 나만을 기다리고 있었다는 것 또한 곧 명백해졌다. 콘라드에게서 들은 바에 따르면, 크라토비체는 한동안 볼셰비키군에 점령당했음에도 이상하리만치 피해가 없었다. 아마도 유대인 그리고리 뢰프 덕택일 거라고 했다. 이전에 리가의 서점에서 일하면서 소피 곁에 바짝 붙어 책 고르는 것을 도와주던 그리고리 뢰프가 볼셰비키군의 장교가 되어 있었던 것이다. 이후 크라토비체는 다시 아군의 수중에 들어왔지만, 여전히 전투 지역 한복판이기에 언제 기습 공격이나 기관총 공격이 닥칠지 알 수 없는 상황이었다. 최근에 공습경보가 울리고 여자들을 대피시킬 때, 소냐—사람들은 쓸데없이 소피를 이렇게 불렀다*—가 강아지를 산책시켜야 한다면서 광기에 가까운 용기로 나가겠다고 고집을 부렸다고 했다.

나는 크라토비체 지척에 볼셰비키군이 있다는 것 못지않게 그곳 저택에 아군이 머물고 있다는 것이 걱정스러웠다. 그들 때문에 내 친구의 마지막 남은 재산마저 바닥을 드러낼 터였다. 나는 이미 붕괴중인 군대가 치르는 내전의 이면을 알아가던 중이었다. 간계한 자들이라면 당연

---

* '소냐'라는 러시아 이름은 '소피'와 마찬가지로 지혜를 뜻하는 그리스어 '소피아'에서 나왔다.

히 술과 여자가 최대한 보존된 지역을 겨울 숙영지로 삼으려 한다. 그러니 그곳을 거덜내는 것은 전쟁이나 혁명이 아니라 오히려 지원하러 온 부대다. 그러든 말든 사실 나로서는 별 상관 없는 일이었지만, 크라토비체만은 달랐다. 나는 그곳의 지형과 자원을 잘 아는 내가 가면 유용한 도움을 줄 수 있을 거라고 주장했다. 차일피일 미뤄지던 끝에 누가 봐도 자명한 이 사실이 결국에는 주목받게 되었고, 나는 몇몇 사람의 도움과 지략을 동원한 끝에 마침내 의용군을 이끌고 쿠를란트 남동부 지역으로 가라는 명령을 받을 수 있었다. 콘라드와 나에게 주어진 임무는 민망하리만치 초라한 것이었고, 우리의 상태는 그보다 더 초라했다. 진흙투성이가 된 우리가 마침내 짙은 어둠을 뚫고 한밤중에 도착했을 때 크라토비체의 개들이 짖어댔을 정도였다. 그곳 지형을 잘 안다는 것을 증명하기 위해서 적군의 최전방 초소 바로 옆의 늪지를 지나 새벽까지 이동해왔기 때문이다. 아군 동료들이 식탁에 앉아 있다가(늦은 시각까지 그러고 있었다) 일어섰고, 좋은 시절에 콘라드가 입었던, 지금은 얼룩이 묻고 담뱃불로 구멍이 나버린 실내 가운 두 벌을 가져와서 인심 쓰듯 우리에게 걸쳐주었다. 프라스코비 고모의 얼굴 경련은 그동안 감정의 동요를 워낙 많이 겪은 탓인지 더 심해져 있었다. 아마 적군도 처음 봤을 때 무척 당황했을 것이다. 소피는 더이상 소녀 시절처럼 부은 듯 포동포동한 얼굴이 아니었다. 그녀는 아름다웠다. 유행하는 짧은 머리가 잘 어울렸고, 어두운 표정의 얼굴에는 입가 주름이 잡혔다. 그녀는 더이상 책을 읽지 않았고, 저녁 시간이면 만사가 지겨워진 입센의 주인공처럼 권태로운 한숨을 내쉬면서 거실에 피워놓은 불을 신경질적으로 쑤셔댔다.

이야기가 너무 앞질러 갔다. 크라토비체로 돌아온 우리에게 군복 바지 위에 상의만 하인 제복을 입은 미헬이 더이상 천장에 불을 밝히지 않는 현관에 마구간의 등잔을 높이 들고 서서 문을 열어주던 순간을 자세히 묘사하는 게 좋을 듯싶다. 현관의 대리석 벽은 에스키모인의 집 안에 눈덩이를 루이 15세 양식으로 깎아 장식해놓은 듯 여전히 얼음처럼 반들거렸다. 처음 저택에 발을 들여놓은 콘라드의 얼굴에 스치던 뭉클한 감격과 깊은 환멸의 표정을 어떻게 잊을 수 있겠는가. 저택은 원모습을 거의 그대로 간직하고 있었기에, 중앙 계단의 커다란 별이 뭉그러진 듯한 그을음, 문고리에 난 손자국 같은 사소한 훼손의 흔적까지 콘라드에게는 모욕으로 느껴졌을 것이다. 이층 침실에 갇혀 지내다시피 하던 두 여자는 콘라드의 낭랑한 목소리를 듣고서야 용기를 내서 방문턱을 넘을 수 있었다. 나는 계단 제일 위에 서 있는 헝클어진 금발을 보았다. 소피는 난간을 따라 거의 미끄러지듯 단숨에 아래층으로 내려왔고, 강아지가 그녀의 발꿈치에 대고 짖어가며 따라왔다. 그녀는 콘라드의 목을, 이어 내 목을 껴안았고, 웃으면서 기뻐서 어쩔 줄 몰라 했다.

"온 거야? 왔어요?"

"왔지!" 콘라드가 말했다. "아니, 트라페주스*의 황태자가 당도했나이다!"

그러면서 소피를 부둥켜안고 현관을 한 바퀴 돌며 왈츠를 췄다. 콘라드는 이내 그녀를 놓아준 뒤 두 손을 앞으로 뻗으며 동료 하나에게

---

* 13세기 초 콤네노스 왕가가 세운 나라로, 비잔티움 제국을 이어받은 나라 중 가장 오래 존속했다.

달려갔다. 소피는 무도회가 끝난 때처럼 발갛게 달아오른 얼굴로 내 앞에 섰다.

"에릭! 정말 많이 변했네요!"

"그렇죠? 못-알-아-볼-정-도-로."

"정말 그래요." 그녀가 고개를 저으며 말했다.

"돌아온 탕아의 건강을 위하여!" 그때 식당 입구에 서 있던 프란츠 폰 알란트가 한 손에 증류주 잔을 들고 따라오며 말했다. "이봐요, 소피, 딱 한 방울만 마셔보라니까!"

"날 그렇게 놀리고 싶어요?" 소피가 비웃는 듯한 표정으로 찡그리며 말했다. 그러고는 젊은 장교가 뻗은 팔 밑으로 순식간에 빠져나가서는 살짝 열린 유리문을 통해 식당에 딸린 찬방으로 들어가버렸다. 그리고 큰 소리로 말했다.

"먹을 것 좀 만들어줄게요!"

그사이 프라스코비 고모는 눈물범벅이 된 얼굴로 이층 난간에 팔꿈치를 괴고 서서, 그동안 우리를 위해 바친 기도를 들어주신 동방정교의 모든 성인에게 감사를 올렸고, 늙고 병든 멧비둘기처럼 꾸르륵거리며 울었다. 양초 냄새와 죽음 냄새가 나는 그녀의 방에는 촛불 그을음 때문에 시커멓게 된 성화상聖畫像이 잔뜩 걸려 있었는데, 그중에는 은으로 된 눈꺼풀 안에 두 개의 에메랄드가 박힌 아주 오래된 그림도 있었다. 볼셰비키군이 잠시 이곳을 차지했을 때 병사 하나가 그 보석을 뽑아가는 바람에 프라스코비 고모는 눈먼 수호성녀에게 기도를 바쳐야 했다. 잠시 후 미헬이 훈제 생선 접시를 들고 지하실에서 올라왔다. 콘라드가 불러도 소피가 모습을 보이지 않자, 프란츠 폰 알란트가 어깨를 들썩이며 어차피 저녁 내내 안 나타날 거라고 단언했다. 결국 우리끼리 식사를 했다.

다음날 나는 콘라드의 방에서 소피를 다시 보았다. 그때도 역시 그녀는 그 자리를 벗어날 구실을 찾아냈고, 마치 야생으로 돌아가는 새끼 고양이처럼 교묘하게 자취를 감췄다. 하지만 그녀는 이미 내가 돌아온 것을 보고 기뻐하던 순간에 온 입술로 나에게 뜨거운 키스를 했다. 나로서는 젊은 여자에게 처음 받아본 입맞춤이었음을 떠올렸고, 아버지가 나에게 여자 형제를 만들어주지 않은 것을 생각하며 왠지 처량한 기분이 들었다. 당연히 나는 소피를 완전히 친누이로 여겼다. 전쟁은 소강 상태를 맞고 일상은 그대로 이어졌다. 집안일을 할 사람이라고는 늙은 하녀 하나와 정원사 미헬뿐이었고, 크론시타트*에서 도망쳐온 러시아 장교 몇 명까지 마치 기약 없이 이어지는 수렵 대회에 참석한 손님처럼 버티고 있는 바람에 집안은 더 복작댔다. 두세 번쯤 멀리 숲에서 들리는 총소리 때문에 잠이 깨고 나서, 우리는 셋에 더해 실제로 죽은 지 얼마 안 되는 동료들의 성과 이름을 붙여 이미 죽은 한 사람을 더 끼워넣고서, 그렇게 밤새도록 브리지 게임**을 했다. 늘 침울한 소피의 기분이 이따금 풀릴 때도 있었지만, 그럴 때도 길들지 않은 그녀의 거친 매력은 그대로였다. 마치 봄이 돌아와도 겨울의 매서움이 사라지지 않는 이 고장의 날씨 같았다. 생기 없이 창백한 그녀의 얼굴과 손이 빛이 응축된 등잔의 은은한 조명 아래서는 환하게 변했다. 소피는 나

* 러시아 상트페테르부르크 주의 도시. 1921년, 주둔하고 있던 군대가 볼셰비키 정권에 맞서 봉기했지만 곧 진압되었다.

** 브리지는 네 명이 있어야 할 수 있는 카드 게임이다.

와 동갑이었으니, 당연히 경계했어야 했다. 하지만 무엇보다도 나는 그녀가 육체적으로 완전히 성숙해졌음에도 여전히 상처 입은 청춘을 떠올리게 하는 모습인 것이 놀라웠다. 겨우 두 해 동안 전쟁을 겪었다고 해서 얼굴의 윤곽 하나하나가 저토록 고집스럽게 비극적으로 변할 수는 없었다. 물론 첫 무도회에 발을 들여놓았을 나이에 포탄이 날아드는 것을 보고 끔찍한 강간과 고문 얘기를 들어야 했다. 때로 굶주림도 겪었고, 불안이 늘 버티고 있었다. 리가에 살던 사촌들은 집으로 들이닥친 볼셰비키 분대원이 모두 벽에 세워놓고 처형해버렸다. 소녀 시절에 꿈꾸던 것과 전혀 다른 광경에 익숙해지기 위해서 감당해야 했던 노력만으로도 그녀의 두 눈은 고통스럽게 커졌을 것이다. 하지만, 내 생각이 어처구니없이 틀린 게 아니라면, 소피는 마음이 여리지 않다. 한없이 너그러울 뿐이다. 흔히 비슷한 이 두 질병의 증상을 혼동하지만, 나는 분명 그녀에게 고향과 세상이 뒤흔들리는 것보다 중요한 무슨 일인가가 일어났음을 느낄 수 있었다. 그리고 비로소, 술이나 끊임없는 위험으로 인해 과도하게 흥분한 나머지 자기통제력이 약해질 수밖에 없는 남자들과 몇 달 동안 한집에서 지내는 것이 어떤 일이었을지 이해하기 시작했다. 두 해 전까지만 해도 무도회의 춤 상대나 하고 말았을 거친 사내들이 그녀에게 사랑의 속삭임 아래 숨어 있는 현실을 너무 일찍 가르쳐준 것이다. 밤중에 침실 문을 두드리는 소리가 이어졌을 테고, 허리를 감싸안는 팔이 무수히 많았을 테고, 그 팔을 빠져나오려고 발버둥치느라 이미 낡은 옷이 더 구겨지고 싱싱한 젖가슴이 눌렸으리라…… 그녀는 욕정의 낌새만 보아도 모욕감을 느끼는 어린 소녀가 되어버렸다. 나를 여자라면 무조건 사족을 못 쓰는 진부한 남자들과 다르게 만들어준 부분들은 소냐가 겪었을 절망을 깊이 인정할 수밖에 없었다. 그리고 어느 날 아침, 미헬이 감자 모종을 옮겨 심던 정원에서 마침내 나는 모두가 아는 비밀을 알게 되었다. 콘라드만은 끝까지 모르도록 동료들이 세심하게 지킨 그 비밀은 바로 소피가 리투아니아인 하사에게 강간당했다는 것이다. 그 하사는 이후 부상을 당해 후방으로 후송되었다. 그는 술에 취한 상태였고, 다음날 거실에서 서른 명이 지켜보는 앞에서 무릎을 꿇고 울먹이며 용서를 구했다고 했다. 소피에게는 끔찍했던 전날의 십오 분보다 그 순간이 더 역겨웠으리라. 이후 몇 주 동안 그녀는 그 기억에 괴로워했고, 임신했을지도 모른다는 두려움에 떨었다. 나는 소피와 많이 친해진 뒤에도 그 불행한 사건에 대해 흐릿한 암시조차 입에 담을 용기를 갖지 못했다. 우리는 그 주제를 늘 밀쳐냈고, 하지만 그것은 늘 우리 사이에 버티고 있었다.

그런데, 이상하게도, 그 이야기를 알게 된 후 나는 소피와 더 가까워졌다. 만일 그녀가 순진해서 아무것도 모르거나 완전히 순결했다면, 베를린에서 어머니 친구들의 딸이 그랬던 것처럼 나에게 흐릿한 권태의 감정만을 불어넣었을 것이다. 더럽혀진 그녀의 경험은 나의 경험과 비슷했다. 리투아니아인 하사 사건은 브뤼셀에서 딱 한 번 창녀촌을 찾아갔던 나의 끔찍한 기억과 야릇한 균형을 이루었다. 이후에 그녀는 더 심한 고통을 겪느라 그 사건을 아예 잊은 듯했다. 정작 나는 계속 떠올렸고 그로 인해 내 마음이 심하게 어지러웠다는 것이, 그녀가 나 때문에 겪어야 했던 고통에 대해 내가 내세울 수 있는 유일한 변명이다. 자기집인데도 마치 죄수처럼 겁에 질려 지내던 그녀는 나와 콘라드가 온 뒤로 점차 크라토비체의 안주인 위치를 되찾았다. 식사 시간을 주재하는 것 역시 눈물겨울 정도로 씩씩한 척하며 받아들였고, 장교들은 그녀의 손에 입을 맞췄다. 그때 아주 잠시 동안 그녀의 두 눈은 고귀한 영혼에서 나오는 천진한 광채를 되찾았다. 이어 그녀의 마음을 그대로 드러내는 두 눈은 다시 흐려졌고, 그 두 눈이 경탄스럽도록 투명하게 반짝이는 모습을 본 것은 단 한 번, 나의 기억 속에 여전히 생생하게 남아 있는 그 한 번이 전부였다.

여자들은 어째서 자신의 짝이 아닌 남자에게 빠지는 걸까? 어째서 남자로 하여금 스스로를 부정하든지 아니면 여자를 혐오하도록 선택을 강요하는 걸까? 내가 크라토비체로 돌아온 이튿날, 얼굴을 발그스레하니 붉히고 자꾸 어디론가 사라지고 올곧은 성품과 어울리지 않는 비스듬한 눈길로 쳐다보는 소피를 보면서, 나는 순진한 처녀가 새로 나타난 남자한테 신경이 쓰여서 당황하는 것은 자연스러운 일이라고 생각했다. 그녀가 겪은 불미스러운 일을 알고 난 뒤에야 그녀가 심지어 혈육인 콘라드 앞에서조차 감추지 못하는 치명적인 모멸감의 증상에 대한 나의 그릇된 해석을 바로잡을 수 있었다. 이 새로운 해석은 물론 처음에는 옳았지만, 나는 너무 오래 그 해석에 머물렀다. 크라토비체의 모든 사람이 측은해하며 혹은 즐거워하며 소피가 나를 좋아한다고 말할 때도 나는 공포심에 시달리는 젊은 아가씨라는 신화를 버리지 않았다. 몇 주가 더 지난 후에야 그녀의 뺨이 창백해졌다 불그스레해지는 것, 파르르 떨리는 얼굴과 손을 간신히 진정시키는 것, 어떨 때는 침묵을 지키다가 또 어떨 때는 마구 말을 쏟아내는 것이 수치심 아닌 다른 것, 욕망 이상의 것을 의미함을 깨달았다. 나는 여자들이 날 좋아한다고 빼기는 그런 남자가 아니다. 내가 차라리 여자를 무시하고 여자에 대한 자기 생각이 옳다는 것을 확인하려는 듯 일부러 최악의 여자들만 가까이하는 남자였다면 오히려 금방 알아차렸을 것이다. 나는 소피에 대해 잘못 생각하도록 운명지어져 있었다. 부드러우면서도 거친 목소리, 짧게 깎은 머리, 짧은 블라우스, 늘 진흙이 묻어 있는 투박한 구두, 이런 것들은 내가 그녀를 콘라드의 남자 형제로 여기게 만들었다. 착각이었고, 그때 비로소 오류를 깨달았다. 그리고 훗날 나는 바로 그 오류 속에서 내가 평생 단 한 번 걸려든 진실의 몫을 발견하게 된다. 일단 그전까지 소피에 대한 나의 감정은, 어처구니없게도, 한 남자가 사랑의 대상이 아닌 소년들에게 품는 것과 같은 편안한 우애의 감정이었다. 이런 나의 거짓된 입장은 소피에게 위험한 것이었고, 그녀가 나와 같은 별자리의 기운을 받아 태어났음에도 그동안 겪은 불행의 양이 나보다 훨씬 많다는 점에서 더욱 위험했다. 어느 순간부터 우리의 게임을 이끌어간 것은 그녀였다. 그녀는 자신의 인생을 걸었기 때문에 더욱 치열했다. 게다가 주의를 쏟아야 할 다른 일이 많아 신경이 분산된 나와 달리, 그녀는 오로지 나에게 집중했다. 나에겐 콘라드도 있었고, 전쟁도 있었으며, 그 이후로 버렸지만 그때까지는 어느 정도 야심도 있었다. 그녀에게는 이내, 마치 주변 사람 모두가 비극의 단역이 되어버린 것처럼, 오직 나만 혼자 존재했다. 그녀는 내가 배고픈 일이 없게 하려고 하녀의 부엌일과 가축 돌보는 일을 거들었다. 이따금 애인을 만들기도 했지만, 나를 자극하기 위해서였다. 어쨌든 나로서는, 비록 나의 패배가 그녀의 기쁨으로 향해 가지는 않았다 해도, 질 수밖에 없는 운명이었다. 나는 온몸을 던져 나를 향해 달려 내려오는 무게 앞에서 무기력했고 저항할 힘이 없었다.

어느 정도 사색적인 남자들은 대부분 자기경멸과 자기애에 익숙하지만, 나는 그렇지 못했다. 나는 어떤 행위든, 행하기 직전까지 예측할 수 없고 행하고 나면 곧장 지난 일이 되더라도, 하나하나가 완전하고 필연적이고 피할 수 없는 것이라고 느낀다. 그때까지 나는 하나같이 최종적인 일련의 결정들 앞에 내던져진 상태로, 마치 동물들이 그렇듯 나 스스로를 문제삼을 겨를이 없었다. 청소년기가 세상만사의 자연적 질서에 잘 적응하지 못하는 시기라면, 그때 난 스스로 생각한 것보다 훨씬 더 청소년기에 머물렀던 듯싶다. 소피의 사랑을 알게 된 것만으로도 어찌나 놀랐는지, 마치 부정한 사건에 휘말린 느낌에 휩싸였던 것을 보면 분명 그렇다. 그때 나에게 예기치 못한 것은 곧 위험을 의미했고, 위험에 처했다는 것은 즉시 덤벼들어야 한다는 뜻이었다. 그러니까 원래대로라면 나는 소피를 미워해야 했다. 내가 그러지 않은 것이 얼마나 훌륭한 일이었는지 소피는 전혀 깨닫지 못했다. 하지만 사랑을 거절당한 사람이 누리는 이득이 있으니, 바로 우리의 자만심을 미끼로 쓸 수 있다는 것이다. 사실 소피의 사랑이 보기만큼 어처구니없는 것은 아니었다. 그토록 많은 불행을 겪은 그녀가 어린 시절부터 알던 같은 계층의 남자를 드디어 만난 것이다. 게다가 열두 살에서 열여덟 살 사이에 읽은 모든 소설이 그녀에게 오누이처럼 지내며 쌓은 우정은 여자에게는 사랑으로 귀결된다고 가르쳐주었다. 사실 그녀의 모호한 본능적 계산은 옳았다. 예측 불가능한 특수 상황을 고려하지 않았다고 해서 비난할 수는 없다. 번듯한 가문 출신에 비교적 잘생겼고 앞날을 충분히 기대할 수 있을 만큼 젊은 나는 그때까지 하찮고 거친 남자들 아니면 남자 형제로 더할 나위 없이 매력적인 콘라드밖에 모르던, 그렇지만 근친

상간의 성향을 타고나지는 않았을 아가씨에게 동경의 대상이 될 수밖에 없었다. 사실 근친상간마저도 빠지지 않은 것이, 추억의 마법은 그녀의 마음속에서 나를 남매지간으로 만들어주었다. 카드를 모두 손에 쥐고 있으면서 게임을 그만둘 수는 없는 법이다. 내가 할 수 있는 거라곤 오직 내 차례를 그냥 지나 보내는 것이었지만, 그 역시 게임을 하는 것이다. 이내 소피와 나 사이에는 형을 당하는 자와 집행하는 자 사이 같은 친밀감이 형성되었다. 잔인함은 나에게서 나오지 않았다. 그것은 당시의 상황이 담당했다. 그에 대해 내가 쾌감을 느끼지 않았다고 단언할 수는 없다. 남자들은 아내에게 그러는 것과 똑같이 누이에 대해서도 아무것도 보지 못한다. 콘라드는 전혀 눈치채지 못했다. 그는 원래가 몽상으로 가득찬 인간, 현실의 그릇되고 성가신 면을 외면한 채 가장 유리한 본능을 발휘하여 밤의 분명함과 낮의 단순함 속으로 온전히 달려드는 그런 유형에 속했다. 그는 자신과 누이는 서로를 아끼고 사랑한다고 확신했고, 그 우애 안에 숨겨진 구석들을 살펴볼 생각은 단 한 번도 하지 않았다. 그저 잠을 잤고, 책을 읽었고, 목숨이 위태로운 위험한 일을 했고, 전신 업무를 수행했고, 매력적인 영혼을 여전히 밋밋하게 그려낸 시를 썼다. 몇 주 동안 소피는 사랑에 빠진 여자가 상대에게 그 마음을 이해받지 못해서 미친듯이 화가 날 때 겪는 온갖 끔찍한 고통을 치러야 했다. 그런 뒤에는, 내가 바보이기 때문이라 생각하면서 그 때문에 일어나는 일들에 짜증을 냈고, 결국에는 몽상적인 인간들의 상상력에나 맞을 상황에 지쳐버렸다. 그녀는 쇠칼이 몽상과 거리가 먼 것보다 더 심하게, 결코 몽상적이지 않은 인간이었다. 내가 그녀에게서 들은 고백은 스스로는 다 드러낸다고 믿었지만 사실은 암시로 가득한 고상한 것이었다.

"여기 참 편하고 좋네요!" 우리가 영지 내의 오두막에 앉았을 때, 그러니까 연인들이나 쓸 법한 술책을 총동원해서 얻어낸 짧은 순간 중 하나에 마침내 단둘이 있게 되었을 때 그녀가 말했다. 그리고 시골 여자들이 피우는 짧은 파이프를 툭툭 두드리며 재를 털었다.

"그래요, 편하고 좋네요!" 내 삶에 새로운 음악적 테마가 도입되기라도 한 듯, 새로운 다정함에 취한 내가 똑같이 말했다. 나는 내 앞의 야외 탁자 위에 놓인 그녀의 단단한 팔을 마치 선물 받은 강아지나 말을 쓰다듬듯이 부드럽게 어루만졌다.

"당신은 날 믿나요?"

"햇빛도 당신 마음의 밑바닥보다 순수하지는 않겠죠."

"에릭." 그녀가 깍지 낀 두 손 위에 힘껏 턱을 괴면서 말했다. "당신을 사랑하게 됐다고 지금 당장 말하고 싶지만…… 당신이 원할 때…… 무슨 뜻인지 알겠죠? 혹시 진지한 게 아니라면……"

"당신과는 항상 진지해요, 소피."

"아뇨, 당신은 날 믿지 않아요."

그녀가 뾰로통한 표정으로 고개를 뒤로 젖히는 도발적인 모습이 그 어떤 애무보다 달콤했다.

"그렇다고 해서 내가 아무한테나 다 잘해준다고 생각하진 마요."

그때 우리는 둘 다 너무 젊었기에 완전히 솔직하지 못했다. 하지만 소피에게는 당혹스러울 정도로 곧은 면이 있었고, 그래서 실수의 확률이 더 컸다. 우회하지 않고 달려드는 저 존재와 나 사이에는 송진 냄새 나는 전나무 탁자가 놓여 있었다. 낡은 작전 지도 위에 잉크로 점선을 긋던 내 손에서 점점 힘이 빠졌다. 내가 공모자가 되어주길 바라고 있다는 일말의 의혹조차 피하려는 듯 그녀는 제일 낡은 원피스와 화장기 없는 얼굴을 택했고, 나무의자 두 개가 있는 곳, 바로 옆 마당에서 미헬이 장작을 패고 있는 장소를 택했다. 그것은, 정작 그녀는 자신이 정숙함을 던져버렸다고 생각했지만, 세상 모든 어머니를 기쁘게 할 만한 순진함이었다. 게다가 능숙함이라는 면에서 볼 때 그런 천진함은 가장 교묘한 술수를 능가하는 법이다. 만일 내가 소피를 사랑했다면, 내 눈에 여자와 반대로 보여서 날 기쁘게 하던 그녀가 가한 그런 단순한 공격, 즉 '바로 찌르기' 때문이었을 것이다. 나는 마구 핑계를 대며 뒤로 물러섰고, 처음으로 진실에서 비열한 맛을 발견했다. 진실이 비열한 것은 내가 소냐에게 거짓말을 할 수밖에 없었던 것이 바로 진실 탓이기 때문이다. 그 이후에 아마도 지혜롭게 소냐를 피했어야 했겠지만, 포위되다시피 갇힌 우리가 서로를 피한다는 것은 쉬운 일이 아니었다. 나는 그녀가 건네는 술에 취할 생각이 전혀 없으면서도 그것을 마시지 않고는 살 수 없었다. 자기 자신에게 관대한 이런 만족감이 지탄받아 마땅한 것임을 나도 인정한다. 소피의 사랑은 나로 하여금 나 자신의 인생관이 정말로 정당한지 처음으로 의혹을 품게 했고, 그럼에도 그녀가 자신을 완전하게 내어줄수록 내 남자로서의 체면, 허영심은 더욱 견고해졌다. 이 일의 희극적인 면은 소피가 나를 사랑하게 된 것이 바로 나의 냉정함과 거절 때문이라는 것이다. 만일 처음 이리저리 마주치던 때에 그녀 앞에서 내 눈이 번득였다면, 그때 내 눈에서 찾을 수 없어 죽도록 고통스러워했던 그 눈빛 탓에 그녀는 겁에 질려 날 밀어냈을 것이다. 아무튼 정직한 사람들이 잘하는 대로 자신의 행동을 돌아본 그녀는, 자기가 사랑을 얻지 못한 이유는 대담하게 고백해버렸기 때문이라고 믿었다. 육체만 충족되는 게 아니라 자긍심이 채워지는 것 역시 중요함을 알지 못한 것이다. 그녀는 결국 정반대 쪽으로 옮겨가서, 용맹하게 코르셋 끈을 조여 매던 옛 여인들처럼 참는 쪽을 택했다. 나는 떨지 않으려고 바짝 힘을 준, 긴장한 나머지 굳어버린 얼굴밖에 볼 수 없었다. 그녀는 단숨에 곡예사나 순교자 같은 아름다움의 경지에 이르렀다. 아이는 이미 희망도 조심성도 질문도 없이 좁은 사랑의 공연대 꼭대기에 올라와버렸고, 분명 오래 버티지 못할 터였다. 나는 그 무엇보다 용기에 쉽게 감동받는다. 그것은 나의 온전한 신뢰를 얻을 자격이 있는, 그야말로 전적인 희생이었다. 하지만 내가 어느 정도로 타인을 못 믿는지 알지 못하던 그녀는 내가 자기를 신뢰한다고 생각하지 못했다. 겉으로 보기에는 안 그랬을지도 모르지만 나는 내가 할 수 있는 최대한으로 마음을 주었고, 그것을 후회하지 않는다. 나는 그녀가 절대로 변하지 않는 기질을 지닌 사람임을 첫눈에 알아보았다. 그런 사람과 계약한다는 것은 자연의 한 원소와 계약하는 것만큼 위험하면서 동시에 신뢰할 만한 일이었다. 죽거나 혹은 타오르거나 둘 중 한 상태로 있는 것이 불의 법칙이라는 사실만 알고 있으면, 불은 신뢰할 수 있다.

나는 우리가 서로의 곁에서 지낸 삶이 나에게 아름다운 추억을 남긴 만큼 소피에게도 그랬기를 바란다. 하기야, 그녀는 과거를 쌓을 정도로 오래 살지 못했으니 어차피 중요하지는 않다. 미카엘제* 때 첫눈이 내렸다. 그리고 녹았다가 다시 눈이 내렸다. 밤이 되고 불이 꺼지고 나면

* 미카엘 대천사 축일로 9월 29일.

넓은 저택은 빙산에 끼여 고립된 선박 같았다. 콘라드는 탑방에 올라가 혼자 일했고, 나는 탁자 위에 널려 있는 전보들과 씨름했다. 소피는 맹인처럼 조심스럽게 더듬어가며 내 방으로 들어왔다. 침대에 걸터앉은 그녀는 발목까지 올라오는 두꺼운 털양말로 감싼 두 다리를 건들건들 흔들었다. 소피는 우리의 합의 조건을 어기는 것은 죄라고 자책했을 테지만, 장미가 어떤 경우에도 장미일 수밖에 없듯이, 그녀는 결국 여자였다. 그녀의 내면에서 모든 것이 욕망을 외쳤고, 그것은 아직은 육체보다 정신이 훨씬 더 많이 얽힌 욕망이었다. 시간이 늘어졌고, 대화는 따분해지거나 아니면 말다툼으로 이어졌다. 소피는 온갖 핑계를 내세워 내 방에 머물렀다. 나와 단둘이 있으면서 여자를 범할 수 있는 기회가 만들어지기를 무의식적으로 노렸을 것이다. 우리의 펜싱 경기가 지치도록 이어지는 것이 짜증스러웠지만, 그래도 나는 보호구를 쓰고 그녀는 맨얼굴로 하는 경기가 싫지는 않았다. 불기운은 시원찮고 냄새만 심하게 나는 난로 때문에 춥고 숨막히는 방은, 젊은 남자와 젊은 여자가 새벽까지 계속 방어 자세로 버티면서 상대에게 빨리 공격해오라고 부추기는 경기장으로 변했다. 새벽에 날이 밝기 시작하면 콘라드가 방과 후에 피곤하지만 신이 나서 학교를 나서는 어린애 같은 표정으로 나타났다. 나와 함께 전초기지로 갈 채비를 끝낸 동료들이 반쯤 열린 문틈으로 머리를 내밀며 그날의 첫 증류주를 권했다. 소피 곁에 앉아 휘파람으로 영국 노래 몇 소절을 가르쳐주던 콘라드는 그녀의 손이 떨리는 것이 그저 술 때문이라고 생각했다.

나는 처음 내가 거절했을 때 소피가 차라리 은밀한 안도감을 느꼈으리라고, 나에게 자기 자신을 주려는 그녀의 마음에는 상당 부분 희생이 들어 있다고 생각했다. 단 한 번의 나쁜 기억이 얼마 전의 일이기 때문에 그녀는 다른 여자들보다 육체적 사랑에 더 대담할 수 있었을 테고, 하지만 두려움은 더 컸을 것이다. 더구나 나의 소피는 수줍음이 많은 성격이었다. 한순간 돌연 용기를 내는 것은 그 때문이다. 그녀는 너무 젊었기에, 인생이 갑작스러운 충동과 집요한 버티기가 아니라 타협과 망각으로 이루어진다는 사실을 알지 못했다. 하기야 그런 관점으로라면 소피는 설사 예순 살에 죽었다 해도 여전히 너무 젊었을 것이다. 하지만 소피는 자신을 바치는 것이 의지에서 비롯된 열정적 행위이던 시기를 곧 벗어났고, 살기 위해 숨을 쉬는 것만큼이나 자기 자신을 바치는 것이 자연스러운 상태에 이르렀다. 그녀에게 나는 이제 스스로에게 건네는 답이 되었고, 이전의 불행은 전부 내가 없었기 때문이라고 설명되었다. 지난 고통은 그녀 삶의 풍경에 사랑이 미처 떠오르지 않았기 때문이고, 빛이 없는 상황에서 시대의 우연이 험한 길로 잘못 이끌어갔기 때문이라고 믿었다. 이제 사랑을 찾았으니, 옷이 다 젖은 채로 떨다가 해가 나자 곧 옷을 벗어버리는 순진한 나그네처럼, 그녀는 마지막까지 남은 망설임 중 하나를 벗어던지고는 지금껏 그 어떤 여자도 날 위해 보여준 적이 없는 맨몸으로 내 앞에 선 것이다. 어쩌면 남자에 대한 공포심과 저항을 단 한 번에 남김없이 써버린 탓에, 처음 찾아온 사랑 앞에서 과일이 나를 먹어달라고 나를 잘라달라고 자기를 바치는 듯한 황홀한 달콤함밖에는 내놓을 게 없었을 수도 있다. 원래 그런 열정은 무엇이나 받아들이고, 무엇이나 만족한다. 내가 들어오기만 하면 그녀는 침대에 누운 사람 같은 평온한 얼굴을 했다. 내 손이 몸에 닿기만 하면 그녀의 혈관 속을 흐르는 피가 전부 꿀로 변해버리는 듯했다. 아무리 좋은 꿀도 결국은 발효되어 시큼해진다. 그때 나는 나의 잘못 하나하나를 백 배로 갚게 되리라는 것을, 나의 그런 잘못들을 소피가 체념하며 받아들여야 했던 데 대한 대가 역시 별도로 치르게 될 것임을 알지 못했다. 사랑이 내 손에 건네준 소피는 감촉이 보드라우면서 질긴 천으로 만든 장갑이었다. 혼자 나왔다가 몇 시간 후에 다시 가보면 그녀는 마치 그 자리에 버려둔 물건처럼 그대로 있기도 했다. 나는 무례하게 굴다가 다정하게 굴다가 했는데, 어느 쪽이든 목적은 똑같아서, 그녀가 날 더 많이 사랑하고 더 많이 고통받게 하려는 것이었다. 다른 사람들이 욕망 때문에 타락한다면, 그녀 앞에서 나는 허영심 때문에 타락했다. 후에 나에게 그녀가 중요해졌을 때, 나는 그 둘 중에서 다정함을 버렸다. 소피가 자신이 겪은 고통을 그 누구에게도 절대 말하지 않으리라는 것은 이미 확신했지만, 우리가 드물게 누리던 기쁨에 대해서마저 콘라드에게 털어놓지 않았다는 것은 지금까지도 놀랍다. 우리 사이에는 이미 암묵적인 공모의 합의가 이뤄져 콘라드를 어린애로 여긴 것이다.

흔히들 비극이 텅 빈 곳에서 일어나는 것처럼 말한다. 하지만 비극은 배경의 영향을 받는다. 크라토비체에서 우리가 누린 행복이나 불행의 배경은 바로 우리가 마주치곤 하던, 창문을 모두 막아버린 복도, 그리고 볼셰비키군이 중국제 갑주 장식을 가져가버린, 총검으로 찢긴 채 창 사이의 벽에 걸려 있는 어느 여인의 초상화가 흥미롭다는 듯 우리의 애정사를 내려다보는 거실이었다. 늘 불안하게 공격에 대비해야 했고 언제 죽을지 알 수 없는 상황이었던지라, 시간 역시 역할을 수행했다. 다른 여자들이 화장대에서, 미용사나 재단사와 나누는 은밀한 잡담에서, 또한 남자들의 삶과 전혀 다른 삶, 대부분 훌륭하게 보호받는 삶 속 온갖 거울의 유희에서 특혜를 누렸다면, 소피는 병영으로 바뀌어 복작거리는 불편한 집에서 살았고, 우리가 보는 앞에서 등잔불에 의지해 자기 핑크색 양모 내의를 꿰매야 했으며, 즉석에서 비누를 만들어 튼 손으로 우리의 셔츠를 빨아야 했다. 늘 경계 태세로 부대꼈던 우리는 지속적인 찰과상 탓에 살갗이 벗겨지고 단단해졌다. 언젠가 저녁에 소피가 우리를 위해 비쩍 마른 닭 몇 마리를 잡아들고는 목을 따고 털을 벗기던 모습이 기억난다. 나는 잔혹함이 조금도 섞이지 않은 그런 단호한 얼굴을 그때 처음 보았다. 나는 그녀의 머리카락에 붙은 닭털을 하나하나 입으로 불어 날려주었다. 그녀의 손에서 흐릿한 피냄새가 났다. 일을 마친 그녀는 무거운 겨울 장화를 끌며 기진맥진해서 들어왔고, 젖은 외투를 아무데나 벗어던졌다. 그리고 정작 자기는 하나도 먹지 않았고, 상한 밀가루로라도 우리를 위해 고집스레 만들곤 하던 끔찍하리만치 맛없던 크레이프만 꾸역꾸역 삼켰다. 이런 식단이 이어지면서 그녀는 점점 여위어갔다.

그녀의 열성은 우리 모두에게 미쳤지만, 그 미소만으로도 나는 모든 것이 나를 위한 것임을 알 수 있었다. 나를 고통스럽게 만들 수 있는 기회를 번번이 놓치는 것을 보면 그녀는 분명 착한 여자였다. 여자들이 결코 용서하지 못하는 실패와 싸우면서도 그녀는 강직한 사람이 절망에 빠졌을 때와 똑같이 행동했다. 즉, 자기 자신에 대해 최악의 설명을 찾아내서 자책에 빠진 것이다. 그녀는 프라스코비 고모가 젊었을 때라면 그렇게 했을 법한 대로, 스스로 자격이 없다고 생각했다. 무릎 꿇고 찬미할 만한 순수함이었다. 더구나 그녀는 자기 자신을 바치기로 한 마음을, 만일 내가 그대로 받아들였다면 그녀에게는 결정적이었을 그것을 철회하고 싶다는 생각을 단 한 순간도 하지 않았다. 그녀처럼 도도한 기질을 지닌 사람들의 특성이기도 하다. 가난한 사람에게 온정을 베푼 뒤 상대가 거절했다고 해서 다시 가져오지는 못하는 것이다. 난 그녀가 나를 경멸했으리라 확신한다. 그랬기를 바란다. 그녀를 위해서다. 하지만 그 어떤 강한 경멸도 그녀가 사랑의 격정에 휩싸여 내 손에 입을 맞추는 것을 가로막지 못했다. 나는 그녀가 한 번쯤 화를 내기를, 내가 들어 마땅한 힐책을 내뱉기를, 신성모독에 해당할 그 어떤 행동이라도 하기를 바라며 애타게 살폈다. 하지만 그녀는 내가 그녀의 어처구니없는 사랑에 요구한 수위를 단 한 번도 넘지 않았다. 만일 그녀 쪽에서 마음을 드러내는 일이 없었더라면 나는 안심했을 테지만 동시에 실망했을 것이다. 그녀는 내가 영지의 정원을 순찰하는 동안 따라다녔다. 그녀로서는 지옥 영벌에 처해진 이들이 함께하는 산책과 다름없었을 것이다. 우리의 목덜미를 따라 흘러내리는 차가운 비, 내 머리카락과 똑같이 젖어 달라붙은 그녀의 머리카락, 손바닥으로 입을 가리고 하던 그녀의 기침, 바로 그날 반들거리는 물 위로 적군의 시체가 떠오른 황량한 호숫가를 걸으며 괜스레 갈대를 휘감아 비틀던 그녀의 손가락, 이 모든 게 나는 좋았다. 도중에 그녀는 갑자기 걸음을 멈추고 나무에 기대어 섰고, 나는 그녀가 한 십오 분 정도 사랑 얘기를 하는 것을 듣고 있었다. 어느 날 저녁 그야말로 흠뻑 젖은 우리는 허물어진 사냥 막사 안으로 몸을 피해야 했다. 다행히도 지붕이 남아 있던 그 좁은 공간에서 옷을 벗고 나란히 앉았다. 나는 상대해야 하는 적을 친구로 대하는 허세를 부렸다. 그녀는 말 덮개를 뒤집어쓴 채로 불을 피웠고, 내 군복과 자신의 양모 원피스를 말렸다. 집으로 돌아오는 길에도 총알을 피하기 위해 여러 번 숨어야 했다. 구덩이 속에서 나는 그녀를 억지로 내 옆에 눕히기 위해 연인처럼 허리를 감싸안기도 했다. 그런 행동은 내가 그녀의 죽음을 바라지 않는다는 증거였다. 수없이 고통을 겪으면서도 그녀의 눈에는 끊임없이 경이로운 희망이 어른거렸고, 그것을 보며 나는 짜증이 났다. 그녀의 내면에는 여자들이 마지막 순교의 순간까지 지켜내는 믿음, 받아내야 할 것이 있다는 확신이 버티고 있었다. 애처로울 만큼 꿋꿋하게 절망을 거부하는 그런 모습을 보면, 조금 타락하기는 했어도 순수함을 간직한 영혼들을 지옥으로 떨어뜨리지 않고 연옥에 있게 하는 가톨릭 교리가 옳은 것 같다. 사람들은 우리 둘 중에서 그녀가 더 불쌍하다고 생각할 것이다. 그녀가 더 좋은 몫을 차지한 것이다.

그녀에게는 누군가를 사랑하는 사람이 겪는 끔찍한 고독 외에도 우리 모두와 사상이 다르기에 겪어야 했던 고독이 더해졌다. 소피는 볼셰비키에 대한 공감을 거의 감추지 않고 드러냈다. 소피와 같은 기질의 사람들이 지닌 지고의 우아함은 바로 적이 옳다는 것을 인정한다는 점이다. 스스로에게 불리하게 생각하는 일에 이미 익숙했던 그녀는 아마도 나의 죄를 용서해준 것과 똑같은 관대함으로 적의 정당성을 인정했을 것이다. 그것은 소피가 십대 때부터 지닌 성향이었다. 콘라드 역시 세상사를 바라보는 나의 관점을 그대로 받아들이지 않았더라면 그녀와 같았을 것이다. 그해 시월은 내전이 유독 참담했던 시기였다. 의용군을 총지휘하는 폰 비르츠 남작은 발트 지역 깊숙이 틀어박힌 채로 움직이려 하지 않았고, 완전히 버림받은 우리는 크라토비체 영지의 관리인 사무실에서 조난자들의 비밀 집회를 열었다. 소피는 출입문 틀에 기대서서 우리의 회의를 지켜보았다. 유일하게 자기 자신만의 것이던 개인적 신념, 그러면서도 벗어던질 수 없는 우리와의 우정 사이에서 어떤 식으로든 균형을 유지하기 위해 그녀는 아마도 마음속으로 힘든 싸움을 했을 것이다. 폭탄이 날아와 길고 지루한 작전 회의를 끝내기를 바라기도 했을 거고, 실제로 그녀의 소원이 이루어질 뻔한 적도 있었다. 그나마 인정에 휘둘리지는 않았기에, 그녀는 창문 아래서 볼셰비키군 포로들이 총살당할 때도 별다른 항의를 하지 않았다. 그녀가 같이 있는 자리에서 무언가를 결정할 때마다, 나는 그녀의 마음속에 증오가 폭발하고 있음을 느낄 수 있었다. 반대로 우리가 세부적인 실천 계획을 세울 때면 그녀는 시골에 살고 있는 여자의 상식을 발휘하여 의견을 내곤 했다. 단둘이 있을 때면 우리는 이 전쟁이 남길 여파와 마르크스주의의 미래에 대해 자기 자신을 합리화하려는 변명의 욕구가 개입된 격정적인 토론을 했다. 그녀는 자기 생각이 어느 편의 것인지 숨기지 않았다. 그것은 그녀의 마음속에서 나를 향한 열정의 영향을 받지 않은 유일한 것이었다. 그와 같은 비열함, 사랑에 빠져서 그런 것이기에 숭고한 비열함을 그녀가 어디까지 끌고 갈 수 있을지 궁금해진 나는 일부러 그녀를 자신의 원칙, 정확히는 뢰프에게 주입받은 사상과 모순적인 상황에 빠트려보기도 했다. 생각하는 것처럼 쉽게 이루어지지는 않았다. 그녀는 화를 내며 반발했다. 그녀에게는 나 자체가 아닌, 그러니까 나를 이루는 것들을 모두 증오하려는 기이한 욕구가 있었다. 그럼에도 나를 향한 전적인 신뢰는 변하지 않았고, 그래서 다른 사람 앞에서는 절대 터놓지 않을 속내 얘기를 하기도 했다. 어느 날 나는 그녀가 탄약을 메고 최전선까지 전달해야 하는 상황을 만드는 데 성공했다.

목숨이 위태로울 수 있는 기회를 그녀는 오히려 적극적으로 받아들였다. 하지만 우리 옆에서 함께 총을 쏘는 일은 하지 않겠다고 끝까지 버텼다. 열여섯 살 때 이미 몰이사냥에서 놀라울 만큼 정확한 사격 솜씨를 발휘했던 그녀였기에, 지금 생각해도 아쉽다.

소피는 자신에게 연적이 있는지 찾아내려 했다. 나를 격분하게 한 그 탐색에는 아마도 질투보다 호기심이 더 컸을 것이다. 스스로 가망 없다고 포기한 환자처럼 그녀는 더이상 약을 찾지 않았지만, 설명은 여전히 찾으려 한 것이다. 그녀는 이름을 대라고 졸랐고, 아무 이름이나 말해주는 것이 더 신중한 방법이었을 테지만 난 그러지 못했다. 어느 날 그녀는 내가 다른 여자를 사랑하는 거라면 순순히 포기하겠다고 단언했다. 그것은 자기 자신을 모르고 하는 말이었다. 정말로 그런 여자가 있었다면 소피는 그 여자가 나의 사랑을 받을 자격이 없다고 선언하고 나에게서 떼어놓으려 애썼을 것이다. 어쩌면 독일에 두고 온 애인이 있으리라는 낭만적인 가설 역시 낮에는 붙어 지내고 밤에도 지척에 머무는 우리의 삶에 맞서기에는 역부족이었을 것이다. 말 그대로 웅크리고 살아가는 우리의 폐쇄적인 삶에서 그녀의 의심이 미칠 수 있는 여자는 두세 명이 전부였는데, 그래봐야 아무것도 설명하지 못하는, 그 누구도 만족시키지 못하는 그런 경우였다. 우리가 먹을 빵을 구워오는 빨강 머리 시골 처녀 하나 때문에 어처구니없는 언쟁을 벌인 날도 있었다. 결국 어느 날 저녁 나는 소피에게 설사 정말로 여자가 필요해진다 해도 절대 그녀는 아닐 거라고 거칠게 내뱉고 말았다. 사실 진심이었다. 그러나 그녀가 아름답지 않기 때문이 아닌 다른 이유에서였다. 소피도 역시나 여자였던지라 내가 거절하는 이유로 자신의 생김새 외에 다른 것을 떠올리지 못했다. 그날 그녀는 여관에서 일하다가 주정뱅이의 주먹에 얻어맞은 하녀처럼 휘청거렸다. 그러다 달려나갔고, 난간을 붙들고 계단을 올라갔다. 그녀가 흐느끼면서 계속 계단에 발부리를 부딪치는 소리가 들렸다.

그날 그녀는 소녀 시절 그대로인 방에서 흰색 테를 두른 거울을 밤새도록 들여다보면서 정말로 자기 얼굴과 몸이 술 취한 중사들의 눈에나 들 정도인지, 자신의 눈과 입과 머리카락이 마음속에 품은 사랑에 방해가 되는지 자문했을 것이다. 거울에 어린아이의 눈, 천사의 눈이 비쳤고, 윤곽이 조금 흐린 큰 얼굴은 마치 봄을 맞은 어느 땅, 눈물처럼 흐르는 개울물이 적셔놓은 포근한 들판 같았다. 그리고 태양과 눈雪의 빛깔을 띤 두 뺨, 보는 이의 마음을 흔들어놓고 거의 떨게 만드는 분홍빛 입술, 이제는 먹을 수 없는 그 빵 빛깔의 금발. 그녀는 자신을 배신하는, 사랑하는 남자 앞에서 전혀 도움이 되지 못하는 이 모든 것이 혐오스러웠다. 그리고 벽에 걸린 펄 화이트*와 러시아 황후의 사진과 자기 모습을 비교하며, 스무 살 아가씨의 눈꺼풀의 아름다움이 망가지기 직전까지, 새벽 동이 틀 때까지 울었다. 다음날 나는 매일같이 자기 전에 컬클립을 말기 때문에 공습경보로 갑자기 깨어날 때면 흡사 메두사의 뱀처럼 변해 있던 그녀의 머리카락이 그대로인 것을 처음 보았다. 자신의 추한 모습을 받아들인 그녀가 앞으로는 머리카락을 그대로 보여주겠다는 영웅적인 결심을 한 것이다. 나는 매끈한 머리카락이 아름답다고 찬사를 보냈다. 예상대로 그녀는 용기를 되찾았다. 자신이 매력

* 미국의 영화배우. 1914년에 제작된 무성영화 〈폴린의 위기〉가 큰 성공을 거두었다.

없는 여자일지 모른다는 일말의 불안감이 남아 있었지만 그것은 오히려 새로운 자신감을 주었다. 마치 더이상 아름다움을 미끼로 날 협박할 수 없으니 그럴수록 친구 대접을 받을 권리가 있다고 믿는 듯했다.

나는 다음번 공격 작전을 협의하기 위해 동료 두 명을 데리고 리가에 다녀왔다. 우리가 타고 간 포드는 마치 미국 코미디 영화에서처럼 덜덜댔다. 작전은 크라토비체를 거점으로 할 예정이었다. 활력과 무기력이 묘하게 뒤섞인 특유의 분위기로 병사들에게 안도감을 주는 콘라드는 작전에 필요한 준비를 하기 위해 크라토비체에 남았다. 미래를 향한 모든 '만일'이 실현되었다면, 그러니까 내가 만일 보나파르트였다면 콘라드는 훌륭한 부관이었을 거고, 스승을 설명하기 위해서 꼭 필요한 제자였을 것이다. 길이 얼어붙어 차가 미끄러지는 바람에 우리는 두 시간 동안, 예를 들면 크리스마스 휴가를 보내러 차를 몰고 스위스로 가는 여행자처럼 온갖 죽음의 고비를 넘겨야 했다. 전쟁과 개인적인 일, 두 가지 모두의 형국이 나를 분개하게 했다. 쿠를란트에서 볼셰비키군에 맞선 싸움은 죽음의 위험만을 의미하는 게 아니었다. 군비 계산, 부상자, 전신 업무, 부담스럽고 때로는 음흉한 동료들의 존재, 이 모든 것이 나와 콘라드의 관계를 서서히 오염시켰다. 인간적인 애정을 지니기 위해서는 고독이 필요하고, 불안정 속에서라도 최소한의 고요가 필요하다. 쓰레기처럼 너저분한 일을 하면서 동료들과 함께 써야 하는 방에서는 사랑이든 우정이든 제대로 해나갈 수가 없다. 기대한 것과 달리 크라토비체에서의 내 생활 자체가 바로 그 너저분한 쓰레기가 되었다. 음산한, 진정으로 참기 힘든 권태의 분위기를 오직 소피만이 잘 버텨냈다. 짜증스러운 상황을 견디는 일을 행복보다 불행이 더 잘해내는 것은 당연하다. 사실 내가 리가에 가겠다고 나선 것은 소피를 피하기 위해서였다. 11월의 리가는 그 어느 때보다 음산했다. 그때 일은, 폰 비르츠가 이랬다저랬다 하는 바람에 짜증이 났던 것과 러시아인이 하는 나이트클럽에서 모스크바 출신 정통파 유대인 여자, 그리고 프랑스인인 척하지만 듣고 있자면 소리를 질러버리고 싶은 파리 억양을 가진 헝가리 여자 두 명과 함께 독한 샴페인을 마신 것밖에 기억나지 않는다. 몇 달 전부터 유행에 신경쓸 겨를이 없었던 나는 여자들이 깊숙이 눌러쓴 우스꽝스러운 모자가 무척 거슬렸다.

새벽 네시쯤에 나는 헝가리 여자 중 하나와 리가에서 그나마 유일하게 묵을 만한 호텔에 들어가 있었다. 유대인 여자를 데려왔으면 더 좋았을 뻔했다고 생각할 정도로 취하지는 않은 상태였다. 그날 내가 동료들이 하는 대로 순순히 따라한 것은 98퍼센트는 혼자 유별나게 굴고 싶지 않다는 마음 때문이었고, 나머지는 한번 도전해보고 싶다는 마음에서였다. 사람들이 본심과 다르게 무언가를 억지로 하는 것이 항상 미덕의 방향으로 가기 위한 것은 아니다. 한 인간이 품은 의도들이란 얽힌 실타래와 같아서, 이미 옛일이 되어버린 사건들을 돌이켜보며 정확히 말하기 쉽지 않다. 그때 내가 에둘러서 소피에게 다가가고 싶었던 건지, 아니면 분명 이 세상에서 가장 순수한 욕망임을 알고 있으면서도 그것을 너저분한 침대에서 처음 본 여자의 품에 안겨 보낸 삼십 분과 동류의 것으로 치부함으로써 모욕하고 싶었던 건지 모르겠다. 소피에 대한 환멸이 조금은 있었을 테고, 어쩌면 좀더 단단해져 경멸에 이르고 싶었을 수도 있다. 관계가 깊어지는 것을 피하고 싶은 비열한 두려움 때문에 소피에 대해 더욱 신중해졌다는 것도 숨기지 않겠다. 나는 줄곧 위태로운 일에 끼어드는 것을 싫어했는데, 자기를 사랑해주는 여인과 함께 있으면서 위태로워지지 않을 수는 없다. 부다페스트의 작은 카페들에서 노래하던 그 여자는 적어도 내 미래에 끼어들 생각 같은 건 하지 않았다. 하지만 흰 장갑을 낀 긴 손가락이 낙지를 닮은 그 여자는 내가 리가에 머무는 나흘 동안 정말로 낙지처럼 나한테 달라붙어 있었다. 다가오는 사람 누구에게나 열려 있는 이런 가슴 속에는 언제나 분홍빛 전등갓을 밝혀놓은 빈자리가 있고, 그래서 그 자리에 누구라도 데려다 놓으려고 필사적으로 노력한다. 리가를 떠나오면서 나는 이곳 사람들, 이 전쟁, 이 나라는 나와 공통점이 전혀 없다는 사실을 깨달았고, 마찬가지로 살다가 힘들 때 기분전환을 하라고 고안된 그런 드문 쾌락들 역시 나와 공통점이 없다는 데서 일종의 우울한 안도감을 느꼈다. 그때 나는 처음으로 앞날을 생각했고, 콘라드와 함께 캐나다로 이민을 떠나겠다고, 콘라드의 취미가 상당 부분 희생되리라는 것은 고려하지 않은 채로 넓은 호숫가에서 농장 생활을 해보겠다고 계획을 세웠다.

콘라드와 그의 누이는 저택 입구의 계단에서 날 기다리고 있었다. 원래는 차양이 씌워져 있었지만 지난여름 포격으로 유리가 깨지고 철제 뼈대만 남은 모습이 마치 잎맥만 앙상하게 남은 커다란 낙엽 같았다. 빗물이 그대로 들이쳤고, 소피는 시골 아낙처럼 머릿수건을 쓰고 있었다. 내가 없는 동안 내 일을 대신하느라 둘 다 지쳐 있었다. 콘라드의 얼굴은 진주모珍珠母 빛깔처럼 창백했다. 콘라드가 몸이 약하다는 사실을 알고 있던 나는 그의 건강이 걱정돼서 그날 저녁 다른 생각은 할 틈이 없었다. 소피는 지하 저장고 깊이 감춰둔 마지막 프랑스 포도주 중 한 병을 내오게 했다. 나의 동료들은 외투를 벗으며 식탁에 자리를 잡았고, 리가에서 어떻게 재미있는 시간을 보냈는지 농담을 주고받았다. 콘라드는 눈썹에 힘을 주는 것으로 흥미가 곁들여진 놀라움을 무례하지 않게 표현했다. 콘라드 역시 이미 자기 자신에 대한 반발로 나와 함께 그런 음울한 일을 치러본 적이 있었던 터라, 헝가리 여인 한두 명이 더 등장했다고 해서 놀라울 게 없었다. 내 잔에 부르고뉴 포도주를 따르던 소피는 자기가 술을 조금 흘린 것을 알고 입술을 깨물었다. 그녀는 행주를 가져와 마치 범죄의 흔적을 지우듯 정성껏 포도주 자국을 닦아냈다. 나는 리가에서 책을 몇 권 구해왔다. 그날 저녁 수건을 전등에 갓처럼 씌워놓은 나는 옆 침대에 잠들어 있는 콘라드를 쳐다보았다. 이층에서 프라스코비 고모가 그나마 우리가 안전하게 지내는 것이 자신의 기도 덕이라 믿으며 낮이나 밤이나 기도를 웅얼거리며 왔다갔다 하는 발소리에도 불구하고 콘라드는 어린애처럼 잠들어 있었다. 콘라드와 소피 중에서 귀족 칭호를 지닌 조상을 가진 아가씨가 어떤 모습일지 흔히 생각하는 바에 더 잘 들어맞는 것은 오히려 콘라드였다. 나는 소피의 검게 그을린 목덜미나 행주를 움켜쥔 튼 손을 보면서 불현듯 어렸을 때 농장에서 조랑말을 씻기던 젊은 하인 카를을 떠올린 적도 있었다. 크림과 분을 바르고 매만진 헝가리 여인의 얼굴을 보고 나니 소피의 얼굴은 가꾸지 않았지만 그 누구와도 비교할 수 없는 얼굴이었다.

리가에 다녀온 일행이 떠드는 말에 소피는 놀라지는 않았지만 큰 상처를 받았다. 처음으로 나의 행동이 그녀의 예상을 빗나가지 않은 것이다. 그 일이 있고도 우리의 관계는 서먹해지지 않았고 오히려 더욱 친밀해졌다. 정확히 정의 내릴 수 없지만 난공불락에 가까울 정도로 튼튼

한 관계였다. 우리는 서로에게 그야말로 무턱대고 솔직했다. 당시의 유행이 전적인 솔직함을 가장 중시하던 것임을 기억해야 한다. 우리는 사랑한다고 말하는 대신 사랑에 관해 말했다. 다른 사람들이 행위를 통해 해결했을 불안을 우리는 말을 통해 이겨냈다. 어차피 그냥 도망침으로써 불안을 피하는 것은 허락되지 않는 상황이었다. 소피는 자신이 겪은 유일한 사랑의 경험을 스스럼없이 얘기했고, 하지만 그 일이 자신이 원해서 이루어진 것은 아니었다는 사실만은 고백하지 않았다. 나 역시 가장 중요한 핵심을 제외하고 그 무엇도 숨기지 않았다. 내가 창녀들과 있었던 일을 들려주는 동안 순진한 처녀는 미간을 찌푸린 채 우스꽝스러워 보일 정도로 열심히 귀를 기울였다. 그녀가 남자를 바꿔가며 사귀기 시작한 것은 분명 거리의 여자들처럼 나를 유혹할 수 있는 힘을 얻기 위해서였을 것이다. 전적으로 순진한 것과 자존심을 완전히 내던지고 낮아지는 것은 실로 가까워서, 그녀는 내 마음을 얻기 위해 단숨에 가장 낮은 관능의 수준으로 떨어졌다. 나는 그 어느 무대에서 본 것보다 더 놀랍지만 인습에 묶인 상투성은 그대로인 그러한 변모가 내 눈앞에서 벌어지는 것을 지켜봐야 했다. 처음에는 지극히 순진하게 애처로울 만큼 세부적인 것들로 시작했다. 그러니까 소피는 요령껏 화장 분을 손에 넣었고, 실크 스타킹을 찾아냈다. 그냥 두어도 이미 퀭한데 마스카라 범벅까지 된 두 눈과 마치 뺨에 불이 붙은 듯 벌겋게 튀어나온 광대뼈가 보기 흉했다. 나한테 맞아서 얼굴이 그렇게 된 것만 같았다. 성스러울 정도로 창백하던 입술이 피 흘리는 것처럼 보이려고 애쓰는 것조차 내 눈에는 거짓말 같지 않았다. 주위의 청년들, 특히 프란츠 폰 알란트는 자기 눈앞에서 알 수 없는 불꽃에 달려드는 커다란 나방을 붙잡으려고 애썼다. 심지어 다른 남자들이 소피에게 매혹된 이후 나 역시 그녀에게 더 강하게 끌렸다. 그리고 나의 망설임이 양심의 가책에서 비롯되었다는 그릇된 추론에 이르렀고, 그녀가 다른 누구도 아닌, 내가 일종의 계약으로 맺어져 있다고 느끼는 유일한 인간과 남매지간임을 아쉬워했다. 하지만 만일 소피가 이 세상에서 나에게 중요한 단 한 사람과 같은 눈을 지니지 않았다면 나는 결코 그녀를 돌아보지도 않았을 것이다.

여자들의 본능은 워낙 단순해서 여자를 상대로 점성술사 역할을 하는 것은 어려운 일이 아니다. 사내가 되려다 만 처녀 같은 소피는 비극의 여주인공들이 걸었던 먼지 풀풀한 대로를 그대로 따라갔다. 잊기 위해 마음을 다른 곳으로 돌린 것이다. 그녀는 다른 남자들과 수다를 떨었고, 웃어젖혔고, 끽끽 긁히는 축음기를 틀어놓고 미친듯이 춤을 추었다. 그리고 언제 총알이 날아들지 모르는 위험한 지역을 거침없이 오갔는데, 함께 나간 남자들은 그 기회를 이전의 나보다 훨씬 잘 이용할 줄 알았다. 전신이 마비된 사람들이 처음에 자신의 상태를 받아들이지 못하고 혼란에 빠지듯이, 사랑을 거절당한 여자들이 피해 가지 못하는 그 단계의 첫 수혜자가 된 것은 프란츠 폰 알란트였다. 그는 소피가 나에게 바치는 사랑과 거의 비슷하게 맹목적인 사랑을 소피에게 바쳤다. 그는 차선으로 주어진 대역의 자리를 기꺼이 받아들였다. 그나마 넘보지도 못하던 높은 자리였던 것이다. 나와 단둘이 있을 때 프란츠는 마치 소풍에서 이리저리 돌아다니다가 남의 사유지에 발을 들여놓은 사람처럼 행동했다. 분명 소피는 그에게 우리의 사랑에 대해 계속 얘기함으로써 복수했을 거고, 또 나에게도 자기 자신에게도 복수하려 했을 것이다. 겁을 먹고 순종하는 프란츠의 모습을 보면서 나는 여자들을 통해 행복을 얻을 수 있다는 생각에서 더 멀어졌다. 소피가 거만하고 짜증스럽게 아주 사소한 친절만 베풀어도 프란츠가 마치 설탕을 받아먹는 강아지처럼 달려들던 모습을 떠올리면 아직도 연민이 느껴진다. 그 착한 청년, 중학교 때 도둑질을 했다는 누명을 쓰고 퇴학당한 뒤 1917년에 볼셰비키에게 부모를 잃고 맹장염으로 대수술을 받은 것까지 짧은 인생 동안 악운을 빼놓지 않고 겪은 불운한 청년은 몇 주 후에 볼셰비키의 포로가 되었다. 처형된 채 발견된 그의 시체는 양초 심지를 천천히 태우는 고문 흔적으로 목둘레가 검게 그을려 있었다. 내가 직접, 최대한 완곡한 표현을 사용해가며 소피에게 소식을 전했다. 그 참혹한 광경이 그녀에게 별다른 고통을 주지 않고 그저 이제까지 겪어온 수많은 다른 광경에 더해지는 것을 지켜보면서 나는 불쾌하지 않았다.

그후에도 그녀의 마음속 깊은 곳에서 이어지는 힘겨운 사랑의 독백을 잠시나마 잠재우기 위한 육체적 관계가 더러 있었지만, 끝내 잊지 못한 그녀는 매번 몇 차례의 서툰 포옹 뒤에는 수치심에 휩싸여 그 관계를 끊어버렸다. 그렇게 스쳐지나간 애매한 남자들 중에서 내 눈에 가장 가증스럽게 보였던 인물은 볼셰비키에게 잡혀 있다가 도망쳐나온 러시아 장교였다. 그는 러시아의 어느 대공을 만나서 정체불명의 비밀스럽고 허황된 임무를 수행하기 위해 스웨덴으로 가기 전 일주일 동안 우리와 함께 있었다. 처음 도착한 날 밤에 벌써 그 주정뱅이의 입술은 여자들에 대한 터무니없는 얘기들을 애정 행위와 관련된 시시콜콜한 설명과 함께 늘어놓았고, 그것만으로도 나는 정원사의 집 가죽소파 위에서 소피와 그자 사이에 어떤 일이 있었는지 짐작할 수 있었다. 만일 소피의 얼굴에서 단 한 번이라도 행복 비슷한 무엇인가를 읽어낼 수 있었다면 난 그녀가 내 가까이 있는 것을 절대 용납하지 못했을 것이다. 하지만 그녀는 늘 나에게 모든 것을 털어놓았다. 그녀는 여전히 의기소침한 동작으로 조금씩 움직이며 내 몸에 손을 댔고, 그것은 애무라기보다는 장님이 더듬는 손짓 같았다. 아침마다 내 앞에는 조금 전 밤을 같이 보낸 남자가 사랑하는 남자가 아니기에 절망에 빠진 여인이 있었다.

리가에서 돌아온 지 한 달쯤 된 어느 날 저녁, 나는 독일제 긴 파이프 담배를 피우는 데 골몰한 콘라드와 함께 탑방에서 일하고 있었다. 진흙 참호를 급한 대로 통나무 장작으로라도 보강하느라 애쓰는 병사들을 돌아보기 위해 마을에 나갔다가 막 돌아온 터였다. 안개가 짙은 밤은 그나마 가장 평온했다. 안개가 적을 가려주고, 그러면 아군이든 적군이든 상대를 향한 적의가 중단되기 때문이다. 젖은 채로 난로 위에 얹어놓은 내 웃옷에서 김이 올라왔다. 콘라드는 물기에 젖은 작고 초라한 장작을 하나씩 난로에 던져넣었고, 불이 붙을 때마다 아끼는 나무가 타는 것을 바라보며 아쉬워하는 시인처럼 한숨을 내쉬었다. 그때 호핀 하사가 나에게 온 통신물을 전해주러 들어왔다. 초조함으로 상기된 얼굴로 문간에 선 그는 고개를 숙이고 있는 콘라드 위로 나에게 손짓을 했다. 나는 그를 따라 층계참으로 갔다. 호핀은 르발 백작가의 집사로 일하던 폴란드인의 아들로, 내전이 일어나기 전에는 바르샤바의 한 은행에서 일했다. 아내와 자식 둘이 있고 양식 있는 사람으로, 자기를 젖형제처럼 대해주는 콘라드와 소피에게 깊은 애정을 품고 있었다. 그는 혁명이 시작되자 곧장 크라토비체로 왔고, 올바른 친구의 배역을 맡았다.

그는 지하층을 지나가다 소피를 보았는데, 이 시간이면 늘 비어 있는 부엌의 커다란 탁자 앞에 그녀가 완전히 취한 상태로 앉아 있다고, 방에 올라가게 하려고 애썼지만 자기가 서툴기 때문인지 설득하지 못했다고 귓속말을 했다.

"나리!" 그가 말했다. (그는 나를 나리라고 불렀다.) "혹시라도 그런 모습을 누가 보기라도 한다면 내일 아가씨가 얼마나 수치스러우실지……"

훌륭한 청년은 여전히 소피에게 여자로서의 수치심이 남아 있다고 믿었고, 가장 신기한 점은 그가 틀리지 않았다는 것이다. 나는 나선형 계단을 한 단씩 디딜 때마다 왁스칠 못한 내 군화가 소리를 내지 않도록 조심했다. 전쟁이 잠시 멈춘 그런 밤에 크라토비체에는 아무도 깨어 있지 않았다. 지칠 대로 지친 서른 명의 사내가 잠든 이층의 큰 거실에서는 마치 한 명이 자는 것처럼 한꺼번에 코 고는 소리가 울려퍼졌다. 소피는 부엌의 나무탁자 앞에, 네 다리의 길이가 똑같지 않아 등받이와 바닥의 각도가 불안해 보이는 의자에 앉아 몸을 건들거리고 있었다. 캐러멜색 실크 스타킹에 싸인, 젊은 여신이라기보다는 남신에 가까운 그녀의 두 다리가 내 눈 앞에 그대로 드러났다. 술이 얼마 남지 않은 병 하나가 그녀의 왼팔 끝에서 이리저리 흔들렸다. 난로의 불기운이 만드는 희미한 빛에 인사불성으로 취해 벌겋게 얼룩진 그녀의 얼굴이 드러났다. 나는 그녀의 어깨에 손을 얹었다. 나와 몸이 닿았을 때 그녀의 몸이 두려움과 감미로움으로 상처 입고 떠는 새처럼 전율하지 않은 것은 그때가 처음이었다. 코냑이 가져다준 취기가 사랑의 공격에 버틸 수 있게 해준 것이다. 그녀는 고개를 돌려 텅 빈 시선으로 나를 보았고, 그

눈만큼이나 흐리멍덩한 목소리로 말했다.

"가서 텍사스한테 인사해요, 에릭. 저쪽 창고에 누워 있어요."

나는 라이터를 켜고 여기저기 싹튼 감자를 쌓아놓아 발이 걸려 비틀거리기 십상인 부엌창고로 들어갔다. 작은 강아지는 낡은 유모차 덮개 밑에 우스꽝스러운 꼴로 늘어져 있었다. 나중에야 나는 텍사스가 정원에 묻혀 있던 수류탄을 마치 송로버섯이라도 되는 듯 주둥이로 파내다가 터뜨렸다는 사실을 알게 되었다. 묵사발이 된 강아지는 흡사 대도시의 큰길에서 전차에 치여 죽은 발바리 꼴이었다. 나는 차마 눈뜨고 보기 힘든 덩어리를 조심스럽게 들어올렸고, 삽을 찾아 들고 마당으로 나와 구덩이를 팠다. 그동안 내린 비로 땅 표면은 녹아 있었다. 나는 텍사스를 살아 있을 때 누워 뒹굴면서 유달리 좋아하던 그 진흙구덩이에 묻어주었다. 부엌으로 돌아오니 소피는 이미 마지막 한 방울까지 털어 마신 후였다. 그녀가 술병을 잉걸불 속에 집어던지자 유리가 둔탁한 소리를 내며 터졌다. 그녀는 비틀거리며 일어섰고, 내 어깨에 몸을 기대면서 맥빠진 목소리로 말했다.

"불쌍한 텍사스…… 정말 속상해요. 날 사랑해준 건 텍사스뿐인데……"

그녀의 입에서 술냄새가 풍겼다. 계단에 올라설 때부터 그녀는 몸을 제대로 가누지 못했고, 내가 겨드랑이를 부축해서 올라가는 동안 입에서 토사물이 흘렀다. 마치 배를 타고 여행하다가 멀미가 난 여자를 선실까지 데려다주는 상황 같았다. 물건이 어지럽게 널려 있는 작은 방으로 들어가 침대 위의 이불을 들치는 사이, 소피는 안락의자에 쓰러지듯 주저앉았다. 그녀의 두 손이, 그리고 다리가 얼음처럼 차가웠다. 나는 이불과 외투를 가져와 덮어주었다. 그녀는 팔꿈치를 괴며 상체를 일으켜세웠고, 벌어진 입에서는 마치 분수의 석상에서 나오는 물처럼 토사물이 흘러내렸다. 마침내 그녀는 침대 가운데 움푹한 곳에 축 늘어져서, 온통 젖은 상태로 시체처럼 누워 꼼짝하지 않았다. 머리카락이 뺨에 달라붙는 바람에 얼굴에는 금발 빛깔의 칼자국이 난 것 같았다. 손가락을 대어보니 맥박이 미친듯이 뛰면서 동시에 거의 느껴지지 않을 정도로 희미했다. 그 와중에도 소피의 가장 깊숙한 곳에는 맑은 정신이 남아 있었던 것 같다. 취기, 공포, 현기증 속의 그 맑은 정신 말이다. 실제로 나중에 그녀는 그날 밤 내내 썰매나 롤러코스터를 타는 기분이었다고, 몸이 계속 튀어오르고 춥고 바람 소리와 혈관 속으로 피가 흐르는 소리가 들렸다고, 움직이지도 않으면서 전속력으로 더이상 두려움도 느껴지지 않는 구렁텅이로 치닫는 것 같았다고 했다. 심장이 허한 상태에서 술에 취하면 찾아오는 그런 치명적인 속도감을 나도 겪어본 적이 있다. 그날 이후 그녀는 바로 그 밤 선한 사마리아인처럼 자기 머리맡을 지킨 일이 나에게 가장 혐오스러운 추억의 하나로 남았으리라고 믿었다. 나는 그녀에게 제대로 말할 수가 없었다. 그날 그녀의 창백함, 더러움, 그녀가 처한 위험, 사랑의 행위 때보다 더 완전하게 자기 자신을 내맡기던 모습이 내 마음을 편하게 했고 아름다웠다고 말이다. 또한 축 늘어진 그녀의 몸을 보는 동안 같은 상태의 동료들을 보살펴주던 때가 떠올랐고, 특히 콘라드가 떠올랐다는 것도…… 그러고 보니 한 가지 잊은 게 있는데, 그날 소피의 옷을 벗겨주다가 그녀의 왼쪽 가슴에 난 긴 칼자국 흉터를 보았다. 살에만 좀 깊이 파고들었을 뿐 심각하지는 않았다. 나중에 그녀가 고백하기를, 자살하려 했는데 서툴렀다고 했다. 나를 좋아한 이후의 일이었을까, 아니면 리투아니아인 호색한에게 당했을 때의 일이었을까, 나는 끝내 그 답을 얻지 못했다. 최대한 나는 거짓 없이 말하고 있다.

호퍼 하사의 생각은 틀리지 않았다. 그 사건 이후 소피는 남의 결혼식 피로연에서 샴페인을 너무 많이 마셔버린 순진한 아가씨처럼 당혹스러워했다. 덕분에 며칠 동안 내 앞에서 우울에 빠진 사려 깊은 친구 모습을 했고, 마주칠 때마다 고맙다고 혹은 미안하다고 말하는 듯한 눈길을 보냈다. 병사들 중 몇 명이 티푸스에 걸리자 그녀는 자기가 간호하겠다고 고집을 부렸다. 나와 콘라드가 만류했지만 소용이 없었다. 미친듯 죽기로 작정한 여자의 뜻을 꺾을 수가 없었다. 한 주도 못 되어 그녀가 자리에 눕자 모두들 티푸스가 옮았다고 생각했다. 실제로는 증세가 계속 달라지는 신경증처럼 형태를 바꾸는 사랑 때문에, 불행과 과로가 함께 오는 바람에 누적된 피로로 인해 탈진하고 절망한 것이었다. 이제 내가 이른 아침마다 그녀의 방에 들어가야 했다. 크라토비체에서는 다들 우리가 연인이라고 믿었다. 그녀는 싫지 않았을 거고, 나한테도 더 편했다. 나는 마치 주치의가 된 것처럼 그녀의 건강을 염려하며 챙겼다. 그녀의 침대에 걸터앉아 있다보면 우스꽝스럽게도 친남매 사이가 된 듯했다. 만일 나의 다정함이 소피에게 더 큰 상처를 주기 위해 계산된 것이었다면 그야말로 완벽한 성공을 거두었을 것이다. 그녀는 이불 아래 무릎을 세우고 두 손으로 턱을 감싼 채 눈물 가득한 큰 눈으로 나를 뚫어져라 바라보았다. 나의 배려, 다정함, 머리카락을 부드럽게 어루만지는 손, 이런 것을 소피가 죄의식 없이 받을 수 있던 때는 이미 지나간 것이다. 지난 몇 달간 이 남자 저 남자와 몸을 섞던 기억은 그녀에게 자신을 벗어날 수만 있다면 어디로든 가고 싶다는, 더이상 자기 자신을 참아낼 수 없는 불행한 사람들을 들쑤시는 욕구를 불러왔다. 그녀는 임종을 앞둔 환자처럼 침대 위에서 몸을 일으키려 했다. 나는 그녀를 다시 눕혔다. 그리고 구겨진 시트를, 내가 나가고 나면 그녀가 절망에 몸부림치느라 다시 엉망으로 만들 시트를 펴서 정돈해주었다. 나는 어깨를 들썩이며 그런 장난 같은 육체적 관계는 전혀 중요하지 않다고 단언했고, 후회의 고통을 덜어준다는 구실로 내뱉은 그 말은 그녀의 자존심에 더없이 참혹한 상처를 입혔다. 그리고 좀더 깊은, 자존심보다 좀더 근본적인 무엇인가가 또 상처를 입었으니, 그것은 바로 한 육신이 희미하게 스스로에게 지니고 있는 존중이었다. 이전과 다르게 너그러워진 나의 모습에서 그녀는 이전에 내가 보여주었던 무뚝뚝함, 거절, 오만한 경멸이 일종의 시험이었다는 생각에 이르렀다. 그런데 그 중요성을 미처 깨닫지 못했고, 그 바람에 시험을 통과하지 못한 것이다. 말하자면 그녀는 해안을 향해 헤엄쳐가다가 목적지를 코앞에 두고 힘이 다 빠져버린 사람처럼, 내가 자기를 사랑하기 시작하려는 바로 그 시점에 나자빠진 셈이었다. 만일 그때 내가 그녀를 가졌다면, 그녀는 끝까지 용기를 내서 나를 기다리지 못했다는 생각에 다시 혐오감으로 몸서리치며 울었을 것이다. 그녀는 간통을 저질렀지만 벌 대신 오히려 다정한 사랑을 받는 여자들이 감내해야 할 모든 고통으로 괴로워했다. 이따금 냉정한 판단을 할 수 있게 되는 순간이면, 그렇다고 자신이 나를 위해 몸을 지켜야 했던 것은 아니었다는 생각에 더 심한 절망에 빠졌다. 그런 와중에도 분노, 혐오감, 애틋함, 경멸, 그리고 내 쪽에서의 아련한 후회와 그녀 쪽에서 새롭게 시작되던 증오, 이런 상반되는 감정들이 모두 우리를 연인처럼 혹은 함께 춤추는 남녀처럼 밀착시켰다. 그토록 갈망하던 끈이 우리 사이에 정말로 존재했으며, 나의 소피에게 최악의 형벌은 바로 그 끈이 숨막히게 조여오지만 만져지지는 않는다는 사실이었다.

어느 날 밤(사실 내가 소피에 대해 간직한 모든 기억은, 희끄무레한 새벽빛을 띤 마지막 추억을 제외하면, 모두 밤을 배경으로 한다), 그러니까 공중 폭격이 있던 그 밤, 나는 소피의 방 발코니 위로 정사각형을 그리는 환한 빛을 보았다. 그때까지만 해도 늪에서 새들이 싸우는 것 같은 수준에 지나지 않던 우리의 전쟁에서 그날과 같은 공습은 한 번도 없었다. 그날 처음으로 크라토비체의 하늘에서 죽음이 떨어져 내렸다. 소피가 자기 자신뿐 아니라 가족까지, 우리 모두를 위험에 끌어들이려 했으리라고는 생각할 수 없었다. 그녀의 방은 저택의 우측 날개 쪽 삼층이었다. 방문은 닫혔지만 잠겨 있지는 않았다. 소피는 천장에 달린 커다란 석유램프에서 나온 불빛이 그리는 원 안에, 탁자 앞에 앉아 있었다. 발코니 쪽 유리문이 열린 쪽은 마치 차가운 밤의 투명한 경치를 액자 속으로 옮겨놓은 듯했다. 최근에 내린 가을비에 젖어 부풀어 오른 나무 덧창을 닫느라 애쓰다가 문득 어린 시절에 산악지대의 호텔에 머무는 동안 저녁때 폭우가 쏟아지면 급히 창문을 닫기 위해 달려가던 일이 떠올랐다. 소피는 슬프게 뾰로통한 표정으로 날 쳐다보기만 했다. 그러다 마침내 입을 열었다.

"에릭, 내가 죽는 게 싫나요?"

나는 그녀가 방탕한 여자 행세를 하면서 내기 시작한, 목이 쉰 듯하면서 부드러운 억양의 목소리가 싫었다. 폭탄이 굉음과 함께 터지는 바람에 대답을 피할 수 있었다. 동쪽, 그러니까 호수 쪽이니 폭격이 멀어지는 거라 기대할 수 있었다. 이튿날 알게 된 바에 따르면 폭탄은 연못가 둑 위에 떨어졌고, 그 여파로 잘려나간 갈대, 배를 허옇게 드러내고 죽은 물고기들, 부서진 나룻배 파편이 며칠 동안 물 위를 떠다녔다.

"그래요, 무서워요. 생각해보면 좀 이상하긴 하지만." 그녀가 천천히, 이해하려고 애쓰는 사람의 어조로 말했다. "어차피 나랑은 상관없지만요."

"좋을 대로 해요, 소피." 나는 신랄한 어조로 대답했다. "하지만 당신 방 바로 옆에 불쌍한 노인네가 있소. 그리고 콘라드……"

"아, 콘라드." 그녀는 한없이 지친 어조로 말했고, 의자에서 일어설지 말지 망설이는 불구자처럼 두 손으로 탁자를 짚으며 몸을 일으켰다.

콘라드의 운명에 대한 무관심이 짙게 담긴 그 목소리를 들으며 나는 그녀가 콘라드를 증오하기 시작한 게 아닐까 생각했다. 하지만 그녀는 더이상 아무것도 개의치 않는 멍한 상태에 이르렀을 뿐이다. 그녀는 가족들의 안전을 걱정하기를 그만두었고, 마찬가지로 레닌을 찬양하는 것도 그만두었다. 그녀가 내 쪽으로 다가오며 말했다.

"무서워하지 않는 건 나쁘다는 생각이 들 때가 많아요. 하지만 행복하기만 하다면." 그녀는 첼로의 저음처럼 늘 나를 감동시키는, 투박하면서 부드러운 원래의 목소리로 말했다. "그럼 죽어도 괜찮을 것 같아요. 단 오 분이라도 행복하다면 그건 신이 내려준 신호일 거예요. 당신은 행복한가요? 에릭?"

"그래요, 행복하오." 문득 거짓말을 하고 있다는 것을 깨달았지만, 나는 내키지 않는 대답을 그냥 내뱉었다.

"아, 그래 보이지 않아서요." 그녀가 약 올리듯 말할 때면 언뜻 옛날 어린애 때의 모습이 보였다. "그럼 행복하니까 당신은 죽어도 좋은가요?"

기숙학교 학생들이 입는 것 같은 플란넬 셔츠 위에 검은색 숄을 두른 그녀는 흡사 자정에 초인종이 울리는 바람에 잠이 덜 깬 채로 뛰어나온 하녀 같았다. 그때 내가 왜 덧창을 다시 여는 터무니없는 짓을 했는지는 영원히 알 수 없을 것 같다. 콘라드가 무척 아쉬워했음에도 어쩔 수 없이 나무들을 모두 베어낸 탓에 그야말로 텅 빈 풍경이 창밖으로 펼쳐졌다. 밤이면 늘 그랬듯이 간헐적으로 효과 없는 총격이 오가는 강까지 한눈에 들어왔다. 적의 전투기는 여전히 초록빛이 도는 하늘에서 선회하고 있었고, 끔찍한 모터 소리만이 침묵을 채운 광경을 보노라면 마치 하늘 전체가 하나의 방이고 그 안을 거대한 말벌 한 마리가 붕붕거리며 돌아다니는 듯했다. 나는 달 밝은 밤에 연인과 함께 있는 남자라도 된 듯 소피를 발코니로 데려갔다. 우리는 하늘의 불빛이 커다란 붓이 되어 흰 눈 위에 그림을 그리는 광경을 내려다보았다. 그림자가 그다지 흔들리지 않는 것을 보아 바람이 센 것 같지는 않았다. 소피의 허리를 팔로 감싸고 있는 동안 그녀의 심장에 청진기를 대고 있는 기분이었다. 이미 혹사당한 그녀의 심장은 잠시 머뭇거렸지만 용기가 박동하는 리듬에 따라 다시 뛰기 시작했다. 아직까지 남은 기억으로는, 그때 내 머릿속에는 그날 밤 죽게 된다면 그녀 곁에서 죽는 것을 선택하리라는 생각밖에 없었다. 갑자기 바로 옆에서 엄청난 굉음이 들렸다. 소피는 그 소리가 죽음보다 더 끔찍하다는 듯 귀를 막았다. 폭탄은 우리가 있는 곳에서 돌멩이를 던져 맞출 수 있을 만큼 가까운 마구간의 물결 모양 함석지붕을 뚫고 떨어졌고, 그날 밤 우리 대신 말 두 필이 목숨을 잃었다. 폭격의 굉음이 사라진 직후 믿기 힘들 정도로 고요한 적막 속으로, 벽돌담이 서서히 무너져내리는 소리와 죽어가는 말이 내지르는 처참한 울음소리가 퍼져나갔다. 우리 등뒤로는 발코니 문이 박살나 있었다. 우리는 깨진 유릿조각을 밟아가며 방안으로 들어갔다. 사람들이 사랑을 나눈 뒤 불을 켜듯이, 나는 불을 껐다.

그녀는 나를 따라 복도로 나왔다. 프라스코비 고모의 성화상들 아래 자그마한 야등 하나가 계속 빛을 내고 있었다. 소피가 가쁜 숨을 몰아쉬었다. 창백하게 빛나는 얼굴은 그녀가 조금 전 내 마음을 이해했음을 증명해주었다. 그동안 더 비극적인 순간들도 함께 겪었지만, 그때만큼 엄숙한, 마치 맹세를 나눈 듯한 순간은 없었다. 나의 삶에서 그녀가 가장 강렬하게 자리한 시간이었다. 그녀는 발코니에서 우리가 함께 잡고 있었던 난간의 녹이 묻은 두 손을 들어올렸고, 조금 전에 다치기라도 한 것처럼 내 품으로 달려들었다.

가장 놀라운 것은 그녀가 십 주 넘게 걸려서 해낸 그 몸짓을 나 또한 받아들였다는 것이다. 그녀가 죽고 없는 지금 적어도 한 번 그렇게 그녀의 입과 거친 머리카락에 키스하길 잘했다는 생각이 든다. 그 여인은 내가 정복해놓고 한 번도 발을 들여놓지 않은 거대한 나라였고, 아무튼 지금도 나는 그날 그녀의 타액이 정확히 어느 정도 온기를 띠었는지, 살아 있는 그녀의 살갗에서 어떤 냄새가 났는지 떠올릴 수 있다. 내가 그저 감각과 마음만으로 단순하게 소피를 사랑할 수 있는 순간이 있었다면, 그것은 바로 우리 둘이 죽었다 살아난 사람들의 순수함을 지녔던 그때였다. 내 품에 안긴 그녀의 심장이 뛰었고, 나는 이전에 돈으로 산 여자나 우연히 만난 여자에게서 한 번도 느껴본 적 없는 격렬하고 무서운 달콤함에 젖었다. 기쁨에 취해 풀어지고 동시에 굳어진 몸으로 안겨오는 그녀의 무게가 조금 전 내가 죽었더라면 내 몸 위를 덮었을 흙의 무게처럼 신비스러웠다. 그런데 어느 순간이었는지는 모르겠다. 문득 옛날 스헤베닝언의 바닷가에서 엄마가 내 손에 억지로 쥐여주는 바람에 경련을 일으켜 해수욕객들을 기겁하게 만들었던 그 불가사리가 떠올랐고, 그 순간 감미로운 환희는 혐오감으로 변했다. 나는 화들짝 놀라 소피에게서 몸을 빼냈고, 행복에 젖어 무방비 상태로 있던 소피에게 나의 거친 몸짓은 실로 잔인했을 것이다. 그녀는 눈을 떴고(그전까지 눈을 감고 있었다), 그와 동시에 뒷걸음질치면서 마치 따귀를 얻어맞은 어린애처럼 팔꿈치를 들어올린 두 팔로 얼굴을 가린 것을 보면 아마도 내 얼굴에서 증오나 공포보다 더 참기 힘든 무엇인가를 보았을 것이다. 그녀가 내 앞에서 우는 모습을 본 것은 그때가 마지막이었다. 그뒤로, 모든 것이 끝날 때까지, 소피와 단둘이 이야기를 나눌 기회가 두 번 더 있었다. 하지만 그날 저녁 이후 우리 둘 중 한 사람은 이미 죽어버렸다. 나에게서 그녀와 관련된 부분이 죽었거나, 그녀에게서 나를 사랑하기에 신뢰했던 부분이 죽었다.

사랑이 진행되는 단조로운 과정과 가장 많이 닮은 것은 지치지 않고 숭고하게 되풀이되는 베토벤 사중주다. 그해 대림절*(프라스코비 고모는 단식을 하면서 우리가 교회 달력에 표시된 일정을 절대 잊을 수 없게 만들었다) 몇 주 동안 우리의 삶에서는 궁핍과 노여움과 재앙이 그

* 예수 성탄 대축일을 준비하고 기다리는 성탄 전 사 주간.

전까지와 똑같은 비율로 이어졌다. 나는 얼마 남지 않은 동료 중 누군가의 죽음을 지켜보거나 전해 들었다. 콘라드도 가벼운 부상을 입었다. 적군에 빼앗겼다 탈환한 마을은 곳곳이 무너진 채 눈 속에 파묻힌 담벼락만 남아 있었다. 소피는 침착하고 단호하고 협조적이고 완고했다. 그즈음 폴크마르가 크라토비체에 당도했다. 폰 비르츠가 우리를 위해 보낸 오합지졸을 이끌고 와서 겨울 동안 숙영하려는 것이었다. 독일인으로 구성된 우리의 소규모 원정대는 프란츠 폰 알란트의 죽음 이후로 계속 인원이 줄었고, 이제 발트인과 백계 러시아인이 섞인 부대가 되어가고 있었다. 폴크마르는 이미 나와 아는 사이였다. 열다섯 살 때 리가에서 겨울을 보내던 몇 달 동안 일주일에 세 번 수학을 배우러 다녔는데, 그때 수학 선생님의 집에서 만났다. 난 처음부터 폴크마르가 무척 거슬렸다. 말하자면 그는 캐리커처 그림이 모델과 닮은 것처럼 나와 닮았다. 그는 예의바르고 인정 없고 야심이 크고 이해관계에 민감했다. 어리석지만 성공하기에 적합한 유형의 인간에 속했다. 새로운 것을 보면 오로지 그것이 이득이 되는지만 따지고, 삶을 이루는 상수常數들을 기반으로 모든 것을 계산하는 인간 말이다. 전쟁만 없었더라면 소피는 그에게 다가가지 않았을 것이다. 그는 기회를 놓치지 않고 달려들었다. 병사들의 막사에 홀로 고립된 여자가 남자들에게는 오페라 소극이나 비극에서와 같은 위력을 발휘한다는 사실을 나는 이미 알고 있었다. 그때까지 사람들은 소피와 나를 연인이라고 여겼지만, 전혀 그렇지 않았다. 두 주도 채 지나지 않아서 사람들은 소피와 폴크마르를 약혼자로 여겼다. 이전에 소피가 반쯤 몽롱한 상태로 남자들과 어울리며 아마도 망각의 순간을 제공할 뿐인 관계를 이어갈 때 나는 아무렇지도 않았다.

그런데 폴크마르와의 관계는 불안했다. 소피가 나에게 계속 숨겼기 때문이다. 사실 그녀가 일부러 감춘 것은 없었다. 그저 그녀의 삶을 들여다볼 수 있는 내 권리를 박탈했을 뿐이다. 물론 우리의 관계 초기에 비하면 나의 죄가 훨씬 줄어들었지만, 벌은 받아야 할 때가 아니라도 찾아오는 법이다. 어쨌든 소피는 관대함을 베풀어 여전히 내게 다정하게 대해주었다. 나를 심판하기 시작했기에 더욱 그랬을 것이다. 결국 나는 소피의 사랑이 시작된 때를 잘못 알았던 것과 마찬가지로 끝나는 때도 제대로 알지 못했다. 아직도 나는 그녀가 숨을 거두는 순간까지 날 사랑했다고 생각한다. 하지만 그 정도로 오만한 생각을 품어도 되는지 자신은 없다. 소피는 사랑의 열병을 떨치고 회복할 수 있을 만큼 강한 저력을 지닌 여자였다. 이따금 나는 폴크마르와 결혼해 주부가 되고 아이들에게 둘러싸인 소피가 마흔 살의 굵은 허리를 분홍색 거들로 조이는 모습을 상상해본다. 그 광경을 망치는 것은 바로 나의 소피가 여전히 우리의 사랑에 속한 분위기 속에서, 우리의 사랑에 속한 조명 아래서 죽었다는 사실이다. 그런 점에서 나는, 당시 사람들이 즐겨 쓰던 표현을 사용해보자면, '전쟁에 이겼다'는 느낌이 든다. 좀 덜 가증스러운 방식으로 말하자면, 폴크마르의 계산보다 나의 추론이 더 정확했다고, 소피와 나 사이에는 같은 종족의 인간들이 갖는 유사성이 있었다고 말해두자. 하지만 그때 그 크리스마스 주간에는 게임에서 이길 수 있는 모든 패를 쥔 것은 폴크마르였다.

나는 여전히 밤중에 소피의 방문을 두드렸다가 그녀가 혼자 있지 않다는 걸 확인하는 수모를 자처하기도 했다. 이전에는, 그러니까 한 달 전에만 해도 똑같은 상황에서 소피는 그녀가 흘리는 눈물이 그랬듯이 도발적인 거짓 웃음을 터뜨리면서 날 안심시켰을 것이다. 하지만 이제는 문이 열리면, 속옷이 여기저기 흩어져 있고 술병이 나뒹굴던 이전의 무질서와는 전혀 다른, 얼어붙은 듯이 가지런한 장면이 나타났다. 폴크마르는 무뚝뚝하게 담뱃갑을 내밀며 나에게 담배를 권했다. 내가 가장 참기 힘들었던 것은 나를 향한 두 사람의 배려였다. 나는 돌아서 나오며 둘이서 다시 속삭이고 김빠진 키스를 하는 모습을 상상했다. 그들은 내 얘기를 했고, 나도 충분히 그러리라 생각했다. 나와 폴크마르는 진심으로 서로를 증오했기에, 이따금 나는 그가 소피에게 눈독을 들인 것은 전적으로 크라토비체 사람들 모두가 나와 소피를 짝으로 여겼기 때문이라는 생각을 한다. 여하튼 그 멍청한 자가 소피를 사랑했다는 것을 잘 받아들일 수 없는 걸 보면 나는 스스로 생각했던 것보다 그녀에게 더 많이 집착했던 것 같다.

전쟁중인 그해 겨울 크라토비체에서 열린 크리스마스 파티는 그동안 내가 본 것 중에서 가장 신나는 파티였다. 콘라드와 소피가 벌이는 우스꽝스러운 준비 탓에 짜증이 난 나는 보고서를 쓴다는 핑계로 자리를 피했다. 자정 무렵이 되자 호기심이 나고 배도 고팠다. 웃음소리, 그리고 내가 제일 좋아하는 레코드판이 끽끽대며 돌아가는 소리에 끌려 거실로 나왔을 때, 모두들 장작불과 집안 여기저기서 가져다놓은 스무 개 정도의 램프 불빛 속에서 빙글빙글 돌아가며 춤을 추고 있었다. 다시 한번 다른 사람들의 즐거움에 끼지 못한 외톨이가 된 기분이 들었고, 나 스스로 선택한 일이었음에도 씁쓸한 마음을 지울 수 없었다. 두꺼운 금박을 입힌 콘솔 위에 익히지 않은 햄, 사과, 그리고 위스키가 차려져 있었다. 빵은 소피가 직접 구운 것이었다. 거실의 광경은 의사인

파울 루겐의 거대한 체구에 가려 절반밖에 보이지 않았다. 거구의 루겐은 늘 그렇듯이 페터 공작의 옛 창고에 차린 병원에 한시라도 빨리 돌아가기 위해 접시를 무릎 위에 얹고 자기 몫의 음식을 빠르게 처리하고 있었다. 만일 소피가 폴크마르가 아니라 루겐과 함께했다면 난 전부 용서했을 것이다. 여럿이 하는 게임을 혼자 하면서 노는 것을 좋아하던 호핀은 술병의 깨진 주둥이 위에 성냥개비를 쌓아 집을 짓느라 열심이었다. 모든 일에 서툰 콘라드는 햄을 얇게 썰다가 역시나 손가락을 베었다. 집게손가락에 붕대 대신 손수건을 감은 그는 손수건의 윤곽까지 사용해 두 손으로 벽 위에 그림자를 만들어 보였다. 그는 얼굴이 창백했고, 최근에 당한 부상이 다 낫지 않아 다리도 절었다. 그는 이따금 손놀림을 중단하고 축음기 태엽을 감았다.

〈라 팔로마〉*가 끝나고 알 수 없는 코맹맹이 소리의 노래가 흘러나왔다. 소피는 춤이 시작될 때마다 파트너를 바꾸었다. 춤추는 것은 아직까지 그녀가 가장 잘하는 것이었다. 빙글빙글 도는 그녀의 모습은 타오르는 불꽃 같았고, 부드럽게 몸을 구부리는 모습은 꽃송이 같았으며, 가볍게 나아가는 모습은 한 마리 백조 같았다. 그녀는 1914년에 유행하던 푸른색 실크 망사 드레스를 입고 있었다. 그녀가 살면서 가져본 유일한 무도회 드레스였고, 내가 알기로 단 두 번밖에 입지 않았다. 유행은 지났지만 아직 새것인 그 드레스만으로도 전날까지 우리의 동료이던 그녀가 소설의 주인공으로 바뀌기에 충분했다. 여러 개의 거울에 나타나는 푸른 실크 망사 드레스 차림의 여인들은 전부 한 사람이었고,

* 19세기 스페인 작곡가 이라디에르가 만든 노래로, '비둘기'라는 뜻이다.

그녀와 춤추는 한 명을 빼고 나머지 남자들은 자기들끼리 짝을 지어야 했다. 그날 아침 콘라드는 불편한 다리를 무릅쓰고 참나무에 기어올라가서 겨우살이 한 뭉치를 따오겠다고 고집을 부렸다. 내가 콘라드와 다툰 일이 딱 두 번 있었는데, 그가 어린애처럼 무모하게 나섰던 그때가 첫번째였다. 그것은 폴크마르의 머리에서 나온 생각이었다. 겨우살이는 결국 어린 시절의 크리스마스 이후로 단 한 번도 켜진 적 없던 시커먼 샹들리에에 매달렸고, 그것을 핑계로 남자들은 소피와 키스를 했다. 한 명씩 차례로 입술을 소피의 입술에 가져다 댔고, 소피는 도도했다가 신났다가 친절했다가 착한 아이 같았다가 다정했다가 했다. 내가 거실에 들어섰을 때는 폴크마르의 차례였다. 그들은 키스를 주고받았고, 나는 그것이 사랑의 키스와 전혀 다르지만 분명 즐거움, 믿음, 화합을 의미하는 것임을 알 수 있었다. 콘라드가 "이런, 에릭! 안 그래도 기다리는 중이었네!"라고 말하는 바람에 소피는 고개를 돌릴 수밖에 없었다. 나는 피아노가 있는 방 쪽으로 불빛에서 멀리 떨어진 문간에 서 있었다. 시력이 나쁜 소피는 눈을 찌푸리고 쳐다보며 내 얼굴을 알아보았다. 그녀는 볼셰비키들이 백군 장교를 잡으면 맨살에 그대로 못질을 해버릴 정도로 증오한다는 견장에 손을 얹고 있었다. 그리고 그녀가 폴크마르에게 허락한 두번째 포옹은 도발의 키스로 이어졌다. 폴크마르는 감동에 북받쳐 달아오른 얼굴로 그녀를 향해 몸을 숙였다. 그 표정이 정말로 사랑의 표현이라면 여자들이 우리 남자들을 피해 달아나지 않는 것은 미친 짓이라 할 수 있고, 여자들에 대한 나의 불신은 합당한 것이 된다. 어깨를 드러낸 푸른색 드레스 차림의 소피는 고데기로 지지느라 끝이 타버린 짧은 머리카락을 뒤로 젖힌 채로, 그 짐승 같은 자에게 더없이 유혹적인, 여배우가 촬영 카메라를 탐욕스레 곁눈질하며 내미는 입술보다 더 기만적인 입술을 내밀었다. 너무 심했다. 나는 그녀의 팔을 낚아채고 따귀를 갈겼다. 몸에 받은 충격 혹은 놀라움이 너무 컸는지 그녀는 뒷걸음질쳤고, 뒤로 돌아서다가 의자에 발이 걸려 넘어졌다. 코피까지 나면서 더 우스꽝스러운 장면이 되었다.

폴크마르도 너무 놀랐는지 멍하니 있다가 잠시 후에야 나에게 달려들었다. 루겐이 끼어들어 우리를 말렸고, 아마도 등받이가 긴 안락의자로 나를 억지로 끌고 가 앉혔을 것이다. 하마터면 주먹다짐 때문에 파티가 그대로 끝날 뻔했다. 소란 속에서 폴크마르는 사과를 하라며 나에게 악을 써댔다. 다들 우리가 취했다고 생각한 덕분에 상황은 그럭저럭 수습되었다. 이튿날 우리는 위험한 임무를 수행하러 떠날 예정이었다. 더구나 크리스마스 저녁에, 무엇보다 내가 원하지도 않는 여자 때문에 동료와 싸움을 벌이다니. 모두들 부추기는 바람에 결국 폴크마르와 악수를 하면서 나는 나 스스로에게 저주를 퍼부었다. 이미 소피는 구겨진 실크 망사 드레스가 요란스럽게 바스락대는 소리와 함께 사라진 뒤였다. 그녀는 견진성사날 갈리친 할머니에게 선물로 받은 진주목걸이를 하고 있었는데 내가 그녀를 폴크마르에게서 떼어낼 때 진주구슬을 꿴 가는 줄의 고리가 뜯겨나갔다. 목걸이는 이제 쓸모없어진 장난감처럼 바닥에 나뒹굴고 있었다. 나는 허리를 굽혔고, 아무 생각 없이 그것을 주머니에 넣었다. 소피에게 돌려줄 기회는 오지 않았다. 이후 돈이 궁할 때 목걸이를 팔아볼까 생각하기도 했지만, 진주가 누렇게 변색된 터라 사겠다는 보석상이 있을 것 같지 않았다. 결국 내가 가지고 있다. 아니 가지고 있었다. 작은 여행가방 밑바닥에 넣어두었는데 올해 스페인에서 가방을 도둑맞았다. 아무튼 이렇게, 알 수 없는 이유로 간직하게 되는 물건이 있다.

그날 밤 프라스코비 고모가 방안을 왔다갔다하는 동안 나 역시 내내 방에서 창문과 옷장 사이를 오갔다. 나는 맨발이니 마룻바닥 위를 걷는 발소리가 커튼 뒤에 잠든 콘라드를 깨우지는 않을 터였다. 나는 열 번도 넘게 소피의 방으로 가보리라 마음먹고 어둠 속에서 신발과 윗옷을 찾았다. 이번에는 분명 그녀 혼자 있을 것이다. 미처 다 자라지도 못한 뇌가 우스꽝스럽게도 모든 것을 분명히 밝히겠다는 욕구에 사로잡히는 바람에, 나는 다시 한번 내가 그녀를 사랑하는 게 아닌지 자문했다. 확실히 나의 연정에는 육체적인 것에 아무리 둔감한 남자라 해도 자신의 사랑을 증명하기 위해 사용하게 되는 증거가 여전히 빠져 있었고, 그와 관련하여 나는 나 자신이 주저하는 것을 소피의 탓으로 돌려왔다. 하지만 난잡하게 사는 것처럼 보이는 이 여자는 불행히도 누구든 평생을 같이하기 위해서가 아니고서는 다가갈 수 없는 여자였다. 나는 모든 것이 자취를 감춰버리는 이 시대에 그녀만큼은 대지처럼 단단하게 버티고 있으리라고, 그 위에 집을 짓고 드러누울 수 있으리라고 생각했다. 난파한 배에서 단둘이 살아나서 다시 세상을 일구며 살아가는 것도 아름다웠으리라. 그때까지 늘 경계선에 서서 살아왔음을 나 스스로도 알고 있었다. 계속 그 자리에 있을 수는 없을 것이다. 콘라드는 늙을 거고, 나도 마찬가지고, 전쟁이 영원히 모든 것에 핑계가 되지는 못할 터였다. 하지만 전적으로 타산이 배제되지는 않았다 해도 어쨌든 동의하려 했던 나의 마음은, 거울이 달린 옷장 앞에 섰을 때쯤 역시 전적으로 추악하지는 않았다 해도 어쨌든 거부하려는 마음에 자리를 빼앗겼다. 나는 아주 냉철하게 소피를 어쩌고 싶은 건지 생각해보았고, 절대로 콘라드를 처남으로 받아들일 준비가 되어 있지 않음을 확인한 것이다. 콘라드와 남매인 그녀를 더구나 흔쾌히 내키지도 않는 마음으로 유혹하기 위해서, 이십 년이라는 짧고도 긴 세월 동안을 함께한 친구를 놓아버릴 수는 없었다. 그러고 나서는 또, 마치 방안에서 시계추처럼 왔다갔다하는 행위가 나를 괘종시계의 양끝으로 끌고 다니기라도 하는 것처럼, 내가 처한 복잡한 상황에 아랑곳하지 않는 인물이 되었다. 나보다 먼저 약혼녀를 얻으려 애쓴 내 종족을 빼닮은 인물이었다. 원래의 나보다 더 단순한 그 나는 하얀 젖가슴을 떠올리며 여느 남자와 마찬가지로 가슴이 두근거렸다. 해가 뜨기 조금 전에, 물론 그 우중충하던 날들에도 해가 떴다면, 나는 유령이 조용히 지나가는 듯한 소리, 복도로 불어드는 바람에 여자옷이 사각거리는 소리를 들었고, 애완견이 주인에게 문을 열어달라고 긁는 듯한 소리, 그리고 자신의 운명 끝까지 달려온 여자가 숨이 차서 헐떡이는 소리를 들었다. 소피는 벽에 댄 참나무 판자에 입을 댄 채 나지막한 목소리로, 어느 나라에서나 사람들이 가장 쉽게 내뱉는, 하지만 가장 순수한 말을 했다. 그녀는 그 서툰 말을 러시아어를 포함하여 그녀가 잘 아는 네다섯 나라 말로 바꾸어가며 했다.

"에릭, 나의 유일한 친구, 날 용서해줘요."

"소피, 지금 출발 준비를 하고 있어서…… 좀 이따가, 아침에 출발 시간에 부엌에서 봅시다. 할말이 있으니까…… 미안하오."

"에릭, 사과해야 할 사람은 나인데……"

나는 자신이 나눈 대화의 한 마디 한 마디가 기억난다고 주장하는 사람을 거짓말쟁이나 허언증 환자로 간주해왔다. 나의 경우는 모든 것이 토막으로, 마치 벌레 먹은 서류처럼 구멍이 숭숭 뚫린 채로 남아 있다. 나 자신이 하는 말마저, 심지어 말하고 있는 순간에도 내 귀에 들리지 않는다. 상대의 말은 전부 빠져나가고, 내 입술이 가닿을 수 있는 곳에서 움직이는 입의 움직임만 기억난다. 나머지는 전부 내 멋대로 끼워 맞춘 것이고, 그것은 이 글에서 내가 기억하려고 애쓰는 모든 얘기에 해당된다. 오직 그날 밤에 소피와 주고받은 평범한 말만이 거의 그대로 기억나는 것은 살아 있는 그때가 소피가 나에게 다정하게 말을 건넨 마지막이었기 때문이리라. 나는 소리가 나지 않게 살짝 열쇠를 돌려 문을 잠그고 싶었지만 포기했다. 우리는 스스로 주저한다고 혹은 결심이 섰다고 믿지만, 우리의 은밀한 생각은 바로 최종적으로 우리를 결심하게 만드는 사소한 이유들 속에 담겨 있다. 나는 내 행동을 콘라드에게 해명할 수 있을 만큼 비겁하지는 혹은 용감하지는 않았다. 콘라드는 순진하게도 나의 행동이 아무나 자기 누이와 친한 척하는 것 때문에 화가 나서 그런 거라고 믿었다. 만일 콘라드가 계속 살아 있었다면 그때까지 몇 달 동안 내가 말하지 않음으로써 매일 거짓말을 했음을 결국 고백하고 말았을지는 지금도 잘 모르겠다. 잠든 채로 돌아눕던 콘라드는 아픈 다리가 시트에 쓸리는 바람에 잠결에도 신음 소리를 냈다. 나는 다시 침대로 와서 두 손을 목덜미 아래 끼고 누웠고, 날이 밝으면 떠날 원정만을 생각하려고 애썼다. 만일 그날 밤 내가 소피를 가졌더라면, 아마도 나는 모두가 보는 앞에서 나만의 것임을 확인시킨 그 여인의 몸을 마음껏 탐했을 것이다. 그녀도 마침내 행복해졌을 거고, 곧이어 우리를 영원히 갈라놓게 될 공격이 닥쳤을 때 끄떡없이 버텨냈을지 모른다. 그럼에도 결별이 왔다면 아마도 그 원인은 내게 있을 것이다. 실망 혹은 도취 상태로 몇 주를 보낸 뒤에 분명 비통하기 이를 데 없고 동시에 절대 피해 갈 수 없는 악덕에 사로잡혔을 테니 말이다. 사람들이 뭐라 말하든, 그 악덕은 젊은 남자들의 사랑이라기보다는 고독이다. 여자들은 고독 속에서 살지 못한다. 여자들은 심지어 고독 속에서도 정원 하나를 만들려 하며 그 고독을 망쳐버린다. 절대적으로 나 자신인 부분에서 나를 이루는 존재가 다시 우위를 점하게 되었을 것이고, 마치 국가원수가 수도권에서 멀리 떨어진 시골을 방치하듯, 일부러 그랬든 어쩔 수 없이 그랬든, 나는 결국 그녀를 버리고 말았을 것이다. 다시 폴크마르가 승기를 잡았을 테고, 그게 아니면 소피가 거리로 나섰을 것이다. 그렇게 비통한 슬픔과 거짓말이 이어지는 관계보다는 더 깨끗한 것, 배달부와 하녀의 순정을 연상시키는 것들이 있고, 지금 생각하면 불행이 나름의 방식으로 상황을 수습해낸 것 같다. 그럼에도 내가 내 삶의 기회 중 하나를 잃어버린 것은 사실이었다. 우리가 아무리 갖고 싶어해도 우리의 본능이 원하지 않는 기회들이 있는 법이다.

아침 일곱시쯤에 나는 부엌으로 내려갔다. 폴크마르는 이미 준비를 마치고 날 기다리고 있었다. 소피가 커피를 데워놓았고, 전날 파티에서 남은 음식을 챙겨 식량을 마련해주었다. 그녀는 군인의 아내가 내조를 하듯 이런 일에 완벽했다. 그녀는 마당에서, 11월 어느 날에 내가 텍사스를 묻은 자리 가까이에서 우리에게 인사를 했다. 나는 한순간도 그녀와 단둘이 있지 못했다. 이번에 돌아오면 곧바로 그녀와의 관계를 시작할 마음의 준비가 되어 있었지만, 고백하는 것과 나를 주는 것 사이에 어쩌면 죽음의 폭을 갖게 될지 모르는 유예의 시간이 놓여 있다는 것이 애석하지는 않았다. 우리는 셋 모두 전날의 소동을 잊은 듯했다. 이처럼 일단 겉으로라도 상처가 바로 아무는 것은 전쟁 속에 사는 삶의 특징이기도 했다. 상처가 곪아 덧나지 않도록 전쟁이 알아서 불로 지져주는 것이다. 폴크마르와 나는 각기 그녀가 내민 손에 입을 맞추었고, 우리가 멀어질 때까지 흔들며 인사하는 손짓이 서로 자기를 위한 것이라 믿었다. 부하들은 막사 곁 장작불 앞에 웅크리고 앉아 우리를 기다리고 있었다. 눈이 내렸고, 덕분에 가야 할 길은 훨씬 고단할 테지만 아마도 기습공격은 피할 수 있을 터였다. 교각들은 이미 무너졌지만 강이 얼어붙은 덕에 안전하게 건널 수 있었다. 우리의 목표는 무나우로 가서 그곳에 고립된 브루사로프의 부대를 지원하고, 필요하다면 우리 부대가 있는 곳까지 엄호해서 데려오는 것이었다.

무나우와의 전화 교신은 며칠 전부터 끊긴 상태였다. 폭우 때문인지 적이 일부러 끊었는지는 알 길이 없었다. 도착해보니 무나우 마을은 크리스마스 전야에 이미 볼셰비키군의 손에 넘어가 있었다. 심한 타격을 입은 브루사로프의 잔류 부대는 구르나에서 숙영중이었다. 브루사로프 역시 심한 부상을 입었고, 실제로 그는 일주일 후에 숨을 거두게 된다. 일단 다른 지휘관이 없었으므로 부대를 퇴각시키는 임무가 나에게 주어졌다. 나는 포로로 잡힌 아군과 군수물자를 되찾기 위해 무나우로 반격을 시도했지만, 전력만 더 약해졌다. 이따금 의식을 회복한 브루사로프는 구르나의 전략적 중요성을 지나치게 높게 평가하면서 절대로 그곳을 포기해선 안 된다고 우겼다. 이전부터 나는 우리의 오스트프로이센*에 맞선 1914년의 공격을 이끌어 이른바 영웅이라고 불리는 그를

* 독일 프로이센의 동북부에 있던 주. 지금의 폴란드와 러시아에 걸친 지역이다.

사실은 무능한 군인이라고 생각하고 있었다. 결국 누군가가 크라토비체로 돌아가 의사 루겐을 데려오고 폰 비르츠에게 현상황에 대한 정확한 보고, 보다 정확히는 브루사로프의 것과 나의 것인 두 가지 보고를 전달해야 했다. 그 임무를 수행할 사람으로 내가 폴크마르를 고른 것은 그가 사령관과 담판을 지을 수 있고 또 루겐을 설득해서 데려올 수 있을 만큼 융통성 있는 유일한 인물이었기 때문이다. 내가 아직 말하지 않은 것이 있는데, 파울 루겐은 제정 러시아의 장교들에게 심한 적대감을 품고 있었다. 사실 우리 계층 사람들은 볼셰비키를 싫어하는 것만큼 백계 러시아 이주자들에게도 적대적이었고, 루겐은 특히 심했다. 또한 신기하게도 이상한 직업관을 지닌 터라 그가 부상자에게 바치는 헌신은 자신이 지휘하는 야전병원의 벽을 절대 넘어서지 않았다. 그에게는 구르나에서 죽어가는 브루사로프보다는 자신이 전날 수술한 환자가 무조건 더 중요했다.

내 능력 이상의 배신에 대해서까지 비난받고 싶지는 않으니, 일단 분명히 해두자. 연적(이 말을 하려니 웃음이 나온다)에게 위험한 임무를 맡겨서 그를 제거할 생각은 조금도 없었다. 떠나는 것이 남아 있는 것보다 더 위험하지도 않았고, 폴크마르 역시 내가 더 큰 위험을 자기한테 떠안겼다고 원망하지는 않았을 것이다. 그는 자신이 해야 할 일이라고 마음의 준비가 되어 있었을 테고, 그가 내 입장이었더라도 나에게 똑같이 했을 터였다. 내가 직접 크라토비체로 돌아가면서, 정신이 오락가락하는 브루사로프는 있으나 마나 한 상태이니 폴크마르에게 구르나를 맡기는 방법도 있었다. 폴크마르는 당시에는 자기에게 중요하지 않은 역할을 맡긴다고 원망했지만, 결국 더 무거운 책임을 내가 떠맡은 데 대해 고마움을 느꼈을 것이다. 또한 나 대신 소피의 마음을 결정적으로 차지할 수 있는 마지막 기회를 주기 위해서 그를 크라토비체로 보낸 것도 아니다. 그런 미묘한 것들은 일이 끝난 뒤에야 막연히 의심을 품을 수 있을 뿐이다. 정상적이라면 폴크마르를 경계했어야 하는지도 모르겠지만, 나는 정말로 그러지 않았다. 우리가 함께 보낸 며칠 동안 폴크마르는 예상과 달리 별로 불쾌하게 굴지 않았다. 나는 원래 그런 일에, 다른 일에서와 마찬가지로, 눈치가 없었다. 그때 폴크마르가 보여준 전우애라는 미덕은 위선의 탈이라기보다는 엄밀히 말해 군복을 입고 벗을 때 함께 걸쳤다 털어버리는, 군인 신분과 함께하는 일종의 우아함이었다. 여기서 폴크마르 역시 특별한 이해관계가 없었음에도 오래전부터 나에게 동물적인 증오심을 품고 있었다는 얘기를 해야겠다. 그의 눈에 나는 경악스러운 추문의 대상이었고, 아마도 거미만큼이나 혐오스러운 인간이었을 것이다. 어쩌면 그는 소피를 나로부터 보호하는 것이 자신의 의무라고 믿었을 것이다. 그가 그 패를 더 일찍 꺼내지 않은 것을 고마워해야 했는지도 모른다. 소피가 정말로 나에게 중요한 사람이라면, 그를 다시 소피 앞에 서게 하는 것이 위험한 일임을 나는 짐작하고 있었다. 하지만 그런 것들을 고려할 수 있는 상황이 아니었고, 그런 이유 때문에 못한다는 것을 내 자존심이 허락하지 못했을 것이다. 폴크마르가 폰 비르츠에게 가서 나에게 불리한 말을 했을지 모른다는 점에 대해서는, 난 절대 아니라고 확신한다. 폴크마르는, 누구나 그렇듯이, 어느 정도까지는 정직한 인간이었다.

며칠 후 루겐이 장갑트럭들과 구급차 한 대와 함께 당도했다. 구르나에서 더 지체할 수 없었기에 나는 브루사로프의 군대를 억지로 철수시키는 책임을 맡았다. 예상대로 브루사로프는 이동중에 사망했고, 살아 있을 때나 죽은 후에나 거추장스럽기는 마찬가지였다. 우리는 강 상류에서 공격을 받았고, 크라토비체에 돌아왔을 때는 살아남은 인원이 얼마 되지 않았다. 이때 소부대를 이끌고 퇴각하는 동안 내가 범한 오류는 몇 달 후 폴란드 국경에서 작전을 수행할 때 큰 도움을 주었다. 구르나에서 잃은 목숨 하나가 폴란드에서 열두 명의 목숨을 살린 셈이었다. 어차피 중요하지는 않다. 잘못은 언제나 패자의 몫이다. 내게 쏟아진 모든 비난은 정당했다. 뇌 기능이 상실된 환자의 명령을 따르지 않았다는 비난만 제외하고 말이다. 무엇보다 파울 루겐의 죽음이 나에겐 큰 충격이었다. 그는 나에게 유일한 친구였다. 이 말이 내가 지금까지 한 얘기에 비추어볼 때 사실이 아니라고 판단될 수 있음을 나도 안다. 하지만 조금만 생각해보면 이 대립하는 두 가지를 화해시키는 것은 전혀 어려운 일이 아니다. 크라토비체로 복귀한 후 첫 밤을 나는 막사에서, 이가 들끓어서 안 그래도 위험한 우리 상태에 발진티푸스의 위험까지 더해주는 짚매트에 누워 죽은 사람만큼이나 깊은 잠에 빠졌다. 소피에 대한 결심은 변함이 없었다. 그녀를 생각할 시간이 없었을 뿐이다. 아니 어쩌면 나는 함정에 빠지기로 이미 마음먹기는 했지만 곧장 발을 들여놓고 싶지는 않았을 것이다. 그날 밤 나에겐 모든 것이 추했고 공허했고 힘겨웠고 잿빛이었다.

이튿날, 서풍이 불고 바닥의 눈이 녹아 지저분해진 날 아침에, 나는 막사에서 멀지 않은 저택으로 건너갔다. 콘라드의 서재로 가면서 그때까지 주로 사용하던 뒤쪽 보조계단 대신에 짚단과 부서진 상자들이 잔뜩 쌓여 비좁아진 중앙 계단으로 올라갔다. 세수도 면도도 안 한 상태였기에 소피에게서 비난을 듣든 반대로 사랑을 확인하든 절대적으로 불리한 입장이었다. 계단은 닫힌 덧창의 틈새로 새어드는 빛밖에 없어서 어두웠다. 이층과 삼층 사이에서 나는 내려오던 소피와 맞닥뜨렸다. 그녀는 외투를 입고 겨울 장화를 신고 있었고, 머리에는 그해 여자들이 해수욕장에서 우스꽝스럽게 매고 다니던 실크 스카프 비슷한 자그마한 모직 숄을 두르고 있었다. 그리고 보자기 네 귀퉁이를 잡아맨 보따리를 들고 있었다. 야전병원에 가거나 정원사의 아내를 보러 갈 때 들고 가는 것을 여러 번 본 적이 있는 보따리였다. 그 무엇도 새삼스럽지 않았고, 나의 경계심을 불러일으킨 것은 단 하나, 그녀의 눈길이었다. 그녀는 내 눈을 피했다.

"이런, 소피, 이런 날씨에 밖에 나가는 거요?" 나는 그녀의 손목을 잡으려 들면서 농담하듯 말했다.

"그래요, 떠나요." 그녀가 말했다.

그녀의 목소리에서 방금 한 말이 진지한 것임을, 정말로 그녀가 떠난다는 것을 알 수 있었다.

"가긴 어딜 간다는 거요?"

"상관없잖아요." 그녀가 퉁명스럽게 손을 빼며 말했다. 비둘기처럼 조금 부어오른 목이 오열을 삼키고 있음을 말해주었다.

"어째서 떠나려는 건지 말해주겠소?"

"지긋지긋해요." 그녀는 언뜻 프라스코비 고모의 얼굴 경련을 연상시키는 모습으로 삐죽거렸고, 다시 한번 말했다. "지긋지긋하다고요."

그녀는 흡사 쫓겨나는 하녀가 들고 나선 것 같은 우스꽝스러운 보따리를 왼팔에서 오른팔로 옮겨 들면서 자리를 피하기 위해 앞으로 나섰다. 하지만 한 계단밖에 내려서지 못하는 바람에 생각과 달리 우리 둘 사이의 간격은 오히려 더 좁아졌다. 그러자 그녀는 벽이 등에 닿도록 최대한 뒤로 물러섰고, 처음으로 혐오감이 가득한 눈길로 나를 바라보았다.

"아, 하나같이 역겨워……"

그녀가 내뱉은 말은 분명 그녀에게서 온 것이 아니다. 그녀가 누구에게서 들은 말을 옮겼는지는 짐작하기 어렵지 않았다. 마치 맑은 샘에서 진흙탕이 솟구치는 듯했다. 그녀의 얼굴은 시골 아낙 같은 상스러운 느낌을 뱉어내고 있었다. 이미 저속한 여자들에게서 본 적 있는 분개한 외설스러움이 폭발한 모습이었다. 내가 정당한 비난을 받고 있는지 아닌지를 따지는 것은 중요하지 않았다. 어차피 그 영역에 관해 사람들이 하는 말은 모두 틀렸다. 관능과 관련된 진실은 말로 할 수 없고, 오직 입에서 입으로 더듬거리면서 전해질 뿐이다. 상황이 명확해졌다. 내 앞에 선 여인은 나의 적이었다. 지금껏 소피의 체념 속에 증오가 어려 있음을 항상 느끼고 있었다는 사실이 그나마 내게 선견지명이 있다는 위안을 줄 뿐이었다. 내가 먼저 털어놓았더라면 그녀가 적이 되는 것을 막을 수 있었을지도 모른다. 하지만 그것은 나폴레옹이 어떻게 했으면 워털루 전쟁에서 패하지 않을 수 있었을지 따져보는 일만큼이나 공허하다.

"폴크마르, 그런 야비한 말들은 다 그자한테 들었을 테지?"

"아, 그 작자." 소피의 표정은 그녀가 폴크마르에 대해 어떤 감정을 품고 있는지 분명하게 드러내주었다. 그 순간 그녀는 분명 폴크마르와 나를 한데 묶어서, 그리고 우리 둘을 다른 모든 남자들과 한데 묶어서 똑같이 경멸하고 있었다.

"나한테 제일 놀라운 게 뭔지 알고 있소? 그건 바로 당신이 그 멋진 생각을 더 일찍 떠올리지 못했다는 거요." 나는 최대한 가벼운 어조로, 그러면서도 두 달 전이라면 그녀가 그대로 말려들고 말았을 논쟁으로 끌어들이려 애쓰며 말했다.

"했어요." 그녀가 무심한 목소리로 대답했다. "했어요, 하지만 그건 안 중요해요."

거짓말이 아니었다. 여자들에게는 자기 자신 외에는 그 무엇도 중요하지 않다. 여자들에게 자기 아닌 다른 선택은 어차피 모두가 고질적인 광기이거나 일시적 착란일 뿐이다. 그렇다면 뭐가 중요하냐고 물으려 했는데, 그 순간 그녀의 얼굴이, 그녀의 눈이, 마치 깊숙한 곳에서 치고 올라온 신경의 통증에 사로잡힌 것처럼 절망으로 일그러지면서 파르르 떨렸다.

"아무리 그래도 이 모든 일에 콘라드를 끌어들일 줄은 몰랐어요."

그녀는 힘없이 고개를 돌렸고, 나를 향해 던지는 비난에 담긴 치욕이 너무도 커서 자기 자신에게 미칠 수밖에 없다는 듯 창백한 뺨이 벌겋게 달아올랐다. 그 순간 나는 오랫동안 그녀가 이상하리만치 가족에게 무관심하던 것이 결국 속임수였음을, 자신이 이미 비참하고 혐오스러운 상태에 떨어졌기에 가족만은 그로부터 떨어뜨려놓기 위한 본능적인 술책이었음을 깨달았다. 그러니까 그동안 나를 연모하는 중에도 콘라드를 향한 애정이, 겉으로 드러나지 않았을 뿐, 마치 바닷물 속의 샘처럼 계속 솟아오르고 있었던 것이다. 더 나아가 그녀는 콘라드에게, 마치 그 유약한 청년이 자기 자신의 순수이기라도 한 것처럼, 모든 특권을, 자신은 포기해버린 모든 미덕을 부여한 것이다. 그녀가 콘라드를 나로부터 지켜내려 했다는 생각이 내 죄책감의 급소를 찔렀다. 분개심과 소심함, 그리고 내가 받은 상처를 되돌려주겠다는 조급함으로, 그때 내가 비틀거리는 마음으로 얼떨결에 내뱉은 대답은 그것만 아니라면 그 어떤 말이라도 좋았을 그런 것이었다. 우리 각자의 마음속에는 무례하고 둔감한 나쁜 놈이 살고 있다. 그때 바로 그놈이 대답을 한 것이다.

"거리의 창녀들이 풍기 단속까지 하러 나설 필요는 없을 텐데, 안 그렇소?"

설마 내가 그런 말까지 할 줄 몰랐다는 듯 그녀가 놀란 얼굴로 나를 쳐다보았다. 그때 내가 만일 그런 게 아니라고 대답했다면 그녀가 기쁜 마음으로 받아들였을 것임을, 솔직히 털어놓았다면 그녀가 눈물을 쏟아내고 말았을 것임을 곧 깨달았지만, 이미 늦었다. 그녀는 눈썹을 찌푸리고 고개를 숙인 채 그 어떤 거짓말보다, 그 어떤 악덕보다 더 멀리 우리 사이를 갈라놓은 나의 짧은 한 문장에 응수할 말을 찾았지만, 자신의 입속에서 약간의 침을 찾아냈을 뿐이다. 그리고 그것을 내 얼굴에 뱉었다. 나는 난간에 기대서서 그녀가 무거우면서도 빠른 걸음으로 계단을 내려가는 모습을 멍하니 바라보았다. 계단을 내려서던 그녀의 외투가 포장용 나무상자의 녹슨 못에 걸렸고, 그녀가 그대로 잡아당기는 바람에 수달피 외투 자락이 찢어졌다. 잠시 후 현관문이 열렸다 닫히는 소리가 들렸다.

나는 콘라드의 방으로 들어서기 전에 소매로 얼굴을 닦았다. 양옆으로 젖히는 문이 조금 열려 있고 그 틈새로 전보 치는 소리가 기관총 소리, 재봉틀 소리처럼 울려퍼졌다. 콘라드는 방 한가운데서 창을 등지고 앉아 일하고 있었다. 기벽을 지닌 어느 조상이 사냥 기념품을 모아 잔뜩 쌓아둔 방이었다. 선반 위로 작은 박제 동물들이 줄지어 놓인 광경은 우스꽝스러우면서도 음산했다. 특히나 저고리와 티롤 모자를 걸치고 있던 털이 좀먹은 다람쥐 하나는 절대 잊지 못할 모습이었다. 나는 장뇌와 나프탈렌 냄새가 나는 그 방에서 내 인생에서 가장 위태로운 몇 번의 순간을 겪었다. 콘라드는 내가 들어오는 걸 알면서도 과로와 근심이 밴 창백한 얼굴을 계속 숙이고 있었다. 자주 쓸어올려도 다시 이마 위로 흘러내리는 금발은 전보다 숱이 적어지고 광채도 줄어든 듯했다. 서른 살만 되면 거의 다 빠져버릴 것 같았다. 러시아인의 피가 섞여서인지 콘라드는 브루사로프를 광적으로 신봉하는 무리에 속했다. 그는 내가 옳지 않았다고 생각했다. 아마도 나 때문에 속을 많이 태웠기에 더욱 그랬을 것이다. 내가 입을 열자 그가 곧 내 말을 잘랐다.

"폴크마르 말로는 브루사로프의 부상이 치명적이지는 않았던 것 같은데."

"폴크마르가 의사는 아니지." 내가 말했다. 그 이름이 준 충격으로 말미암아 내 마음속에는 십 분 전만 해도 자각하지 못하던 그에 대한 원한이 솟구쳐올랐다. "파울도 보자마자 브루사로프가 사십팔 시간을 넘기지 못할 거라고 했고……"

"파울이 없으니 그 말을 믿는 수밖에 없겠네."

"차라리 내가 살아 돌아오지 않았으면 좋았겠다고 말하지그래."

"아, 하나같이 역겨워!" 그가 가냘픈 두 손으로 머리를 감싸쥐며 말했고, 나는 그가 내지른 절규가 조금 전 집을 나간 소피의 것과 같다는 데 충격을 받았다. 남매는 똑같이 순수하고, 강경하고, 완고했다.

상황을 제대로 알지도 못한 채로 콘라드는 내가 그저 무모하기만 한 늙은 군인을 지켜내지 못한 것을 용서하지 않았다. 하지만 마음속으로 절대 용서할 수 없었던 그 행동을 공개적으로는 끝까지 지지했다. 나는 창문 앞에 서서 콘라드의 말을 끊지 않고 듣고 있었다. 아니 사실은 그의 말이 귀에 들어오지 않았다. 창밖에, 눈과 진창과 잿빛 하늘로 이루어진 배경 위로 또렷이 모습을 드러낸 작은 형체 하나가 나의 온 신경을 끌어당겼기 때문이다. 나는 혹시라도 콘라드가 몸을 일으켜 다리를 절면서 다가와 창밖으로 시선을 던질까봐 두려웠다. 창문은 마당 쪽으로 나 있었고, 예전에 빵을 굽던 곳 뒤편으로 모퉁이를 돌아가면 호수 건너 뚝길을 지나 마르바 마을로 이어지는 길이 나왔다. 소피는 무거운 장화를 신은 발을 간신히 들어올려가며 힘겹게 걸어갔고, 그뒤로 커다란 발자국들이 남았다. 바람 때문에 눈을 뜨기 힘든지 고개를 숙이고 있었고, 멀리서 보니 손에 든 보따리 때문에 흡사 행상 같았다. 나는 숄을 뒤집어쓴 그녀의 머리가 길 양옆으로 무너진 작은 담벼락 뒤로 사라질 때까지 숨죽이고 있었다. 콘라드는 여전히 나에게 힐책을 쏟아냈고, 나는 그 힐책을 만일 콘라드가 돌아올 기약도 없이, 어디로 가는지 아무도 알지 못하는 채로 혼자 떠나는 소피를 내가 지켜보기만 했다는 사실을 알게 된다면 나에게 쏟아냈을, 내가 감수할 수밖에 없는 정당한 비난 대신이라 생각하며 그대로 받아들였다. 분명 그때 소피에게는 오로지 뒤돌아보지 않고 똑바로 걸어갈 수 있는 용기밖에 없었다. 콘라드와 내가 달려나갔으면 억지로라도 데리고 들어올 수 있었을 테지만, 나는 그러고 싶지 않았다. 우선 원망 때문이었고, 또한 그녀와 내가 치른 그 일 뒤에 또다시 단조롭고 긴장된 상황이 되풀이되는 것을 참을 수 없었다. 호기심도 있었다. 나는 적어도 사건이 저절로 전개될 수 있도록 기회를 주고 싶었다. 어쨌든 그녀가 폴크마르의 품에 안기지는 않으리라는 것, 그 한 가지는 분명했다. 옛날에 바지선 예인로로 사용되었던 그 문제의 둑길이 볼셰비키 부대의 정찰초소로 이어질지 모른다는 생각이 문득 떠오르기는 했지만 무시해버렸다. 나는 소피를 너무도 잘 알았기에 크라토비체에서 살아 있는 그녀를 다시 만나지 못하리라는 것을 직감했지만, 그럼에도 언젠가는 다시 마주하게 되리라는 믿음을 버리지 않았다. 훗날 우리의 만남이 어떤 상황에서 이루어질지 알았다 한들 그 순간에 나는 그녀가 떠나는 것을 막기 위해 아무것도 하지 않았을 것이다. 소피는 어린애가 아니고, 나는 내 나름의 방식으로 인간들을 존중하기에 각자가 스스로를 책임지려 하는 것을 방해하면 안 된다고 생각해왔다.

이상해 보일 수도 있겠지만, 크라토비체에서 소피가 사라진 일이 알려진 것은 거의 서른 시간이 지난 후였다. 당연히 호핀이 알려왔다. 그는 전날 정오쯤에 마르바 쪽으로 이어진 길 위 둑길이 끝나고 전나무 숲속으로 들어서는 지점에서 소피를 만났다고 했다. 소피는 담배 한 개비만 달라고 했고, 마침 하나밖에 남아 있지 않은 터라 그들은 한 개비를 함께 피웠다. 두 사람은 낡은 벤치에 나란히 앉아 연못 전체가 저택 영지에 속했던 시절을 회상했고 소피는 최근 바르샤바의 병원에서 출산을 한 호핀의 아내의 안부를 물었다. 그리고 헤어지면서 소피는 자기와 만난 일을 누구에게도 말하지 말아달라고 부탁했다.

"절대로 아무한테도 말하면 안 돼, 알았지? 에릭이 시킨 일이야."

호핀은 그녀가 날 위해서 위험한 연락을 하러 가는 것을 그동안 자주 봐왔고, 겉으로는 아무 말 하지 않았지만 그런 일을 시키는 것을 못마땅해했다. 결국 다음날 호핀이 내게 와서 소피한테 마르바 쪽으로 가는 일을 맡겼냐고 물었다. 나는 그냥 어깨를 들썩했다. 불안해진 콘라드가 계속 물었고, 나는 돌아온 뒤로 소피를 한 번도 못 봤다고 거짓말을 할 수밖에 없었다. 내가 좀더 신중했다면 그녀와 계단에서 마주쳤던 일까지는 얘기하는 게 좋았을 테지만, 사람들은 거의 언제나 자기 자신을 위해, 기억하고 싶지 않은 것을 묻어버리기 위해 거짓말을 하게 된다.

다음날 백계 러시아인들이 크라토비체에 새로 도착했는데, 오는 길에 모피 외투를 입은 농촌 아가씨를 만났다고, 눈보라를 피해 오두막 차양 아래 잠시 서 있을 때였다고 했다. 인사도 나누었고, 이쪽 지방 말을 몰라 거북하기는 했지만 농담도 주고받았고, 빵도 얻어먹었으며, 그들 중 하나가 독일어로 질문을 하자 그녀는 자기 지방 말밖에 못하는 사람처럼 고개를 젓기도 했다고 했다. 호핀은 콘라드에게 탐색대를 보내 크라토비체 주위를 뒤져보아야 한다고 주장했다. 하지만 탐색은 아무런 소득이 없었다. 농가들은 모두 빈집이었고 이따금 눈 위에 나 있는 외로운 발자국은 누군가가 배회하거나 병사들이 지나간 흔적일 수 있었다. 다음날은 날씨가 나빠져서 호핀조차 탐색을 나서지 못했고, 다시 볼셰비키군이 공격해오는 바람에 모두들 소피의 가출이 아닌 다른 일에 매달릴 수밖에 없었다.

콘라드가 나한테 자기 누이를 지켜달라고 한 것도 아니고, 따지고 보면 내가 소피를 집밖으로 떠민 것도 아니다. 그럼에도 질퍽이는 차가운 눈 속을 걸어가던 젊은 여인의 모습이 마치 유령처럼 내 머릿속을 떠나지 않아 나는 한동안 밤잠을 이루지 못했다. 정작 소피가 죽고 난 뒤에는 가출했던 그때만큼 그녀의 생각이 내 머릿속을 차지하지 않았다. 떠날 때의 상황을 곰곰 생각해보다가 소피가 갔을 법한 장소 한군데가 떠올랐지만 아무에게도 말하지 않았다. 오래전부터 나는 볼셰비키가 크라토비체를 떠난 이후에도 소피가 옛날 서점 점원이던 그리고리 뢰프와 연락을 하고 있으리라 짐작하고 있었다. 마르바로 가는 길은 릴리엔크론으로도 이어지고, 그곳에서 뢰프의 어머니가 벌이가 좋은 산파와 재봉사 일을 겸하고 있었다. 이전에는 그 남편 자크 뢰프가 그만큼 공식적이고 벌이가 좋은 전당포를 했었다. 아들은 오랫동안 모르고 있었고 나중에 알고 나서는 굉장히 싫어했다고 하는데, 아마도 정말 그랬을 것이다. 아버지 뢰프는 볼셰비키군이 퇴각하고 아군의 보복이 시작되었을 때 헌옷이 쌓여 있는 가게 문턱에서 총에 맞아 죽었고, 흥미롭게도 지금은 릴리엔크론의 작은 유대인 사회에서 순교자 자리를 차지하고 있다. 그 아내는 아들이 볼셰비키군 지휘관이니 여러모로 의심을 받으면서도 꿋꿋이 버텨내고 있었다. 나는 지나치게 능숙하면서 또 지나치게 비굴한 그 여자에게 호감이 가지 않았다. 하지만 소피에게는 뢰프 가족의 집, 도자기로 만든 샹들리에가 달려 있고 진홍색 렙스 천으로 꾸며진 거실이 크라토비체 밖에서 개인적으로 아는 유일한 공간일 것이다. 우리를 떠났다면 갈 곳은 그곳뿐이었다. 소피에게 처음 닥친 불행, 그러니까 강간 사건 이후에 그녀가 혹시라도 병에 걸리거나 임신했을까봐 불안해하며 뢰프 부인을 찾아갔었다는 사실도 알고 있었다. 소피 같은 부류의 처녀에게 한번 그 유대인 부인에게 믿음을 준 적이 있다는 것은 다시 한번, 영원히, 믿고 의지할 수 있다는 뜻이었다.

게다가 나도 보는 눈이 있는지라, 절대 버리지 못할 선입견들에도 불구하고 나는 그 뚱뚱한 늙은 여자의 얼굴에 배어 있는 묵직한 선량함을 간파했다. 우리 때문에 병영과 진배없는 곳에서 사는 동안 소피와 그 늙은 여자 사이에는 계속 은밀한 유대감이 이어졌을 것이다.

나는 전쟁 물자를 징발한다는 명목으로 부하 몇 명과 장갑트럭을 타고 릴리엔크론으로 향했다. 삐걱거리던 차가 시골풍과 도시풍이 섞인 집 앞에 멈췄다. 뢰프의 어머니는 2월의 햇볕에 빨래를 말리느라 열심이었고, 사람들이 떠나버린 이웃집 정원에까지 마음껏 빨래를 널고 있었다. 검정 원피스에 흰색 무명 앞치마를 두른 그녀가 위에 입고 있는, 굵은 허리 부분이 우스꽝스러워 보일 정도로 꽉 끼는 찢어진 짧은 외투는 소피의 것이었다. 예상대로 징발 품목은 에나멜 대야, 재봉틀, 소독약, 대여섯 해 묵은 베를린의 패션잡지, 이런 것들뿐이었다. 내 부하들이 가난한 시골 여자들한테 산파 비용으로 돈 대신 담보로 받아놓은 허름한 옷이 가득한 옷장을 뒤지는 동안, 뢰프 부인은 나에게 식당의 붉은색 소파에 앉으라고 권했다. 그리고 어째서 소피의 외투를 입고 있는지에 대해서는 답하지 않은 채, 혐오스러운 비굴함과 성서에 등장하는 선량함이 섞인 모습으로 나에게 차 한 잔만 들고 가라고 집요하게 권했다. 나는 문득 그녀의 지나친 친절이 수상하게 느껴졌고, 아니나다를까 부엌 아궁이 위에 놓인 사모바르 주전자를 핥을 기세로 타오르는 불길 속에서 그리고리 뢰프가 보낸 쪽지 열 장 정도가 완전히 타버리는 것을 막을 수 있었다. 이런 쪽지를 가지고 있으면 위험하다는 사실을 알았겠지만 어머니들이 품는 미신적 믿음 때문에 없애지 못했을 것이다. 그래봤자 제일 최근 쪽지가 두 주 전에 온 것이었고, 결국 중요한 것은 아무것도 알아낼 수 없었다. 설사 반쯤 그을린 쪽지들의 내용이 자식으로서의 애정 표시에 지나지 않았다 해도 암호문일 수도 있었기에, 볼셰비키와 내통한 사실이 입증된 유대인 노파는 처형대를 피하기 힘들었다. 스스로 생각해도 사형 선고를 받는 게 무리가 아니라고 보일 정도로 증거는 충분했다. 붉은 렙스 천을 덮어씌운 소파에 앉았을 때 결국 노파는 침묵과 자백 사이에서 줄타기를 하며 입을 열기 시작했다. 우선 목요일 저녁에 소피가 거의 탈진 상태로 와서 쉬었다가 한밤중에 다시 떠났다고 했다. 하지만 왜 온 건지 그 목적에 대해서는 모른다고 했다.

"그냥 날 보러 온 거라우." 유대인 노파가 눈꺼풀이 부어올랐어도 여전히 아름다운 두 눈을 신경질적으로 깜빡이면서 속내를 알 수 없는 어조로 말했다.

"임신이라도 한 건가?"

일부러 노골적으로 물었다. 확신이 없으면 가설은 더 멀리 나아가는 법이다. 만일 최근에 어울린 남자들과의 사이에서 그런 일이 생긴 거라면 소피는 날 피할 수밖에 없었을 것이고, 계단에서 벌인 언쟁은 집을 나가야 하는 은밀한 이유를 숨겨주었을 것이다.

"아이고, 장교 나리. 백작 댁 아가씨께서 아무렴 시골 처녀들하고 같을까?"

마침내 그녀는 소피가 릴리엔크론으로 온 것은 그리고리가 입던 남자 옷을 빌리기 위해서였다고 털어놓았다.

"지금 장교님이 있는 바로 그 자리에서 입어봤다우. 내가 어떻게 안 된다고 거절할 수 있었겠수. 그런데 옷이 맞지가 않았어. 아가씨가 워낙 키가 크니까.”

열여섯 살의 소피가 서점 점원으로 일하던 허약한 그리고리보다 머리 하나만큼 더 컸던 게 떠올랐다. 그녀가 그리고리의 바지와 웃옷을 입으려고 애쓰는 모습을 상상하니 우스웠다.

노파가 차라리 시골 아낙처럼 입으라고 권했지만 소피는 고집을 꺾지 않았고, 마침내 그런대로 봐줄 만하게 남자 차림으로 나설 수 있었다고 했다. 소피를 데려다줄 안내인도 따라갔다.

“그게 누구요?”

“아직 돌아오지 않은걸.” 유대인 노파는 더이상 말하지 않았고, 볼이 떨리기 시작했다.

“그자가 아직 돌아오지 않아서 이번 주엔 아들 편지를 못 받았군. 거기가 어디요?”

“안다 해도 장교님한테 알려주겠수?” 그녀가 살짝 기품 어린 어조로 말했다. “그리고 며칠 전에 알았다 쳐도 지금은 쓸데없다는 정도는 아실 테고.”

상식적인 말이었다. 이 뚱뚱한 여인은 자기도 모르게 온몸으로 공포심을 드러내는 중이었지만, 그러면서도 은근한 용기를 발휘했다. 깍지 끼어 배에 가져다 댄 두 손을 경련하듯 떨었지만 그녀는 총검 앞에 서라도 마카베오*의 어머니 못지않은 용기로 맞섰을 것이다. 이미 나는 소피와 내가 서로 이기려 하는 은밀한 경기에 발을 들여놓은 죄밖에 없는 이 노파를 살려주기로 마음먹었다. 하지만 별 의미 없는 결정이었

---

* 기원전 2세기 팔레스타인을 지배하던 셀레우코스 왕조의 왕들이 반유대 정책을 실시하자 마카베오의 일곱 형제와 어머니가 반기를 들고 항거했다.

다. 몇 주 후 노파는 결국 병사들에게 처형당했다. 내게는 그 불행한 여인을 죽이는 것이 애벌레 한 마리를 밟아 죽이는 정도의 의미밖에 없었다. 하지만 내 앞에 있는 것이 그리고리나 폴크마르였다면 그만큼 너그럽지 못했을 것이다.

"르발 양이 그 계획에 대해 처음 말한 게 오래전 일이오?"

"아니. 지난가을에 한 번 얘기를 꺼냈다우." 그녀는 상대가 이미 알고 있는지 확인하려고 애쓰는 소심한 눈길로 말했다. "그뒤론 다시 얘기한 적 없고."

"좋소." 나는 시커멓게 그을린 그리고리의 편지 뭉치를 한쪽 주머니에 집어넣으면서 자리에서 일어났다.

나는 소파 한구석에 던져놓은 소피의 외투가 마치 주인 잃은 강아지처럼 서글픈 마음이 들게 하는 그 방을 빨리 벗어나고 싶었다. 늙은 유대인 노파가 소피에게 도움을 주는 대가로 그 옷을 달라고 했으리라는 내 생각은 죽을 때까지 변하지 않을 것이다.

"르발 양이 적군의 진지로 가는 걸 도와준 일로 이제 어떤 위험에 처하게 됐는지 알고는 있소? "

"내 아들이 백작 댁 아가씨를 도와드리라고 했는걸." 그녀는 새로운 시대의 호칭에는 신경쓰지 않는 듯했다. "아가씨가 아들 있는 곳에 무사히 도착하셨다면, 아마 둘이 결혼하게 될 테지. 그래야 일이 좀 쉬워지기도 할 테니까." 그녀는 마지못해 얘기한다는 듯, 하지만 우쭐해하는 마음을 감추지 못한 목소리로 말했다.

크라토비체로 돌아오는 트럭에서 내가 신경쓰고 있는 인물이 젊은 뢰프 부인일지 모른다는 생각을 하자 웃음이 나왔다. 하지만 십중팔구 소피의 몸은 이미 어느 구덩이 안에, 혹은 덤불 뒤에, 무릎을 감싸안고 머리카락은 흙을 뒤집어쓴 채로, 밀렵꾼의 총에 맞은 자고새나 꿩의 시체처럼 누워 있을 터였다. 두 가지 가능성 중에서 당연히 나는 앞의 것을 바랐다.

나는 릴리엔크론에서 얻은 정보를 콘라드에게 조금도 숨기지 않았다. 쓰라린 마음을 누군가와 나누고 싶었을 것이다. 유혹에 빠졌거나 버림받은 여자들이 결국에는 별로 내키지 않는 극단적 해결책을 택해 수녀원으로 들어가거나 사창가로 빠지듯이, 소피 역시 그런 충동에 빠진 것이 분명했다. 뢰프의 존재만이 소피의 가출에 대한 나의 해석에 꺼림칙한 구석으로 남았다. 하지만 그동안 나는 충분히 많은 경험을 한지라, 삶에 끼어드는 단역배우까지 선택할 수는 없다는 사실을 이미 깨우쳤다. 그동안 소피의 내면에서 혁명을 향한 싹이 피어나는 것을 가로막은 유일한 장애물은 바로 나였다. 나에 대한 사랑을 뜯어낸 그녀는 이제 청소년 시절의 독서 경험, 그리고리와의 흥미로운 우정, 환상 없는 영혼들이 자신이 자라온 환경에 품고 있는 혐오감, 이런 것들로 점철된 길 안에 깊숙이 들어설 수 있었을 것이다. 그런데 콘라드는 주어진 사실을 절대 있는 그대로 받아들이지 못하는, 이런 저런 해석과 가설을 통해 근거 없이 일을 키우는 신경증적 결함을 지니고 있었다. 나에게도 그런 악덕이 있지만, 적어도 나의 가정들은 삶을 신화나 실화소설로 착각할 정도는 아니었다. 무엇 때문에 소피가 편지 한 장 남기지 않고, 작별 인사도 없이, 그렇게 아무도 몰래 떠났는지에 대해 생각하면 할수록 콘라드는 그냥 덮어두는 게 차라리 나을 어떤 수상한 동기가 있다고 여기게 되었다. 그해 크라토비체의 긴 겨울 동안 소피와 콘라드는 유일한 혈육으로 남은 남매 사이에서 더 이상 그렇게 될 수 없을 정도로 서로에게 완벽한 이방인이 되었다. 내가 릴리엔크론에서 돌아온 이후 콘라드에게 소피는 적의 첩자일 뿐이었고, 심지어 그는 그때까지 우리가 겪은 작전 실패, 심지어 최근 내가 구르나에서 대패한 일까지 모두 그녀가 우리와 함께 지낸 탓으로 돌렸다.

나는 소피의 용기만큼이나 고결한 도덕성을 확신했기에, 소피를 향한 그런 어리석은 비난은 우리의 우정에 금을 내기 시작했다. 나는 다른 사람의 결점을 너무 쉽게 믿는 이들은 천박한 인간이라는 생각을 갖고 있었다. 따라서 콘라드를 이전처럼 존중할 수 없었다. 하지만 결국 나는 소피를 영화나 대중소설에 등장하는 마타하리로 만드는 것이 콘라드에게는 누이의 명예를 지켜주는 방법임을, 그리고 광기에 가까운 열정의 눈빛을 가진 소피의 얼굴에 지금까지 남매지간이라 미처 보지 못했던 매혹적인 아름다움을 부여하는 순진한 방법임을 깨달았다. 정작 문제는 콘라드가 제시한 낭만적이고 첩보물 같은 설명을 호펀이 멍청하게도 그대로 받아들이고 분개했다는 것이다. 사실 호펀은 늘 소피를 우러러보며 아꼈다. 그래서 실망이 너무 컸고, 적이 되어버린 자신의 우상에게 침을 뱉을 수밖에 없었다. 우리 셋 중에서 분명 가장 덜 순수한 인간이던 나만이 소피를 믿어주었고, 오직 나만이, 마지막 죽는 순간 그녀가 스스로에게 내렸을 정당한 무죄 선고를 미리 내려주려 애썼다. 마음이 순수한 사람들은 편견을 쉽게 받아들이지만, 냉소적인 사람들은 그러지 않는 대신 양심의 가책을 덜 느낀다. 더구나 나는 이 일에서 잃은 것보다 얻은 것이 많은 유일한 사람이었다. 살면서 자주 그랬듯이 그때도 나는 불행을 향해 공모자의 윙크를 보내지 않을 수 없었다. 흔히 운명이 죄수의 목에 걸린 밧줄을 조인다고들 한다. 하지만 내가 아는 한 운명은 그 밧줄을 끊어버린다. 우리가 원하든 원하지 않든 운명은 우리의 모든 것을 앗아가는 방식으로 우리를 곤경에서 끌어내준다.

그날 이후 우리 사이에서 소피는, 마치 내가 릴리엔크론에서 총알구멍이 난 소피의 시신을 끌고 오기라도 한 것처럼, 이미 땅속에 묻힌 존재가 되었다. 그녀의 빈자리는 그전에 함께 있을 때 느꼈던 것과 비교할 수 없을 정도로 컸다. 소피가 사라지자 여자를 찾아볼 수 없게 된 (프라스코비 고모는 유령에 가까웠다) 크라토비체의 저택은 남자 수도사들이 모여 사는 수도원 혹은 무덤처럼 적막해졌다. 그나마 인원도 계속 줄었고, 남은 이들은 수도사 같은 엄격함과 남성적 용기라는 위대한 전통으로 되돌아갔다. 그렇게 사라졌다고 믿었던 이전 모습으로 되돌아간 크라토비체는 튜턴 기사단*의 성채, 검의 형제 기사단**의 전진기지가 되었다. 내가 겪어야 했던 모든 일에도 불구하고 크라토비체를 행복과 결부시켜 생각할 때면 늘 어린 시절과 함께 그 시기가 떠오른다. 유럽은 우리를 배반했다. 로이드 조지*** 정부는 소비에트 연방에 특혜를 주었다. 폰 비르츠는 러시아-발트 지역의 혼란을 버려둔 채 독일로 돌

* 3차 십자군 전쟁을 지원하기 위해 예루살렘 근처에 세워진 야전병원에서 출발한 기사단. 처음에 독일 기사로 구성되어서 '독일 기사단'이라고도 불린다.

** 13세기 초에 라트비아 지역에서 창설된 기사 수도회로, 독일인이 중심이 되었다. 13세기 중반 튜턴 기사단에 흡수되었다.

*** 영국의 정치가로, 1차대전 중에 군수장관이었고 이후 연립내각의 수상이 되어 전후 처리를 위한 베르사유 조약을 주도했다.

아갔다. 도르파트* 협상에 따라 우리 부대가 저항의 핵심으로 집요하게 이어온 무의미한 싸움은 이미 그 합법성을 송두리째 빼앗겼다. 러시아 대륙의 다른 쪽에서는 데니킨의 자리를 이어받은 브랑겔**이 자신의 사형 선고 판결이나 마찬가지로 통탄스러운 세바스토폴 선언문에 조인하기 직전이었다. 폴란드 전선에서 5월과 8월의 공격에서 거둔 승리는 우리가 있는 곳까지 희망의 불씨를 지피지 못했고, 그나마도 9월의 휴전, 뒤이어 크림 반도 지역이 무너지면서 마지막 희망마저 곧 사라질 터였다. 하지만 내가 지금 요약해서 들려주는 이 이야기는 역사가 그렇듯이 일이 다 끝난 이후에야 이루어진 것이고, 그 몇 주 동안 나는 당장 내일 죽을 사람처럼 혹은 영원히 살 사람처럼 모든 걱정을 벗어던진 채로 지냈다. 위기의 순간이 닥치면 인간 영혼의 가장 추악한 모습, 혹은 반대로 가장 숭고한 모습이 드러나게 된다. 일반적으로 추악한 면이 숭고한 면보다 많기 때문에 전쟁의 분위기는 극도로 추해진다. 그렇다고 해서 전쟁의 분위기가 드물게나마 지닐 수 있는 위대한 순간을 폄하해서는 안 된다. 크라토비체의 분위기에서 비천함이라는 세균이 버틸 수 없었던 까닭은 아마도 내가 본질적으로 순수한 존재들 곁에서 사는 특권을 누렸기 때문일 것이다. 콘라드와 같은 천성을 지닌 사람들은 쉽게 다치고, 갑옷 속에 들어가 있을 때 가장 안전하다고 느낀다. 그런 사람들이 세상, 여자, 일, 쉬운 성공, 이런 것 앞에서 서서히 무너져

---

* 에스토니아 제2의 도시 타르투의 독일식 이름. 1920년 러시아와 에스토니아 사이에 평화협정이 체결된 곳이다.

** 데니킨과 브랑겔은 제정 러시아의 군인으로, 러시아 내전이 끝날 무렵에 남부 러시아와 세바스토폴을 주요 거점으로 한 크림 반도 지역에서 백군을 지휘했다.

가는 모습을 볼 때마다 나는 창끝에 달린 촉 모양의 붓꽃을 떠올렸다. 의연하게 말라버리는 장미꽃의 영웅적인 임종과 대조적으로 끈적대며 시들어가는 어두운 붓꽃 말이다. 살아오면서 비천한 감정을 거의 전부 하나하나 한 번씩은 다 겪어본 나는 스스로 두려움에 절대 굴하지 않는 사람이라고 말하지는 못하겠다. 콘라드의 경우는 공포심에 관하여 그야말로 백지상태였다. 죽음을 끼고 사는 것이 마치 타고난 것처럼 그렇게 편안한 사람들이 있는데, 대부분 가장 허약한 사람들이다. 흔히 젊어 죽을 운명을 타고난 결핵 환자가 그렇다고들 한다. 하지만 나는 언제 죽을지 모르는 운명을 타고난 젊은이에게서도 그들의 미덕이자 무소불위의 특권인 그런 가벼움을 본 적이 있다.

4월 30일, 황금빛 안개 속으로 부드러운 햇빛이 스며들던 날, 우리는 더이상 지킬 수 없게 된 크라토비체를 버리고 쓸쓸히 퇴각을 시작했다. 우리가 두고 온 그곳의 정원은 후에 소비에트 노동자들의 운동장이 되었고, 선사 시대부터 들소떼가 살았다는 숲도 황폐해져서 전쟁 초기만 해도 이따금 어슬렁거리던 들소들이 모두 사라져버렸다. 프라스코비 고모는 절대 가지 않겠다고 버텼고, 결국 보살펴줄 늙은 하녀 하나에게 맡겨두고 떠났다. 노인네가 우리가 치러내야 했던 그 모든 불행보다 더 오래 살았다는 소식을 나중에 들었다. 등뒤로 퇴각로가 끊긴 상태에서 나의 희망은 남서부 지역의 반볼셰비키군과 합류하는 것이었고, 실제로 오 주 만에 한창 공세중인 폴란드군에 합류하는 데 성공한다. 그때 나는 굶주린 지역 농민들이 볼셰비키군에 적대적이고 그것이 우리의 필사적 퇴각을 도와주리라 기대했다. 내 생각은 틀리지 않았지만, 가련한 농부들이 내준 식량은 우리가 생기를 되찾을 만큼은 아니었다. 결국 우리는 비트나에 도착하기 전에 이미 굶주림과 티푸스에 각기 할당 인원을 차출당했다. 앞에서 나는 전쟁 초기의 크라토비체가 나에게 의미하는 것은 콘라드이지 나의 젊음이 아니라고 말했다. 궁핍, 위대함, 강요된 행군, 범람한 강물에 잠긴 들녘의 버들가지, 사격 소리, 그런 뒤에 불쑥 찾아오는 고요, 위장이 뒤틀리는 굶주림, 이후엔 다시 보지 못한 창백한 밤하늘에서 떨리던 별들, 그 모든 것이 한데 섞여 의미하는 것 역시 나에게는 콘라드였지 전쟁이 아니었다. 이미 패한 명분 가장자리에서 벌어지는 모험은 아무런 의미가 없었다. 콘라드가 살아있던 마지막날들을 생각하다보면 저절로 떠오르는 그림이 있다. 몇 년이 지난 후 눈보라 치던 어느 무료한 날 아침에 뉴욕의 프릭 갤러리에서 우연히 보게 된 렘브란트의 잘 알려지지 않은 그림이었는데, 내 눈에는 마치 유령이 일련번호를 부여받아 카탈로그에 수록된 것만 같았다. 창백한 말 위의 남자, 예민하면서도 격정적인 얼굴, 위험을 감지한 짐승이 불행의 냄새를 맡을 듯 황량한 경치, 그리고 죽음과 광기가 상징으로 주어진 독일 판화에서보다, 진짜 가까이 느끼려면 상징조차 불필요하기에, 더 강렬하게 드러나는 죽음과 광기…… 이후 만주에서 나는 형편없는 군인이었고, 스페인에서도 보잘것없는 역할밖에 하지 못했다는 것이 기쁘다. 지휘관으로서의 내 자질이 완벽하게 발휘된 것은 단 한 번, 유일하게 인간적 계약으로 나와 연결되어 있던, 정말로 얼마 남지 않았던 부하들을 데리고 크라토비체에서 퇴각하던 그때였다. 산채로 불행에 삼켜진 슬라브인들과 달리 나는 기하학적 정신, 군사작전지도, 그리고 질서의 표상이었다. 노보그로드노 마을에서는 카자크 기병 분대의 공격을 받았다. 우리 부대의 본진은 손바닥처럼 움푹한 지대에 위치한 작은 마을에 숙영중이었고, 콘라드와 호핀, 오십여 명의 부하들과 나, 우리는 본진과 떨어져서 공동묘지에 고립되었다. 저녁이 올 무렵 적군의 말이 전부 호밀밭으로 사라졌다. 하지만 복부에 부상을 입은 콘라드는 죽어가고 있었다.

나는 줄곧 두려움에 떨던 사람들이 임종의 순간 갑자기 용기를 내는 것과 반대로 콘라드가 갑자기 용기를 잃어버려 평생보다 더 긴 그 끔찍한 십오 분의 시간을 버텨내지 못할까봐 두려웠다. 하지만 어차피 내가 콘라드를 돌볼 여유가 생겼을 때는 일단 넘어서면 더이상 죽는 것이 두렵지 않은 그 이상적인 경계선을 그는 이미 건너버린 뒤였다. 호핀은 우리가 심한 상처가 아니면 마른 이끼를 사용하면서 최대한 절약하는 붕대 한 통을 모두 벌어진 상처에 쑤셔박았다. 어둠이 깔리기 시작했다. 콘라드는 희미하고 고집스러운, 어린애 같은 목소리로, 마치 죽음에서 가장 무서운 것이 어둠이기라도 한 듯, 밝게 해달라고 했다. 나는 그 지방에서 무덤 위에 걸어두는 철제 등불 하나를 켰다. 맑은 날 밤이면 그런 야등 불빛도 아주 멀리까지 보이기 때문에 자칫 사격 공격을 초래할 수 있었지만, 모두들 짐작하듯이, 어쩔 수가 없었다. 그가 어찌나 고통스러워하던지, 차라리 내 손으로 숨을 끊어주는 게 낫지 않을까 하는 생각도 몇 번이나 했다. 그러지 못한 것은 비겁함 때문이었다. 나는 몇 시간 동안 그가 늙어가는 것을, 몇 세기 전으로 거슬러올라가는 것을 지켜보았다. 그는 칼 12세*가 이끈 전투에서 부상당한 장교의 모습이 되었다가, 무덤에 누운 중세의 기사가 되었다가, 나중에

* 18세기 스웨덴 왕으로 러시아와 여러 차례 전쟁을 치렀다. 결국 발트 해의 지배권을 러시아에게 빼앗기고, 1718년 전장에서 사망했다.

는 어느 계급인지 어느 시대인지 알 수 없게 특징조차 없이 그저 죽어가는 한 사람, 젊은 농부 같기도 하고 그의 가문의 원류인 북쪽 어느 지방의 뱃사람 같기도 한 이가 되었다. 그의 모습은 알아보기 힘들 정도였고, 내내 의식도 없는 상태에서 호핀과 내가 번갈아 입안에 부어넣은 럼주를 잔뜩 들이마셨다. 넘치도록 가득 따른 잔을 우리가 교대로 그의 입술 높이에 대어주며, 그의 얼굴에 줄기차게 달려드는 모기떼를 쫓아내며 버틴 후에, 새벽녘이 되었을 때 콘라드는 숨을 거두었다.

동이 트고 있었다. 그만 떠나야 했다. 나는 장례 비슷한 것이라도 치러야 한다는 생각을 포기할 수 없었다. 죽은 개를 파묻듯이 콘라드가 망가진 묘지 한구석에 아무렇게나 묻히게 둘 수는 없었다. 나는 호핀에게 콘라드 곁에 있으라고 하고는, 어슴푸레한 새벽 여명 속에서 다른 부상자들에 걸려 비틀거리기도 하면서, 줄지어 늘어선 무덤 사이를 달렸다. 그리고 묘지 맞은편 끝에 있는 사제관의 문을 두드렸다. 신부는 다시 총격이 시작될까봐 겁을 먹고 밤새 지하실에 처박혀 있었다. 그는 두려움에 떨었다. 신부를 지하실에서 끌고 나오기 위해 개머리판을 휘두르기도 했던 것 같다. 아무튼 조금 진정한 신부는 기도서를 들고 같이 가겠다고 나섰다. 그리고 그가 본래의 직책으로 돌아가자, 다시 말해 기도를 시작하자, 이내 의심의 여지 없이 그 신분에 부합하는 은총이 일어났다. 죄를 사하는 짧은 기도는 대성당의 연단에서 하는 기도보다 웅장했다. 콘라드를 가야 할 곳으로 보내주었다는 야릇한 기분이 들었다. 적의 손에 죽고, 신부의 축성을 받고, 콘라드는 그의 조상들에게 칭송받을 운명 속으로 무사히 들어갔다. 그는 이제 미래의 손을 벗어났다. 내가 느낀 슬픔은 그후 이십 년 동안 내가 매일매일 재확인해온 이

판단과는 별개의 것이었고, 앞으로도 그 죽음이 콘라드에게 행운이었다는 나의 생각은 바뀌지 않을 것이다.

그날 이후의 일들은 전적으로 전술적인 세부 사항과 관련된 것을 제외하고는 내 기억에 구멍이 난 것처럼 지워졌다. 나는 누구나 진정 자기 자신으로 존재하는 시기가 있는가 하면 반면에 여러 가지 책임과 피로, 그리고 소심한 사람이라면 허영심까지 한데 엉켜 있는 시기가 있다고 생각한다. 밤에 헛간에 쌓인 자루들 위에 드러누워 눈을 붙일 수 없을 때면 나는 크라토비체의 서가에서 챙겨온 레츠 추기경*의 『회고록』 한 권을 읽었다. 환상과 희망이 완전히 사라진 것이 죽은 이들의 특징이라고 친다면, 나의 침대는 콘라드의 몸이 썩어가고 있을 그 침대와 다르지 않았다. 하지만 죽은 자들과 산 자들 사이에는 그 본질을 전혀 알 수 없는 신비로운 거리가 있고, 우리 중에 죽음을 가장 잘 안다고 하는 자들이 아는 것은 기껏해야 노처녀들이 사랑에 대해 아는 것과 비슷하다. 만일 죽음이 승진과 같은 것이라면, 콘라드가 나보다 계급이 높아지는 그 신비에 나는 이의를 제기할 생각이 없다. 소피는 그때 내 머리에서 완전히 사라져 있었다. 길 위에서 헤어진 여자가 멀어지는 모습이 점차 흐릿해지듯이, 그러다가 결국은 다른 사람들과 섞여 들듯이, 그녀가 내게 불러일으킨 감정의 변화들은 완전히 사소하고 진부한 사랑 속에 묻혀버렸다. 남은 것이라고는 어쩌다 기억 깊숙한 곳에서 되살아날 때면 그저 어깨를 들썩이고 말 빛바랜 추억뿐이었다. 언제인지도 정확히 기억나지 않는 어느 밤에 거닐다가 찍은 흐릿한 사진

---

* 17세기 프랑스의 성직자.

혹은 역광으로 찍은 사진 같은 추억이었다. 그 사진은 얼마 후 다시 한 번 현상액에 담겨 선명해지게 된다. 나는 지칠 대로 지친 상태였다. 나중에 독일로 돌아와서는 첫 한 달 동안 잠만 잤다. 나에게 이 이야기의 끝은 단꿈도 악몽도 아닌 무거운 잠이다. 나는 지친 말처럼 선 채로도 잤다. 지금 와서 내 책임이 아니라고 변호할 생각은 추호도 없다. 내가 소피에게 한 나쁜 짓은 어차피 오래전부터 이미 저질러진 것이었고, 설사 내가 무언가를 더 하려 했다 해도 이전 것에 크게 보태지는 못했을 것이다. 분명한 점은 내가 비극의 마지막 막에서 단역의 몽유병자 역밖에 맡지 못했다는 것이다. 당신들은 낭만적인 멜로드라마에는 대사 없이도 눈길을 끄는 사형집행인 같은 가해자 배역이 있다고 말하고 싶을지도 모르겠다. 내 생각에 분명 어느 순간부터인가 소피는 자기 운명의 고삐를 직접 쥐고 있었고, 비열하게도 내가 그 때문에 괴로워한 적도 있었으니 그 생각은 틀리지 않았다. 다른 주도권을 줄 수 없는 사람에게 우리는 자신의 죽음을 결정하는 주도권을 넘겨주기도 하는 것이다.

운명이 그 마지막 고리를 끼운 것은 폴란드 부대가 도착하기 직전 이름을 발음하기 힘든 두 물줄기가 만나는 곳에 위치한 코보라는 작은 마을에서였다. 봄이 되어 불어난 물이 범람하면서 지역 전체가 진흙밭 섬이 되어버렸고, 덕분에 우리는 북쪽에서 오는 공격으로부터 안전할 수 있었다. 근처에 머물던 적의 부대는 폴란드군의 공격을 방어하기 위해 대부분 서쪽으로 이동한 터였다. 그곳에 비하면 크라토비체 근방은 사정이 좋은 편이었다. 굶주림, 그리고 몇 차례 이어진 처형으로 주민의 사분의 삼이 사라진 마을과 작은 기차역 건물들은 어려움 없이 우리 손에 들어왔다. 1차대전 이후 사용되지 않던 역에는 목재로 만든 기차가 녹슨 레일 위에서 썩어가고 있었다. 전쟁 전에 어느 스위스 기업가가 세웠다는 방적공장의 작업장이던 곳에는 폴란드 전선에서 심한 타격을 입은 볼셰비키군 연대의 패잔병들이 와 있었다. 그들은 탄환도 식량도 거의 바닥난 상태였지만 따로 비축해둔 물자가 꽤 많았고, 그것이 우리가 폴란드 부대의 지원이 도착할 때까지 버티는 데 도움을 주었다. 바르너 방적공장은 침수 지역 한복판에 있었다. 시커먼 하늘 아래, 이미 범람이 시작된 뒤에 또 폭우가 쏟아지면서 엄청난 수해가 난지라 잿빛 강물 안에 잠겨버린 창고들이 나지막한 선을 그리고 있던 광경이 여전히 눈에 선하다. 우리 병사 중에도 몇 명이 늪에 들어가 야생오리를 잡는 사냥꾼처럼 아랫배까지 빠지는 흙탕물에 휩쓸려버렸다. 볼셰비키군은 끈질기게 저항했지만, 수위가 다시 올라가사 지난 오년 동안 악천후 속에 방치되었던 낡은 건물 일부가 무너져내리면서 더 이상 버티지 못했다. 우리는 그곳에서 창고 몇 채를 더 차지하는 것이 마치 적과의 오래된 싸움을 결판내는 데 기여하기라도 하는 것처럼 악착같이 공격했다.

그리고르 뢰프는 바르너 방적공장 복도에서 내가 제일 처음 맞닥뜨린 시체 중 하나였다. 그는 죽고 나서도 숫기 없는 학생이자 아첨 잘하는 점원의 모습 그대로였지만, 죽은 자들 대부분이 그렇듯이 특유의 품위가 어려 있었다. 살아오면서 나는 단 두 명의 원수를 만났고, 우리가 운명적으로 재회했을 때 그들은 나에 비해 한없이 더 안정된, 내가 복수의 생각을 품을 수도 없게 하는 상태였다. 폴크마르를 다시 만난 것은 남아메리카에서였다. 그는 외교관으로 카라카스에 와 있었다. 출세가도를 달리는 중이었고, 나의 복수심마저 하찮은 것으로 만들어버리려는 듯, 이미 다 잊고 있었다. 그리고리 뢰프는 손닿을 수 없는 더 먼 곳에 있었다. 그의 몸을 수색하라고 지시했지만 소피의 행적을 알려줄 단서가 될 쪽지 한 장 나오지 않았다. 오히려 그는 릴케의 『기도 시집』 한 권을 지니고 있었다. 콘라드도 좋아하던 책이었다. 그리고리는 그 시절 그곳에서 내가 십오 분쯤 대화를 나눌 수 있을 만한 유일한 인간이었다. 헌옷이 가득한 아버지의 가게를 뛰어넘고자 했던 유대인의 강박적 열정이 그리고리 뢰프의 마음에 아름다운 열매를 맺었음을 인정할 수밖에 없다. 그는 대의에 헌신했고, 서정시를 즐겨 읽었고, 한 열정적인 아가씨와 우정을 나누었고, 마지막으로, 특권이라 하기는 그렇지만, 아무튼 아름다운 죽음을 맞는 특권을 누렸다.

창고 꼭대기의 건초 다락에도 몇 안 되는 적군이 숨어 있었다. 물이 차오르면서 긴 회랑처럼 생긴 다락을 지탱하던 말뚝들이 무너졌고, 굵은 대들보에 몇 명이 매달려 있었다. 물에 빠져 죽는 것과 처형당하는 것 사이에 선택의 기로에 놓인 생존자들은 앞에 놓인 운명에 대해 일말의 환상도 없이 투항할 수밖에 없었다. 아군도 적군도 더이상 포로를 만들지 않았다. 사방이 다 황폐해져버렸는데 어떻게 포로를 끌고 다닐 수 있겠는가. 결국 적군 예닐곱 명이 가파른 계단을 따라 이전에 매장으로 쓰이다가 지금은 곰팡이 슨 아마포 묶음만 잔뜩 쌓여 있는 창고로 내려왔다. 모두 탈진한 상태로, 술 취한 사람처럼 비틀거렸다. 맨 먼저 부상 입은 거구의 금발 젊은이가 휘청거리다가 발을 헛디뎌 굴러떨어졌고, 우리 병사 하나가 다가가 그의 생을 끝내버렸다. 그 순간 나는 계단 제일 위쪽에 나타난 헝클어진 눈부신 금발, 내가 삼 주 전에 땅 밑으로 사라지는 것을 보았던 바로 그 머리를 보았다. 내 일을 거드는 당번병처럼 애매한 직책으로 따라와 있던 늙은 정원사 미헬이 수많은 사건을 겪고 피로에 절어 멍한 상태로 고개를 들다가 놀라 소리쳤다.

"아가씨……"

정말 소피였다. 그녀는 멀리서, 아는 사람을 보았지만 그 사람이 다가오는 것은 원하지 않는다는 듯 날 향해 무심한 고갯짓을 했다. 다른 병사들과 같은 제복을 입고 군화를 신고 있으니 꼭 나이 어린 군인 같았다. 그녀는 먼지와 흐릿한 빛 속에 모여 주춤대고 있는 남자들 사이를 민첩한 걸음걸이로 성큼성큼 지나서는 계단 발치에 쓰러져 있는 금발의 거구에게 다가왔다. 그리고 어느 11월 저녁에 텍사스를 바라보던 때와 똑같이 냉혹하면서도 다정한 눈길을 보낸 뒤에, 그의 눈을 감겨주기 위해 무릎을 꿇었다. 몸을 일으킨 그녀의 얼굴은 가을 하늘 아래 펼쳐진 들판처럼 공허하고 단조롭고 고요한 표정으로 돌아가 있었다. 우리는 포로들까지 동원해서 남은 탄환과 식량을 코보 역으로 옮겨놓았다. 소피는 두 손을 늘어뜨린 채 맨 뒤에서 걸었다. 힘든 노역을 면제받은 소년처럼 경쾌해 보였고, 휘파람으로 〈티퍼레리〉*를 불었다.

호핀과 나는 바짝 붙어서 걸었다. 우리의 얼굴은 친척 장례식에 온 사람처럼 넋이 나간 표정이었을 것이다. 우리는 아무 말도 하지 않았는데, 각자 내심 소피를 구하고 싶어하면서도 상대가 반대하리라 생각한 것이다. 그러나 관용의 위기가 적어도 호핀에게는 오래가지 않았다. 몇 시간 후 그는 콘라드였더라도 자기처럼 했으리라는 생각에 원칙대로 하겠다고 단호하게 결심했다. 나는 시간을 벌기 위해 포로들을 직접

---

* 〈티퍼레리로 가는 머나먼 길(It's a Long Way to Tipperary)〉. 1차대전 당시 영국군 사이에서 큰 인기를 얻으며 군가가 되었다.

심문했다. 철길 위에 방치된 가축 수송 화물칸에 포로들을 가두어놓은 뒤 역장 사무실로 한 명씩 데려오게 했다. 제일 처음 심문한 자는 소러시아* 출신 농부였는데, 내가 형식상 묻는 질문을 아예 이해하지도 못했다. 거의 탈진한 상태로 용기도 그 어떤 관심도 없이 그저 멍하게 있었다. 나는 서른 살 위 아버지뻘인 농부 앞에서 그 어느 때보다 나 자신이 어리게 느껴졌다. 혐오감이 밀려왔고, 그를 내보냈다. 이어 소피가 사교계 파티에서라면 대문에서 맞이하며 도착을 알리는 하인이 되었을 두 병사 사이에 끼여 등장했다. 한순간 나는 그녀의 얼굴에서 특유의 두려움, 그러니까 용기를 잃을까봐 겁을 먹은 표정을 읽었다. 그녀는 내가 팔꿈치를 괴고 있는 자작나무로 만든 탁자로 다가와서는 빠른 소리로 말했다.

"나한테서 정보를 알아낼 수 있으리라는 기대는 버려요, 에릭. 아무 말도 안 할 거고, 아무것도 몰라요."

"정보를 얻으려고 부른 게 아니오." 내가 의자를 가리키며 말했다.

그녀는 주저하다가 앉았다.

"그렇다면, 뭘 원하죠?"

"해명을 듣고 싶소. 그리고리 뢰프가 죽은 건 알고 있소?"

그녀는 슬픔을 내비치지 않은 채로 엄숙하게 고개를 숙였다. 크라토비체에 있을 때 우리 동료 중 누군가가, 그러니까 자기와 무관하면서 동시에 소중한 사람의 사망 소식을 들었을 때 보였던 표정 그대로였다.

"지난달에 릴리엔크론에서 뢰프의 어머니를 보았소. 당신이 그리고

---

* 제정 러시아 당시 우크라이나 지역을 부르던 이름이다.

리와 결혼했다고 하더군."

"내가요? 세상에!" 그녀가 프랑스어로 말했다. 이 소리만으로도 내 마음속에 예전의 크라토비체가 되살아났다.

"아무튼 같이 자긴 했잖소?"

"세상에!" 그녀가 다시 한번 말했다. "폴크마르 때하고 똑같아요. 당신은 폴크마르와 내가 결혼을 약속했다고 생각했죠. 그때 내가 숨기는 것 없이 다 얘기했다는 거 알잖아요." 그녀는 순박한 어린애처럼 평온하게 말했다. 그러더니 살짝 훈계조로 말했다.

"그리고리 뢰프는 훌륭한 인간이었어요."

"나도 그렇게 생각하기 시작했소. 그럼 당신이 조금 전에 눈을 감겨준 그자는 어떻소?"

"그래요, 그것까지 짐작하는 걸 보면, 역시 우리는 내가 생각했던 것보다 훨씬 더 가까운 친구였나봐요."

그녀는 생각에 잠긴 얼굴로 두 손을 맞잡았고, 앞에 앉은 내 머리 위로 공허하고 고정된 눈길을 던졌다. 그것은 눈 나쁜 사람들의 특징이자, 한 가지 생각 혹은 추억에 깊이 빠진 사람들 특유의 시선이기도 하다.

"무척 선량한 사람이었어요. 그 사람이 없었더라면 어찌해나갔을지 모르겠어요." 그녀가 한 글자 한 글자 외운 교과를 암송하듯 말했다.

"그곳에서 지내기 힘들진 않았소?"

"아뇨, 잘 지냈어요."

그 을씨년스럽던 봄 동안에 나 역시 잘 지냈다는 게 떠올랐다. 그녀는 가장 기본적이고 가장 확실한 형태의 행복을 체험한 사람에게서 절대로 완전히 걷어낼 수 없는 그런 평온함을 풍겼다. 조금 전 그 사내 곁에서 얻은 행복일까? 아니면 죽음이 다가오고 또 위험에 익숙해지면서 얻은 평온함일까? 어쨌든 그 순간 그녀는 더이상 나를 사랑하지 않았다. 자신의 말과 행동이 나에게 어떤 반향을 일으킬지 더이상 신경쓰지 않았다.

"자, 그럼 이젠?" 내가 탁자 위에 열린 채로 놓인 담뱃갑을 가리키면서 물었다.

그녀는 싫다며 손을 저었다.

"이젠이라뇨?" 놀란 말투였다.

"폴란드에 친척이 있소?"

"아! 날 폴란드로 보내려나보군요. 콘라드의 생각인가요?"

"콘라드는 죽었소." 나는 최대한 담담하게 말했다.

"유감이네요, 에릭." 그녀는 콘라드를 잃은 슬픔이 나에게만 해당되는 양 차분하게 말했다.

"그렇게까지 죽고 싶은 거요?"

진지한 답변들은 절대 분명하지도 빠르지도 않다. 그녀는 무언가를 골똘히 생각했고, 그러느라 찌푸린 이마는 이십 년 후의 그녀가 가졌을 이마가 되었다. 나는 라자로가 너무 늦게, 부활한 후에야 했을 신비스러운 명상을 바라보았다. 두려움과 피로감, 절망과 용기가 평형을 이루고, 할 만큼 했다는 느낌과 밥을 몇 번 더 먹고 잠도 몇 밤 더 자고 무엇보다 아직은 아침에 해가 뜨는 것을 더 보고 싶다는 욕구가 평형을 이루고 있었다. 여기에 행복했거나 불행했던 추억 삼사십 가지를 더해보라. 그런 추억들은 각자의 기질에 따라 우리를 붙잡아주기도 하고 반대로 죽음으로 끌고 가기도 한다.

마침내 소피가 입을 열었고, 그녀의 대답은 더할 나위 없이 적절했다.

"다른 사람들은 어떻게 할 생각이죠?"

나는 대답하지 않았고, 대답하지 않는다는 것은 전부 말한 것과 마찬가지였다. 그녀는 거래를 성사시키지 못했지만 그 거래가 개인적으로는 아무 상관 없는 사람의 표정으로 자리에서 일어섰다.

"당신과 관련해서 내가 최선을 다하리라는 건 알 거요. 그 이상의 약속은 할 수가 없소." 나도 일어서며 말했다.

"그렇게까지 할 필요 없어요."

그러더니 그녀는 몸을 비스듬히 돌리고 서서 김 서린 창유리에 손가락으로 무언가를 썼다가 곧바로 지웠다.

"나한테 빚지지 않겠다는 거요?"

"그럴 일이나 있나요?" 그녀가 대화에 관심이 없다는 듯한 어조로 대답했다.

나는 죽음을 앞둔 여자이자 병사라는 이중의 위엄을 지닌 그녀의 모습에 현혹되어 어느새 몇 걸음 다가가 있었다. 그 길로 계속 더 갔더라면 아마도 사랑의 말을 내뱉으며 횡설수설했을 테고, 그녀는 경멸하며 밀쳐내는 즐거움을 누렸을 것이다. 하지만 모든 말이 이미 오래전에 왜곡되어 더이상 사용할 수 없는데 어디서 말을 찾을 수 있겠는가. 모든 것이 결국 우리 안에 무언가 버티고 있어서 우리로 하여금 말을 신뢰하지 못하게 하기 때문임을 나도 알고 있다. 여전히 진정한 사랑이 그녀를 현재로부터 구원하고 나를 미래로부터 구원함으로써 우리를 구원할 수 있었다. 하지만 소피에게 그런 진정한 사랑을 얻게 해준 이는 조금 전 창고에서 우리가 죽인 젊은 러시아 농부였다.

나는 서툰 동작으로, 마치 그녀의 심장이 아직 뛰고 있음을 확인하려는 듯, 내 두 손을 그녀의 가슴에 가져다 댔다. 그리고 같은 말을 한 번 더 되풀이했다.

"최선을 다하겠소."

"그만둬요, 에릭. 당신답지 않아요." 그녀가 몸을 비키면서 말했다. 나답지 않다는 것이 연인이나 할 법한 나의 손짓을 말하는 건지 나의 약속을 말하는 건지는 알 수 없었다.

그런 다음 그녀는 탁자 쪽으로 와 역장의 책상 위에서 잊힌 채 기다리고 있던 종을 쳤다. 병사 하나가 들어왔다. 그리고 그녀는 방을 나설 때 내 담뱃갑을 몰래 들고 갔다.

그날 밤엔 그 누구도 잠을 이루지 못했을 거고, 아마도 호핀이 제일 그랬을 것이다. 나와 호핀은 역장 사무실에 놓여 있는 침상처럼 생긴 긴 의자를 함께 쓰고 있었다. 호핀은 밤새도록 방안을 왔다갔다했고, 불행에 무너져내린 뚱뚱한 남자의 그림자가 벽 위에서 그를 따라 함께 움직였다. 그는 두세 번 내 앞에서 걸음을 멈췄고, 내 소매에 손을 얹었고, 이내 고개를 젓고는 체념한 듯 무거운 발걸음을 다시 옮겼다. 나와 마찬가지로 그는 설사 소피가 변절하고 적진으로 넘어간 일을 아는 동료가 없다 해도 한 여자만 살려주자고 얘기했다가는 명예만 더럽히게 될 것임을 알고 있었다. 호핀이 한숨을 내쉬었다. 나는 그를 보지 않기 위해 벽 쪽으로 돌아누웠다. 그대로 있다간 그에게 소리를 지르고 싶은 충동을 참지 못할 것 같았다. 그때 내가 가장 불쌍하게 생각한 사람은 바로 호펀이었다. 소피의 경우는 생각만 해도 위장 깊숙한 곳에서 증오심의 구역질이 올라오면서 죽는 게 차라리 다행이라는 말이 저절로 나왔다. 반작용도 일었다. 나는 감방의 죄수가 벽에 머리를 들이박듯이 그녀가 죽음을 피할 수 없다는 사실에 내 머리를 들이박았다. 나에게는 소피의 죽음보다 어떻게든 죽으려는 그녀의 고집이 더 끔찍했다. 나보다 더 나은 사람이라면 멋진 방도를 찾아냈으리라는 생각도 들었지만, 어차피 사람의 마음을 움직이는 내 능력에 대해 나는 아무런 환상도 품고 있지 않았다. 소피가 죽으면 지나간 나의 젊음도 청산될 것이고, 이 고장과 나 사이에 놓인 마지막 다리도 끊어질 것이다. 마침내 나는 그동안 내가 지켜보았던 죽음을, 마치 그 죽음이 소피의 처형에 정당성을 부여하기라도 하는 것처럼, 차례로 떠올려보았다. 그런 다음 인간이라는 상품이 얼마나 하찮은 값밖에 갖지 못하는지 생각하면서, 바르너 방적공장 복도에서 차갑게 식은 어느 여자의 시체를 보았다 해도 별로 슬퍼하지 않았을 내가 쓸데없이 유난을 떨고 있다고 생각했다.

다음날 아침 호펀이 나보다 앞서 역과 공동 창고 사이의 마당으로 나갔다. 포로들은 열차 대기용 철로에 모여 있었고, 전날보다 죽음에 좀더 다가간 표정이었다. 번갈아 보초를 서며 포로를 감시해야 했던 병사들은 안 그래도 힘겨운 상황에 고달픈 일이 하나 더 추가된 탓에 기진맥진했고, 포로들과 똑같이 지쳐 보였다. 아침까지 처형을 미루자고 제안한 것은 나였다. 소피를 구하기 위해 그 정도 노력을 해야 한다고 생각했지만, 결국 포로들에게 힘겨운 하룻밤을 더 보태준 것 외에 별다른 성과는 없었다. 소피는 벌어진 무릎 사이로 두 손을 멍하니 늘어뜨린 채로 장작더미에 걸터앉아 있었고, 두툼한 구두굽으로 무의식중에 땅을 헤집고 있었다. 그녀는 나에게서 훔쳐간 담배를 쉬지 않고 피웠다. 그녀가 불안해하고 있음을 보여주는 유일한 징표였다. 아침의 신선한 공기 덕분에 그녀의 두 뺨은 건강한 색깔을 띠고 있었다. 멍한 눈길은 내가 나온 것도 알아차리지 못하는 듯했다. 그 반대였다면 나는 비명을 질렀을지도 모른다. 그녀는 콘라드를 정말 많이 닮아서, 나는 마치 콘라드가 죽는 광경을 다시 한번 보는 기분이었다.

크라토비체에서 가축을 도축할 일이 생기면 늘 미헬이 우리를 위해 그 일을 도맡았듯이, 이번에도 미헬이 처형을 맡았다. 호핀은 소피의 처형을 제일 끝으로 미루었다. 극도의 엄격함 탓이었는지 아니면 우리 중 하나에게 그녀를 지켜낼 기회를 주기 위해서였는지는 잘 모르겠다. 미헬은 전날 내가 심문했던 소러시아인부터 시작했다. 소피는 자기 왼편에서 벌어지는 일을 향해 단 한 번 힐끗 눈길을 던진 뒤로는, 곁에서 벌어지는 음란한 광경을 보지 않으려 하는 여자처럼 계속 외면했다. 총탄이 나가고 상자가 깨지는 소리 같은, 나로서는 그때까지 얼마나 무서운 소리인지 가늠해본 적 없는 소리가 네다섯 차례 들렸다. 그때 소피가 미헬에게 조심스럽게, 하지만 손님들 앞에서 하인에게 마지막 명령을 내리는 안주인처럼 위엄 있게 손짓을 했다. 미헬이 다가갔고, 곧 그녀를 처형하게 될 때와 똑같이 넋 나간 상태로 복종하면서 몸을 굽혔다. 소피가 몇 마디 중얼거렸지만 나는 그 입술의 움직임만으로는 무슨 말인지 알 수가 없었다.

"알겠습니다, 아가씨."

정원사였던 미헬이 다가와서는 무뚝뚝하면서도 탄원하는 듯한 어조로 내 귀에 대고 말했다. 이런 소식을 그대로 전했다가는 쫓겨나고 말

것임을 알고 겁먹은 늙은 하인 같았다.

"아가씨 명이…… 아가씨가 분부하시길…… 나리가 직접……"

그는 나에게 권총을 내밀었다. 나는 내 권총을 뽑았고, 저도 모르게 한 발 앞으로 나갔다. 그 한 걸음을 내딛는 짧은 순간 동안 나는 소피가 나에게 마지막으로 할말이 있는 거라고, 미헬에게 한 명령은 그 말을 조용히 전하기 위한 핑계라고 열 번도 넘게 되뇌었다. 하지만 그녀의 입술은 움직이지 않았다. 오히려, 나의 권총이 심장을 겨누기라도 할 것처럼, 무심한 손길로 웃옷의 단추를 끌렀다. 우리가 함께 지내는 동안 그녀의 몸은 거의 남자 동료의 몸처럼 친근하게 느껴졌기에, 나는 저 살아 있는 따뜻한 몸에 대해 거의 생각해본 적이 없었다. 이 여자의 몸에서 태어날 수 있었을 아이들, 그녀의 용기와 눈빛을 물려받을 수 있었을 아이들을 떠올린 나는 어처구니없는 회한으로 심장이 조여드는 듯했다. 하지만 미래의 경기장이든 참호든 그곳을 메우는 것은 우리의 일이 아니다. 한 발짝만 더 떼면 소피의 바로 곁에 서서 그녀의 목에 키스를 하고, 눈에 띄지 않을 정도로 미세하게 흔들리는 그녀의 어깨에 손을 얹을 수도 있었을 테지만, 이미 몸을 돌린 그녀에게서는 넋을 잃은 옆모습 윤곽밖에 보이지 않았다. 그녀는 조금 가쁜 숨을 내쉬었고, 나는 콘라드가 죽어갈 때 차라리 내 손으로 끝내주고 싶었듯이, 지금도 똑같다는 생각에 매달렸다. 나는 크리스마스 밤에 폭죽을 터뜨리며 무서워하는 어린애처럼 고개를 돌린 채로 방아쇠를 당겼다. 첫 발로 얼굴 한쪽이 날아갔고, 결국 그녀가 어떤 표정으로 죽음을 맞았는지 알 수 없었다. 두번째 총알로 모든 게 완수되었다. 처음에는 소피가 이 임무를 나에게 맡긴 것이 사랑의 마지막 증거라고, 그 무엇보다 결정적인 증거라고 생각했다. 나중에 나는 그녀가 원한 것은 복수였음을, 나를 회한에 빠트리려는 것이었음을 깨달았다. 그녀의 계산은 정확했다. 아직까지도 나는 이따금 회한에 젖는다. 여자들을 상대하면 언제나 덫에 걸려들게 된다.

목소리의 초상, 수도자의 글쓰기

마르그리트 유르스나르는 그 삶과 작품이 동시대의 주된 흐름에서 벗어나 있다. 전기적으로 보자면, 유르스나르를 형성한 바탕이라 할 수 있는 독학, 여행, 고전 교양 등은 전부 아버지로 이어진다. 벨기에인 어머니가 딸을 낳고 곧 사망한 뒤 아버지 미셸 드 크레앵쿠르('유르스나르Yourcenar'는 '크레앵쿠르Crayencour'를 애너그램으로 만든 필명이다)는 어린 딸을 학교 교육 대신 옛 귀족들처럼 개인 교습으로 키웠고, 이탈리아와 그리스를 비롯한 유럽의 여러 도시를 함께 여행했다. 일찍부터 고전문학과 문화에 눈뜨게 해준 그러한 경험은, 작가 스스로 밝힌 바 있듯이, 그녀가 젊은 시절에 동시대의 문학보다 과거의 문학에 큰 관심을 쏟게 된 동기가 된다. 그리고 훗날, 프랑스의 많은 작가들이 전통적인 이야기 방식을 부정하는 '새로운 소설'을 실험하던 시기에 당대의 문학적 흐름을 대담하게 거스르는 일종의 역사소설로 세상에 나온 유르스나르의 두 걸작 『하드리아누스 황제의 회상록』과 『흑의 단계』를 낳은 자양분이기도 하다. 죽음을 앞두고 지나온 날을 회고하는 고대 로마의 황제 하드리아누스와 르네상스적인 지식욕과 세계를 향한 호기심으로 가득찬 연금술사이자 천문학자인 제농은 역사적 상황에 소환된 실존적 인물이자 시대를 초월한 진리의 상징이다.

여기서 우리는 유르스나르가 창조한 인상적인 인물들이 대부분 남성이며, 그러한 남성 인물의 중요성, 나아가 서술의 목소리 자체가 남성화된 이른바 '남성적 글쓰기'가 유르스나르의 소설 세계를 특징짓는 중요한 요소로 꼽힌다는 점에 주목하게 된다. 아카데미 프랑세즈 최초의 여성 회원으로 선출되며 화제가 되었던 유르스나르의 '남성적 글쓰기'는 세 편의 일인칭 소설—『하드리아누스 황제의 회상록』 외에도 이 책에 함께 묶인 「알렉시 혹은 공허한 투쟁에 관하여」와 「은총의 일격」이 있다—에서 더욱 증폭되어 드러난다. 작가는 '머리말' 혹은 '작가 노트'를 통해 일인칭 소설이 만들어내는 '목소리의 초상肖像'이 "자신의 삶을 직시하고 어느 정도 정직하게 설명하려고 노력하는, 무엇보다 기억하려고 노력하는 인간을 보여주기에 적합"한 방법이라고 밝힌 바 있다. 하지만 여성 작가가 쓴 남성 화자의 일인칭 서술은, 보다 정확히는 놀라울 정도로 남성화된 서술의 목소리는 화자와 그 화자가 그리는 작중인물들의 성 정체성에 관한 논의를 불러왔고, 나아가 작가 자신의 성 정체성에 대한 관심으로 이어지기도 했다. 유르스나르가 사십 년간 미국인 여성 그레이스 프릭과 반려자로 살아간 것, 그리고 생전에 사랑했던 두 남자—처음 작가의 길로 들어설 즈음에 만난 출판인 앙드레 프레뇨와 말년에 함께 여행한 젊은 사진작가 제리 윌슨—모두 동성애자였다는 전기적 사실도 그러한 문제 제기에 일조한 것이 사실이다.

이와 맞물린 또하나의 특징으로, 유르스나르 소설이 가진 자전적 성격을 꼽을 수 있다. 그 중심에 놓이는 인물은 벨기에 작가 잔 드 비에탱고프다. 어머니의 학창시절 동급생이던 잔은 어린 유르스나르에게 부재한 어머니를 대신하는 존재였고, 아버지로부터 전해 듣고 자신의 상상력 속에서 재구성된 그녀의 이야기(그녀의 남편 콘라드 역시 동성애자였다)는 특히 이 책에 묶인 두 권의 소설 「알렉시」와 「은총의 일격」의 문학적 상상력을 이해하는 데 중요한 단서가 된다. 각기 1929년과 1939년으로 십 년의 간격을 두고 출간된 두 소설은 1971년 갈리마르 판부터 한데 묶여 출간되었다. 상대적으로 짧은 분량이기도 하지만, 더 중요한 이유는 두 소설이 많은 특성을 공유하기 때문일 것이다. 우선 「알렉시」와 「은총의 일격」은 유르스나르의 문학 인생에서 초기의 습작, 즉 아버지의 도움을 받은 자비출판의 단계를 지나 본격적인 작가로 자리잡은 유르스나르가 그레이스 프릭의 나라인 미국으로 떠나기 전에 쓰인 이른바 '초기 소설'이다. 그리고 두 소설은 비에탱고프 부부라는 실존 인물의 존재, 동성애자 남자와 그 남자를 사랑하는 여자라는 핵심적인 주제를 공유한다. 더구나 유르스나르는 말년에 '세상의 미로들'이라는 제목으로 이른바 '자서전' 삼부작을 남겼고, 그 마지막 권이자 미완성 유작으로 출간된 『무엇을? 영원』(앞의 두 권이 각기 모계와 부계 쪽 이야기라면, 랭보의 시 「영원」에서 제목을 빌려온 이 책은 유년기의 추억과 아버지, 그리고 잔 드 비에탱고프의 이야기이다)에 등장하는 인물과 사건은 자전적 공간 속에서 이 두 소설과 상호텍스트적인 관계로 읽히게 된다. 문제는, 유르스나르 자신이 '자서전'이라는 용어를 피한 것은 차치하고라도, 자신을 등장시킨 '자기 이야기' 속 고유명사의 유희가 실존 인물과 허구 인물 사이의 거리를 조금은 혼란스럽게, 아마도 의도적으로 벌려놓았다는 것이다. 실존 인물인 잔과 콘라드 부부는 「알렉시」에서는 알렉시와 모니크 드 제라 부부로, 『무엇을? 영원』에서는 에공과 잔 드 르발 부부로 등장한다. 「은총의 일격」의 경우 더욱 적극적인 변조가 가해져서, 발트 독일인 귀족이라는 콘라드의 외적 정체성은 콘라드 드 르발이라는 인물로, 동성애자로서의 삶은 콘라드 드 르발을 사랑하는 에릭 폰 로몬트라는 인물로 나뉜다. 그리고 두 남자 사이에 낀 여인은 이번에는 콘라드의 누나인 소피 드 르발이다. (이 소설에서 소피가 콘라드의 누나인지 여동생인지 분명히 드러나진 않지만, 몇 군데 단서를 통해 소피가 누나라고 추측할 수 있다.)

하지만 「알렉시」와 「은총의 일격」의 이야기를 이끌어가는 일인칭 화자 알렉시와 에릭의 남성적 목소리, 동성애자 남자를 사랑하는 모니크와 소피의 삶, 이런 것들이 함께 만들어내는 화음은, 설사 그것이 독자의 마음속에서 유르스나르 자신의 삶으로 이어지게 된다 해도, 성급한 연결은 무의미하다. 어차피 작가의 삶은 작품이라는 프리즘을 거친 뒤에야 비로소 형체를 띠기 때문이다. 우리가 어느 작가를 기억하는 것은 그의 삶이 특별해서가 아니다. 삶은 누구에게나, 알렉시의 말을 옮기자면 '그 자신'에게는 특별하다. 우리가 어느 작가를 특별히 기억하는 것은 그가 그려낸 삶의 모습이, 나아가 그가 그린 허구적 삶 너머로 비친 작가 자신의 삶이, 무엇보다 그 삶을 그리는 방식이 특별하기 때문이다. 한마디로 『무엇을? 영원』에서 유르스나르는 독자가 기대하는 대로 자기에 대해 이야기하지 않는다(물론 미완성으로 남겨진 책이라는 문제가 있지만, 어차피 독자는 책으로 주어진 것만을 볼 뿐이다). 현실과 허구 속에 교묘하게 뒤섞인 고유명사들뿐 아니라(심지어 알렉시와 에공은 비에탱고프 부부의 두 아들 이름이다), 주어진 사실이 어디까지가 실재고 어떤 것이 상상 혹은 환상으로 덧붙여진 것인지 분명하지 않을 때도 있다. 소설 속에서 남성 화자를 세우고 뒤로 물러섬으로써 더 흐릿해지고 그럼으로써 더 넓은 공간을 만든 것처럼, '자기 삶의 이야기' 속에서도 뒤로 물러서서 드러내며 감추는 것이다. 이 점에서 "말하지 않음으로써 오히려 더 잘 표현할 수 있는 것"이 있다는 알렉시의 말은 유르스나르의 글쓰기에 그대로 적용될 수 있다. 허구 인물의 삶, 그리고 자기 주변 사람들의 삶에 대해 이야기하면서 유르스나르는 자기 자신의 삶에 대해, 알렉시가 '위대한 음악'을 분수에 비유하면서 얘기한 그대로, "말없는 물이 수로를 채우고, 그 안에 쌓이고, 넘치고, 그렇게 떨어지는 물방울이 소리를 내는" 이야기를 쓰려 한 것이 아닐까.

***

「알렉시 혹은 공허한 투쟁에 관하여」는 젊은 시절에 일종의 습작 단계에서 발표된 글들을 제외하면 유르스나르가 본격적인 작가로서 처음 세상에 내놓은 작품이다. 또한 앞에서 보았듯이 유르스나르가 말한 '목소리의 초상'을 가장 잘 보여주는 작품이자 자전적 맥락에서도 문제적인 소설이다. 첫 출간 삼십오 년 후에 붙인 '머리말'에서 저자 자신이 지드를 언급한 것을 떠나서라도, 「알렉시」의 주제는 동성애의 '문학적 표현'이라는 점에서 지드와 비교되지 않을 수 없다. 지드가 유르스나르보다 한 세대 앞서는 것은 사실이지만, 지드의 경우 동성애가 등장하는 자전적 소설 『배덕자』를 먼저 발표한 뒤 그 전후에 나누어 익명으로 발표했던 원고를 묶어 1924년에 『코리동』을 출간했음을 고려한다면, 그다섯 해 뒤인 1929년에 출간된 스물여섯 살 젊은 여성 작가의 소설 「알렉시」가 얼마나 대담한 시도였는지 짐작할 수 있을 것이다. 하지만 알렉시의(혹은 알렉시의 입을 빌린 유르스나르의) 고백에서 중요한 것은 그 내용의 대담성보다는 고백의 문학적 형상화, 고백하는 말의 특징, 즉 그 "수식 없는, 거의 추상적인, 조심스러우면서도 정확한 언어"의 힘이라 할 수 있다.

「알렉시」의 주인공은 옛 오스트리아-헝가리 제국에 속했던 보헤미아 북부 지역 몰락한 귀족가의 후손으로, 젊은 음악가이다. 이야기는 알렉시가 오랜 방황 끝에 아내를 떠나기로 결심하고 자신의 삶을 회고하는 편지로 이루어진다(편지의 끝에 1927년과 1928년 사이라는 시간적 배경이 밝혀져 있다). 소설에서 흔히 장이나 절의 구별을 통해 주어지는 여백, 혹은 서술의 흐름을 늦추는 대화 형태의 장면, 이런 것들이 단 한 번도 없이, 약 백 페이지에 걸쳐 그야말로 "구시대적인 정중한 어조"의 단조로운 선율로 이어지는 알렉시의 긴 고백은 "나지막한 목소리로 속삭이는 속내 이야기, 귀를 기울여야 들을 수 있는 조심스러운 음악"과 같다. 당연히 줄거리라고 부를 만한 사건의 진행도 없고, 자세히 듣지 않으면 밋밋한 선율로 지나치게 되는 그런 이야기다. 심지어 동성애를 고백하는 편지 속에 동성애라는 단어가 단 한 번도 사용되지 않고, 그 핵심적인 단어가 밀려난 자리는 '본능' '기질' '성향' '과오' '죄'

'악덕' '위반' 등 에둘러 말하는 단어들이 채우고 있다. 아예 구체적으로 지칭하지 않고 "내가 미리 겁을 집어먹고 무서워했던 것"이라고 모호하게 지칭하기도 한다. 이렇게 늘 대상을 에둘러서 환기하는 것과 마찬가지로, 사건의 진행은 '말하되 전부 말하지 않는' 방식으로 이어진다. 동사들이 목적어나 보어가 생략된 채 주어지는 예가 많은 것 역시 같은 맥락이다. 예를 들어 알렉시는 수시로 '포기했다' '맹세했다' '익숙해졌다'고 말하지만, 그 포기와 맹세와 익숙함의 대상이 무엇인지는 말하지 않는다.

이러한 특징은 당연히 자신에게 헌신해온 아내를 떠나야 하는 어려움 때문에, 보다 정확히는 떠나야 하는 이유를 밝혀야만 하는 어려움 때문에 알렉시가 주저하기 때문이다. 오랜 망설임과 고뇌를 거쳤기에 떠나려는 결정 자체는 흔들림이 없지만, 그렇다 해도 편지의 수신인인 모니크를 포함한 외부의 시선에서 자유롭지는 않은 것이다. 그래서 한 목소리로 강물이 흐르듯 이어지는 긴 단성악의 고백은 그 안에 담긴 미세한 변주를 통해 수치심과 대담함을 오가는 갈등을 담아낸다. 예를 들어, 삽입구, 괄호를 사용한 부연설명이나 반박 등이 문장의 호흡을 미세하게 자주 끊어놓는다. 때로는 문장을 이루는 요소들이, 마치 엇박자처럼, 의도적으로 어긋나게 주어지기도 한다. 그러나, 다시 한번 말하자면, 알렉시의 망설임은 고백하는 현재가 모호하기 때문이 아니다. 현재를 누그러뜨리는 모든 표현은 고백을 감내해야 하는 아내를 위한 배려일 뿐이다. 이처럼 "아첨에 가까울 정도로 부드러운" 알렉시의 고백에서 단호한 현재의 주장을 가능하게 하는 것은 바로 과거와 현재를 오가는 시제의 변조이다. 나-화자의 현재가 단순히 나-주인공의 과거를 회고하는 것이 아니라, 그 과거 속에 수시로, 거의 강박적으로 끼어드는 것은 그 때문이다. "처음에는 죄를 범할 기회를 피해야 한다고 생각했소. 이내 우리의 행동은 징후로서의 가치밖에 지니지 않음을 깨달았소. 우리의 타고난 기질 자체를 바꾸어야 하는 거요"에서 보듯, 과거에는 잘못 알았고, 이후에는 모호하게 이해했고, 현재에는 그에 대해 명철한 판단을 내리는, 알렉시가 가장 자주 사용하는 세 박자의 문장 전개가 단적인 예이다.

'우리'라는 대명사의 의미장 변화 역시 알렉시의 고백 속에 미묘한 변주를 만들어내는 중요한 요소이다. 알렉시가 모니크에게 보내는 편지 속에서 '우리'는 일차적으로 두 사람을 가리키지만, 사실 편지의 수신자인 모니크는 거의 존재감이 없다(작가는 '머리말'에서 언젠가 그녀가 남편에게 보내는 답장을 쓰고 싶었지만, "여성의 삶은 세상에서 가장 은밀"하기 때문에 쓰기 힘들어서 포기했다고 말하기도 한다). 그나마 모니크가 중요하게 그려지는 것은 알렉시가 자신과 아내의 거리를 벌리기 위해, 다시 말해 떠나야만 하는 근거를 다지기 위해 두 사람의 내면 혹은 행태를 대조적으로 제시할 때뿐이다. 이런 상태에서 알렉시가 '우리'를 언급하는 것은, 예를 들어 "우리는 너무도 많은 거짓말을 했고 그로 인해 고통받았으니, 이제 정직함이 그 고통에서 우리를 꺼내줄지 시험"해보자고 말할 때처럼, 모니크를 자신의 약점 속에 끌어들여 은밀한 공모자로 만들기 위해서가 대부분이다. 그렇게 '나'의 이야기가 '우리'의 이야기가 되면서 세상을 향한 입장 표명이 시작되는 것이다. 반면 동성애적 성향으로 좀더 다가간 '우리'는 모니크에게 적대적일 수밖에 없다. 소심한 성격 때문에 동성애의 쾌락을 즐길 기회를 그대로 보낸 적이 있다고 고백하면서 "우리의 결점이 오히려 악덕과 싸울 때 가장 좋은 무기가 될 수 있다"고 말할 때의 '우리'는 동성애로 인해 "공허한 투쟁"을 치러야 했던 사람 모두를 포함한다. 그러한 '우리'는, 특히 알렉시가 자신의 동성애적 성향의 필연성 혹은 소속감을 강조할 때, 모니크를 포함한 나머지 세계로부터의 분리를 선언하게 된다. 특히 고백이 후반부로 갈수록 '우리'는 보다 분명하게 동성애자들을 지칭하고, 그렇게 해서 동성애를 죄악시하는 '당신들' 혹은 이성애자인 대부분의 세상 사람들에게 맞서게 된다. 이처럼 마치 커졌다 작아졌다 하면서 미끄러운 표면 위에서 자리를 옮겨다니는 물방울과 같은 '우리'라는 대명사는 알렉시의 고백이 서정적인 회상으로부터 세상을 향한 단호한 선언으로 변하는 과정에서 가장 중요한 역할을 한다. 그리고 길고 긴 편지가 끝날 즈음, 힘든 고백을 따라온 독자의 마음속에서, 알렉시의 목소리는 저자 유르스나르의 목소리와 하나가 된다. 실제로 텍스트 속에서 분류를 위한 용어이자 과학의 용어인 '동성애'를 사용하지 않겠다는 알렉시의 말은 '머리말'이라는 곁텍스트 속에서 작가가 한 말과 일치한다. 또다른 곁텍스트라 할 수 있는 이 책의 헌사 "그 자신에게" 역시(물론 유르스나르가 누군가를 의도한 말일 수 있으나, 독자는 주어진 텍스트 안에서 이해할 뿐이다) 알렉시가 단호하게 주장한 '각자의 삶'을 지닌 '그 자신'에 응답한다.

우리는 사는 거요, 모니크. 우리는 각자 자기만의 특별하고 유일한 삶을, 우리가 아무것도 손댈 수 없는 과거 전체에 의해 결정된 삶, 아주 작은 것으로도 미래 전체를 결정지을 수 있는 삶을 사는 거요. 자기의 삶. 오로지 그 자신만의 것인, 두 번 있지 않을, 스스로 온전히 이해했는지 단 한 순간도 확신하지 못하는 삶 말이오. (32쪽)

***

「은총의 일격」은 제1차세계대전과 러시아 혁명에 뒤이은 내전의 소용돌이에 빠진 발트 해 연안의 쿠를란트를 배경으로 에릭, 소피, 콘라드라는 세 젊은이가 치러낸 "핏빛 일화"의 이야기다. 그 중심에 놓인 것은 소설의 화자이자 주인공인 에릭 폰 로몬트이다. 그는 "발트와 프랑스 피가 섞인 프로이센인"으로, 발트 지역의 크라토비체(가상의 지명이다)의 외가 친척인 르발 백작가의 저택에서 콘라드 남매와 어린 시절을 보낸다. 이후 "휴전, 혁명, 인플레이션의 끔찍한 시기"에 에릭과 콘라드는 어린 시절 추억의 장소인 크라토비체의 저택을 숙영지로 삼아 볼셰비키군에 맞서며 전쟁을 수행하게 된다. 하지만 에릭은 민족적 혈통 혹은 좌우의 이념에 아무런 관심이 없는 인물이다. 이후에도 용병으로 "고집스레 바리케이드의 우측 진영"에서 전쟁을 치러냈지만, "명분을 위해 위험을 감수하는 데 동의하면서도 그 명분을 믿어본 적은 없다". "혁명과 전쟁으로 고립된 발트 해 지역의 오지"를 배경으로 한 이야기는, 막이 오르면 이미 준비된 갈등이 파국으로 치닫는 고전 비극처럼, 볼셰비키군과 독일군 사이에 섬처럼 고립된 크라토비체, 그 안에 넓은 영지 한가운데 자리한 르발 백작가의 저택, 더 좁게는 인물들이 지나가다 마주칠 수밖에 없는 "창문을 모두 막아버린 복도"와 만남의 장소이자 이별의 장소인 계단을 배경으로 펼쳐진다. 그러한 폐쇄된 좁은 무대 안에서 인물들 사이 힘의 관계는 '펜싱' '카드 게임' 같은 비유로 그려진다. 사랑을 갈구하고 외면하는 소피와 에릭은 함께 경기를 하고 게임을 하는 일종의 '동지'로서 운명적인 끈으로 묶인 것이다. 실제 유르스나르는 에릭과 소피가 주인공인 것은 그들의 비극적 사랑 때문이 아니라 오히려 "타협을 모르는 성격과 자기 운명의 끝까지 밀고 나가려는 열정" 때문이라고, 나아가 이 소설에서 비극적인 사랑 이야기는 부차적인 것일 뿐 중요한 것은 "동일한 결핍과 위험에 처한" 인물들이 이루는 "운명의 연대"라고 말한다.

소설은 스페인 내전에서 부상을 입은 에릭이 고향으로 돌아가기 위해 이탈리아의 피사 역에서 기차를 기다리며 동료들에게 들려주는 이야기다. 회상 속 이야기는 유르스나르가 서문에서 말한 것처럼 '고전 비극'의 요소들을 갖추고 있고, 실제 5막으로 구성된 고전 비극과 유사하게 전개된다(소설 속에는 '무대' '등장' '배역' '단역' '대역' 같은 연극적 비유들이 자주 등장한다). 1막에 해당하는 시작 부분은 전쟁에 발을 들여놓는 세 젊은이의 재회를 그린다. 그리고 콘라드만을 바라보는 에릭과 그런 에릭을 사랑하는 소피로 인해 어긋난 관계가 시작된다. 물론 에릭의 동성애적 감정은 분명하게 그려지지 않고, 그것은 소설이 끝날 때까지 마찬가지다. 콘라드를 "하나의 고정점"이자 "심장"이고 "절대 변하지 않기에 아무리 평가절하되어도 원래의 가치를 간직할 수 있는 금화"라고 표현한 것, "우리 육신에서 심장이라고 불러야 하는 설명할 수 없는 한 조각 역시, 물론 그의 가슴에서 뛰는 심장의 박동이 내 가슴에서 뛰는 것보다 조금 약하기는 했지만, 경탄스러울 만큼 똑같은 리듬으로 그 일치에 가담했다"는 모호한 말, 소피가 자신을 사랑한다는 사실을 알고 "예측 불가능한 특수 상황을 고려하지 않았다고 해서" 비난할 수는 없다고 말하는 것 정도가 전부이다. 이렇게 어긋난 관계는 2막에서 폭발하기 시작한다. 에릭과 콘라드가 돌아오기 전에 강간당한 끔찍한 기억을 딛고 처음으로 뛰어든 사랑에서 거절당한 소피가 타락하면서 불행한 미래의 윤곽이 그려지기 시작하는 것이다. 아끼던 개 텍사스가 "정원에 묻혀 있던 수류탄을 마치 송로버섯이라도 되는 듯 주둥이로 파내다가" 처참하게 죽는 장면은 "알 수 없는 불꽃에 달려드는 커다란 나방"으로 그려진 소피의 결말을 그대로 예고한다. 이어 3막에서 일시적 화해가 이루어진다. "하늘에서 죽음이 떨어져" 내리는 공중 폭격 속에서 두 사람이 두려움으로 인해 하나가 된 것이다. 그러나 키스의 순간에 에릭은 어린 시절 경련까지 불러왔던 '불가사리'의 기억을 떠올리고, 그 순간 "감미로운 환희는 혐오감으로" 바뀐다. 크리스마스 파티에서 고리가 뜯겨나간 채 바닥에 뒹구는, 에릭이 누렇게 변색될 때까지 지니고 있다가 잃어버린 소피의 '진주목걸이'는 이들의 사랑을 상징한다. 4막은 에릭과 콘라드의 관계를 알게 된 소피가 크라토비체를 떠나고, 자신의 정치적 신념대로 볼셰비키 진영에 합류하는 파국의 이야기다(그 과정에는 에릭에 대해 "동물적인 증오심"을 품고 그를 "거미만큼이나 혐오스러운 인간"이자 "경악스러운 추문의 대상"으로 여기는 연적 폴크마르가 개입되지만, 그러한 증오심의 이유였을 에릭의 동성애는 그때도 직접 언급되지 않는다). 얼마 후 콘라드가 부상으로 죽는다. 사실 이 소설에서 콘라드는 「알렉시」의 모니크와 마찬가지로 마치 주변 인물처럼 뒤로 물러서 있다. 마지막 5막은 에릭과 소피의 재회를 그린다. 포로로 잡혀 처형을 피할 수 없는 상황에서 소피는 에릭의 손에 죽기를 원하고, 그렇게 '은총의 일격', 즉 고통을 줄여주기 위한 '최후의 일격'이 집행된다. 이때도 유르스나르의 소설에서 유일하게 자기 운명에 대해 주체적인 여성으로 그려지는 소피와 달리, 에릭은 끝까지 망설이고 원망하고 설명해보려 한다. 심지어 "여자들을 상대하면 언제나 덫에 걸려들게 된다"고 우긴다. 하지만 처음에는 "사랑의 마지막 증거"라 생각한 그것이 사실은 소피의 "복수"였다고 주장하는 에릭의 말은 유르스나르가 '서문'에서 말한 일인칭 이야기의 "시점의 편차"로 인해 독자에게는 그대로 전달되지 않는다. 유르스나르의 말대로 "둘 중 누가 죽이고 누가 죽임을 당했는지는 중요하지 않"은 것, 두 사람이 적이 아니라 동지 혹은 분신이 되는 것이 바로 '은총'이란 단어에 담긴 아이러니이다.

이처럼 '은총의 아이러니'를 그리는 서술은 얼음같이 차가운 호수의 표면처럼 차분하고 단단하다. 장의 구별이 없고 대화도 많지 않은 것은 「알렉시」와 마찬가지지만, 편지라는 형식이 표면적으로나마 수신자를 향한 배려를 불러들임으로써 간접적인 여백을 만들어낸 것과 달리 「은총의 일격」의 서술은 빈틈없는 단단한 대리석 조각을 떠올리게 한다. 동사의 목적어나 보어가 빈번하게 생략된 것 외에, 문장들 사이에서 관계를 설정해주는 연결 부사가 거의 사용되지 않은 것도 같은 맥락이다. 나아가 대립적인 의미를 담은 다른 시제의 문장들이 연결 부사 없이 병치된 예들도 많다. "내 손이 몸에 닿기만 하면 그녀의 혈관 속을 흐르는 피가 전부 꿀로 변해버리는 듯했다. 아무리 좋은 꿀도 결국은 발효되어 시큼해진다." 이런 식이다. 마치 관계 맺기를 거부하는 것처럼 병치된 문장들 사이에서 의도적으로 사라진 문장들의 관계를 시간적 순서에 논리적 인과관계 속에 재구성하는 것은 독자의 몫이다. 소설 속에 등장하는 에릭과 소피의 대화는 어쩌면 유르스나르와 독자가 나누는 대화의 축약판일지도 모른다.

> 우리는 사랑한다고 말하는 대신 사랑에 관해 말했다. 다른 사람들이 행위를 통해 해결했을 불안을 우리는 말을 통해 이겨냈다. 어차피 그냥 도망침으로써 불안을 피하는 것은 허락되지 않는 상황이었다. 소피는 자신이 겪은 유일한 사랑의 경험을 스스럼없이 얘기했고, 하지만 그 일이 자신이 원해서 이루어진 것은 아니었다는 사실만은 고백하지 않았다. 나 역시 가장 중요한 핵심을 제외하고 그 무엇도 숨기지 않았다. (164쪽)

말하려는 것을 남겨두고 그 주변의 것들을 기술함으로써 대상을 드러나게 하는 기법을 흔히 '음각적 글쓰기'라고 부른다. 그것은 평면에서 이루어지는 부조의 오목새김, 즉 그려져야 할 세계가 아닌 것을 부각하는 방식으로 주어진다. 유르스나르의 소설은 더 나아가 부조가 아니라 입체적 공간에서의 조각을 연상시키고, 이야기는 조각가의 끌을 기다리는 단단한 대리석처럼 주어진다. 평면에서 구도를 잡고 초벌작업을 하는 부조와 달리 환조는 무정형의 덩어리에서 형태를 만들어내는 작업이다. 날카로운 칼로 재료를 다듬어 잘라냄으로써 핵심을 부각하는 그러한 과정은 말할 수 없는 것을 남겨둠으로써 더 환하게 드러나게 하려는 수도자의 고행처럼 느껴진다. 그것은 자신을 정당화하거나 죄의식을 덜려는 의도보다는 드러내면서 감춤으로써 오히려 홀로 고백의 짐을 짊어지려는 시도일 것이다. 참회도 아니고 변명도 아닌 이런 자기고백 앞에서 독자는 흡사 수도승의 고백을 듣는 듯한 쾌락과 고통을 동시에 느끼게 된다.

윤진

1903년 6월 8일 브뤼셀에서 프랑스 노르 지방 출신의 미셸 드 크레앵쿠르와 벨기에 리에주 출신의 페르낭드 드 카르티에 드 마르시엔 사이에서 태어남. 본명은 마르그리트 드 크레앵쿠르. 열흘 후 어머니 페르낭드가 산욕열로 사망함. 두번째 결혼에서 다시 아내를 잃은 미셸은 딸을 데리고 프랑스 노르 지방의 바이욀에 위치한 몽누아르 저택으로 돌아감.

1912년 아버지와 함께 파리로 온 후, 유럽의 여러 도시를 여행하며 지냄. 학교에 다니지 않고 개인 교습을 받았으며, 아버지와 여행을 다니면서 고전 문화를 일찍 접하게 됨.

1914년 제1차세계대전을 피해 영국에 가서 일 년간 체류. 영어와 라틴어를 배우기 시작함.

1919년 니스에서 대학 입학 시험에 합격하지만, 대학에 가지 않고 작가가 되기 위해 습작을 시작함.

1921년 젊은 시절 작가를 꿈꾸었던 아버지의 도움으로 첫 시집 『키마이라들의 정원*Le Jardin des Chimères*』 자비출판.

1922년 두번째 시집 『신들은 죽지 않았다*Les Dieux ne sont pas morts*』 자비출판. '크레앵쿠르'라는 성을 애너그램으로 유르스나르로 바꾸고 마르그리트를 마르그라는 중성적인 이름으로 바꾸어 '마르그 유르스나르'라는 필명을 쓰기 시작함.

1923년 이탈리아, 스위스, 독일을 여행함. 이탈리아의 '빌라 하드리아나'를 방문하고 고대 로마의 하드리아누스 황제의 이야기를 처음으로 구상함. 또한 『소용돌이*Remous*』라는 대하소설을 구상하여 집필을 시작하지만 끝내지 못함. 일부는 1934년 출간된 소설집 『죽음이 수레를 끈다*La Mort conduit l'attelage*』에 수록됨.

1926년 아버지가 세번째 결혼을 하고 스위스에 체류함.

1927년 「죽은 이졸데를 위한 일곱 편의 시*Sept poèmes pour Isolde morte*」 집필.

1929년 아버지가 로잔에서 사망함. 유럽 각지를 여행하고, 첫 소설 『알렉시 혹은 공허한 투쟁에 관하여*Alexis ou le Traité du vain combat*』 출간.

1930년 그라세 출판사에서 앙드레 프레뇨와 만남. 동성애자인 프레뇨를 사랑하게 됨.

1931년 소설 『새로운 에우리디케*La Nouvelle Eurydice*』 출간. 훗날 유르스나르는 이 작품을 부인하고 플레이아드 총서에도 수록하지 않음. 핀다로스의 전기 『핀다로스*Pindare*』도 출간하지만, '마르그'가 아닌 '마르그리트 유르스나르'라는 이름으로 처음 출간된 이 작품 또한 저자의 뜻에 따라 재출간이 금지됨. 유언에 따라 『새로운 에우리디케』와 함께 사후에 발간된 두번째 플레이아드 총서(에세이와 회고록)에 '잊힌 텍스트'로 수록됨.

1934년 파시즘이 지배하는 이탈리아를 배경으로 하는 소설 『꿈의 은화*Denier du rêve*』 출간. 이전에 대하소설 『소용돌이』로 준비했던 원고를 바탕으로 『죽음이 수레를 끈다』를 출간함(이 책에 수록된 「뒤러에 따르면」「그레코에 따르면」「렘브란트에 따르면」은 각기 후에 『흑의 단계*L'Oeuvre au Noir*』『안나, 소로르*Anna, soror…*』『어둠 속의 남자*Un homme obscur*』의 모태가 됨.

1936년 클리타임네스트라, 파이드라, 안티고네, 사포 등의 신화적인 사랑 이야기를 시적 산문으로 쓴 소설 『불*Feux*』 출간.

1937년 버지니아 울프의 『파도*The Waves*』 번역. 파리의 한 호텔에서 미국인 여성 그레이스 프릭을 알게 됨. 그레이스 프릭의 초대로 일곱 달 동안 미국에 머물며 함께 여행함.

1938년 자신이 꾼 꿈을 모은 『꿈과 운명*Les songes et les sorts*』, 동양의 전설을 바탕으로 한 단편집 『동양 이야기*Nouvelles orientales*』 출간.

1939년 소설 『은총의 일격*Le Coup de grâce*』 출간. 2차세계대전이 발발하자 그레이스 프릭이 있는 미국으로 떠남.

1940년 그레이스 프릭과 함께 뉴욕에 정착한 뒤 강연을 하고 대학에서 강의를 함. 이후 약 사십 년 동안 반려자로 함께함.

1942년 희곡 『인어공주*La petite sirène*』 출간.

1944년 미국 국적을 취득하면서 '마르그리트 유르스나르'가 법적인 이름이 됨. 헨리 제임스의 『메이지가 알고 있던 일*What Maisie knew*』 번역.

1947년 희곡 『알케스티스의 신비*Le Mystère d'Alceste*』와 『엘렉트라 또는 가면들의 추락*Electre ou la chute des masques*』 잡지에 게재.

1951년 『하드리아누스 황제의 회상록*Mémoires d'Hadrien*』 출간. 이 작품이 큰 성공을 거두고, 이를 계기로 십이 년 만에 프랑스를 방문함.

1952년 『하드리아누스 황제의 회상록』으로 페미나 바카레스코상 수상. 미국 메인 주의 마운트디저트 섬에 집을 사서 '프티트 플레장스 Petite plaisance'(작은 즐거움)라고 이름 붙임.

1954년 그레이스 프릭의 번역으로 미국에서 『하드리아누스 황제의 회상록』 출간. 희곡 『엘렉트라 또는 가면들의 추락』이 출간되고 파리의 마튀랭 극장에서 상연됨.

1956년 시집 『알키페의 자비*Les Charités d'Alcippe*』 출간.

1958년 그리스의 시인 카바피의 시 번역을 수록한 평전 『콘스탄티노스 카파비에 대하여*Présentation crituque de Constantin Cavafy*』

출간. 환경 보호 등 사회 운동에 적극 참여함. 그레이스 프릭이 암 수술을 받음.

1959년 『꿈의 은화』를 수정하여 재출간.

1962년 일곱 편의 에세이를 모은 『한정 승인*Sous bénéfice d'Inventaire*』 출간.

1963년 희곡 『알케스티스의 신비』를 수정하여 재출간. 희곡 『누구에겐들 미노타우로스가 없으랴?*Qui n'a pas son Minotaure?*』 출간.

1964년 흑인 영가를 번역한 『깊은 강, 어두운 내*Fleuvage profond, sombre rivière*』 출간. 미국 시인 호튼스 플렉스너의 시를 번역함.

1968년 르네상스 시대를 배경으로 한 『흑의 단계*L'Oeuvre au noir*』가 출간되어 다시 큰 성공을 거두고, 페미나상을 수상함.

1970년 병이 심해진 그레이스 프릭과 관계가 악화됨. 외국 작가 자격으로 벨기에 왕립 학술원 회원으로 선출됨.

1971년 레지옹 도뇌르 훈장을 받음.

1972년 모나코 피에르 왕자 상 수상.

1974년 자서전 삼부작 '세상의 미로들*Le Labyrinthe du monde*' 중에서 모계 쪽 이야기를 담은 1권 『경건한 추억*Souvenirs pieux*』 출간.

1976년 그레이스 프릭이 번역한 『흑의 단계』가 미국에서 출간됨. 독일의 플커 슐뢴도르프 감독이 『은총의 일격』 영화화.

1977년 아카데미 프랑세즈 문학 대상 수상. 부계 쪽 이야기를 담은 '세상의 미로들' 2권 『노르 지방의 고문서*Archives du Nord*』 출간.

1979년 고대 그리스 시를 번역한 『화관과 리라*La couronne et la lyre*』 출간. 프랑스 방송사에서 인터뷰를 위해 프티트 플레장스로 찾아왔을 때 사진작가 제리 윌슨과 만남. 그레이스 프릭 사망.

1980년 작가이자 기자, 문학비평가인 마티외 갈레와의 대담집 『눈을 뜨고*Les yeux ouverts*』 출간. 삶의 마지막 동반자였던 제리 윌슨과 함께 유럽, 중남미, 아프리카, 일본, 인도 등을 여행함. 논란을 딛고 아카데미 프랑세즈에 최초의 여성 회원으로 선출됨.

1981년 일본 작가 미시마 유키오에 관한 『미시마 혹은 공허의 통찰 *Mishima ou la vision du vide*』, 소설 『안나, 소로르…』 출간.

1982년 소설 『안나, 소로르…』와 『어둠 속의 남자*Un homme obscur*』 『아름다운 아침*Une belle matinée*』을 묶어 『흐르는 물처럼 *Comme l'eau qui coule*』 출간. 유르스나르 플레이아드 총서(소설) 출간. 제리 윌슨과 함께 이집트와 모로코를 여행함.

1983년 에세이 『시간, 그 위대한 조각가*Le temps, ce grand sculpteur*』 출간. 제리 윌슨과 일본, 태국, 그리스, 케냐 등을 여행함. 에라스무스상 수상.

1986년 동성 연인과 함께 여행을 떠난 제리 윌슨이 에이즈에 걸린 뒤 사망함. 자서전 마지막 권으로 랭보의 시에서 제목을 빌려온 『무엇을? 영원*Quoi? L'éternité*』을 집필함.

1987년 뇌출혈로 사망함. 마운트디저트 섬의 섬스빌 묘지에 안장됨.

1988년 미완성 유고작 『무엇을? 영원』 출간. 앙드레 델보 감독이 『흑의 단계』 영화화.

1991년 에세이와 회고록을 묶은 두번째 플레이아드 총서가 출간됨.

2002년 모리스 델크루아와 유르스나르의 대담을 모은 『목소리의 초상 *Portrait d'une voix*』 출간.

문학동네 세계문학전집 발간에 부쳐

세계문학은 국민문학 혹은 지역문학을 떠나 존재하는 문학이 아니지만 그것들의 총합도 아니다. 세계문학이라는 용어에는 그 나름의 언어와 전통을 갖고 있는 국민문학이나 지역문학의 존재를 인정하면서 그것을 넘어서는 문학의 보편적 질서에 대한 관념이 새겨져 있다. 그 용어를 처음 고안한 19세기 유럽인들은 유럽문학을 중심으로 그 질서를 구축했지만 풍부한 국민문학의 전통을 가지고 있는 현대의 문학 강국들은 나름의 방식으로 세계문학을 이해하면서 정전(正典)의 목록을 작성하고 또 수정한다.

한국에서도 세계문학 관념은 우리 사회와 문화의 변화 속에서 거듭 수정돼왔다. 어느 시기에는 제국 일본의 교양주의를 반영한 세계문학 관념이, 어느 시기에는 제3세계 민족주의에 동조한 세계문학 관념이 출현했고, 그러한 관념을 실천한 전집물이 출판됐다. 21세기 한국에 새로운 세계문학전집이 필요하다는 것은 명백하다. 우리의 지성과 감성의 기준에 부합하는 세계문학을 다시 구상할 때가 되었다.

문학동네 세계문학전집은 범세계적으로 통용되는 고전에 대한 상식을 존중하면서도 지난 반세기 동안 해외 주요 언어권에서 창작과 연구의 진전에 따라 일어난 정전의 변동을 고려하여 편성되었다. 그래서 불멸의 명작은 물론 동시대 세계의 중요한 정치·문화적 실천에 영감을 준 새로운 작품들을 두루 포함시켰다.

창립 이후 지금까지 한국문학 및 번역문학 출판에서 가장 전문적이고 생산적인 그룹을 대표해온 문학동네가 그간 축적한 문학 출판 경험을 바탕으로 새로운 세계문학전집을 펴낸다. 인류가 무지와 몽매의 어둠 속을 방황하면서도 끝내 길을 잃지 않은 것은 세계문학사의 하늘에 떠 있는 빛나는 별들이 길잡이가 되어주었기 때문이다. 우리가 자부심과 사명감 속에서 그리게 될 이 새로운 별자리가 독자들의 관심과 애정에 힘입어 우리 모두의 뿌듯한 자산이 되기를 소망한다.

문학동네 세계문학전집 편집위원

민은경, 박유하, 변현태, 송병선, 이재룡, 홍길표, 남진우, 황종연

지은이 **마르그리트 유르스나르**

1903년 벨기에에서 태어났다. 본명은 마르그리트 드 크레옝쿠르. 아버지와 함께 유럽의 여러 도시를 여행하며 어린 시절을 보냈다. 1929년 『알렉시 혹은 공허한 투쟁에 관하여』를 출간하면서 등단했다. 1951년 『하드리아누스 황제의 회상록』으로 페미나 바카레스코 상을 수상했고 세계적인 명성을 얻었다. 그 외에도 페미나상, 모나코 피에르 왕자 상, 아카데미 프랑세즈 문학 대상 등을 수상하고 레지옹 도뇌르 훈장을 받았으며, 1980년에는 아카데미 프랑세즈 사상 최초의 여성 회원이 되었다. 대표작으로 『알렉시』『하드리아누스 황제의 회상록』『꿈의 은화』『흑의 단계』 등이 있다. 1987년 사망했다.

옮긴이 **윤진**

아주대학교와 서울대학교 대학원에서 불문학을 공부했으며 프랑스 파리 3대학에서 박사 학위를 받았다. 옮긴 책으로 『자서전의 규약』『문학생산의 이론을 위하여』『사탄의 태양 아래』『페르디두르케』『위험한 관계』『벨아미』『목로주점』『주군의 여인』 등이 있다. 출판기획·번역 네트워크 '사이에' 위원으로 활동중이다.

세계문학전집 151

알렉시·은총의 일격

1판 1쇄 2017년 3월 7일
1판 3쇄 2022년 11월 18일

지은이 마르그리트 유르스나르 | 옮긴이 윤진

책임편집 박신양 | 편집 이미영 | 모니터링 이희연 | 독자모니터 박묘영
디자인 엄자영 최미영 | 저작권 박지영 형소진 이영은 김하림
마케팅 정민호 이숙재 박치우 한민아 이민경 안남영 왕지경 김수현 정경주
브랜딩 함유지 함근아 김희숙 고보미 박민재 박진희 정승민
제작 강신은 김동욱 임현식 | 제작처 영신사

펴낸곳 (주)문학동네 | 펴낸이 김소영
출판등록 1993년 10월 22일 제2003-000045호
주소 10881 경기도 파주시 회동길 210
전자우편 editor@munhak.com | 대표전화 031)955-8888 | 팩스 031)955-8855
문의전화 031)955-3578(마케팅), 031)955-1916(편집)
문학동네카페 http://cafe.naver.com/mhdn
인스타그램 @munhakdongne | 트위터 @munhakdongne
북클럽문학동네 http://bookclubmunhak.com

ISBN 978-89-546-4478-5 04860
978-89-546-0901-2 (세트)

www.munhak.com

1, 2, 3 안나 카레니나 레프 톨스토이 | 박형규 옮김
4 판탈레온과 특별봉사대 마리오 바르가스 요사 | 송병선 옮김
5 황금 물고기 르 클레지오 | 최수철 옮김
6 템페스트 윌리엄 셰익스피어 | 이경식 옮김
7 위대한 개츠비 F. 스콧 피츠제럴드 | 김영하 옮김
8 아름다운 애너벨 리 싸늘하게 죽다 오에 겐자부로 | 박유하 옮김
9, 10 파우스트 요한 볼프강 폰 괴테 | 이인웅 옮김
11 가면의 고백 미시마 유키오 | 양윤옥 옮김
12 킴 러디어드 키플링 | 하창수 옮김
13 나귀 가죽 오노레 드 발자크 | 이철의 옮김
14 피아노 치는 여자 엘프리데 옐리네크 | 이병애 옮김
15 1984 조지 오웰 | 김기혁 옮김
16 벤야멘타 하인학교 - 야콥 폰 군텐 이야기 로베르트 발저 | 홍길표 옮김
17, 18 적과 흑 스탕달 | 이규식 옮김
19, 20 휴먼 스테인 필립 로스 | 박범수 옮김
21 체스 이야기 · 낯선 여인의 편지 슈테판 츠바이크 | 김연수 옮김
22 왼손잡이 니콜라이 레스코프 | 이상훈 옮김
23 소송 프란츠 카프카 | 권혁준 옮김
24 마크롤 가비에로의 모험 알바로 무티스 | 송병선 옮김
25 파계 시마자키 도손 | 노영희 옮김
26 내 생명 앗아가주오 앙헬레스 마스트레타 | 강성식 옮김
27 여명 시도니가브리엘 콜레트 | 송기정 옮김
28 한때 흑인이었던 남자의 자서전 제임스 웰든 존슨 | 천승걸 옮김
29 슬픈 짐승 모니카 마론 | 김미선 옮김
30 피로 물든 방 앤절라 카터 | 이귀우 옮김
31 숨그네 헤르타 뮐러 | 박경희 옮김
32 우리 시대의 영웅 미하일 레르몬토프 | 김연경 옮김
33, 34 실낙원 존 밀턴 | 조신권 옮김
35 복낙원 존 밀턴 | 조신권 옮김
36 포로기 오오카 쇼헤이 | 허호 옮김
37 동물농장 · 파리와 런던의 따라지 인생 조지 오웰 | 김기혁 옮김
38 루이 랑베르 오노레 드 발자크 | 송기정 옮김
39 코틀로반 안드레이 플라토노프 | 김철균 옮김
40 어두운 상점들의 거리 파트릭 모디아노 | 김화영 옮김
41 순교자 김은국 | 도정일 옮김
42 젊은 베르테르의 슬픔 요한 볼프강 폰 괴테 | 안장혁 옮김
43 더블린 사람들 제임스 조이스 | 진선주 옮김
44 설득 제인 오스틴 | 원영선, 전신화 옮김
45 인공호흡 리카르도 피글리아 | 엄지영 옮김
46 정글북 러디어드 키플링 | 손향숙 옮김
47 외로운 남자 외젠 이오네스코 | 이재룡 옮김
48 에피 브리스트 테오도어 폰타네 | 한미희 옮김
49 둔황 이노우에 야스시 | 임용택 옮김
50 미크로메가스 · 캉디드 혹은 낙관주의 볼테르 | 이병애 옮김

51, 52 염소의 축제 마리오 바르가스 요사 | 송병선 옮김
53 고야산 스님 · 초롱불 노래 이즈미 교카 | 임태균 옮김
54 다니엘서 E. L. 닥터로 | 정상준 옮김
55 이날을 위한 우산 빌헬름 게나치노 | 박교진 옮김
56 톰 소여의 모험 마크 트웨인 | 강미경 옮김
57 카사노바의 귀향 · 꿈의 노벨레 아르투어 슈니츨러 | 모명숙 옮김
58 바보들을 위한 학교 사샤 소콜로프 | 권정임 옮김
59 어느 어릿광대의 견해 하인리히 뵐 | 신동도 옮김
60 웃는 늑대 쓰시마 유코 | 김훈아 옮김
61 팔코너 존 치버 | 박영원 옮김
62 한눈팔기 나쓰메 소세키 | 조영석 옮김
63, 64 톰 아저씨의 오두막 해리엇 비처 스토 | 이종인 옮김
65 아버지와 아들 이반 투르게네프 | 이항재 옮김
66 베니스의 상인 윌리엄 셰익스피어 | 이경식 옮김
67 해부학자 페데리코 안다아시 | 조구호 옮김
68 긴 이별을 위한 짧은 편지 페터 한트케 | 안장혁 옮김
69 호텔 뒤락 애니타 브루크너 | 김정 옮김
70 잔해 쥘리앵 그린 | 김종우 옮김
71 절망 블라디미르 나보코프 | 최종술 옮김
72 더버빌가의 테스 토머스 하디 | 유명숙 옮김
73 감상소설 미하일 조셴코 | 백용식 옮김
74 빙하와 어둠의 공포 크리스토프 란스마이어 | 진일상 옮김
75 쓰가루 · 석별 · 옛날이야기 다자이 오사무 | 서재곤 옮김
76 이인 알베르 카뮈 | 이기언 옮김
77 달려라, 토끼 존 업다이크 | 정영목 옮김
78 몰락하는 자 토마스 베른하르트 | 박인원 옮김
79, 80 한밤의 아이들 살만 루슈디 | 김진준 옮김
81 죽은 군대의 장군 이스마일 카다레 | 이창실 옮김
82 페레이라가 주장하다 안토니오 타부키 | 이승수 옮김
83, 84 목로주점 에밀 졸라 | 박명숙 옮김
85 아베 일족 모리 오가이 | 권태민 옮김
86 폭풍의 언덕 에밀리 브론테 | 김정아 옮김
87, 88 늦여름 아달베르트 슈티프터 | 박종대 옮김
89 클레브 공작부인 라파예트 부인 | 류재화 옮김
90 P세대 빅토르 펠레빈 | 박혜경 옮김
91 노인과 바다 어니스트 헤밍웨이 | 이인규 옮김
92 물방울 메도루마 슌 | 유은경 옮김
93 도깨비불 피에르 드리외라로셸 | 이재룡 옮김
94 프랑켄슈타인 메리 셸리 | 김선형 옮김
95 래그타임 E. L. 닥터로 | 최용준 옮김
96 캔터빌의 유령 오스카 와일드 | 김미나 옮김
97 만(卍) · 시게모토 소장의 어머니 다니자키 준이치로 | 김춘미, 이호철 옮김
98 맨해튼 트랜스퍼 존 더스패서스 | 박경희 옮김
99 단순한 열정 아니 에르노 | 최정수 옮김

100 열세 걸음 모옌 | 임홍빈 옮김
101 데미안 헤르만 헤세 | 안인희 옮김
102 수레바퀴 아래서 헤르만 헤세 | 한미희 옮김
103 소리와 분노 윌리엄 포크너 | 공진호 옮김
104 곰 윌리엄 포크너 | 민은영 옮김
105 롤리타 블라디미르 나보코프 | 김진준 옮김
106, 107 부활 레프 톨스토이 | 백승무 옮김
108, 109 모래그릇 마쓰모토 세이초 | 이병진 옮김
110 은둔자 막심 고리키 | 이강은 옮김
111 불타버린 지도 아베 고보 | 이영미 옮김
112 말라볼리아가의 사람들 조반니 베르가 | 김운찬 옮김
113 디어 라이프 앨리스 먼로 | 정연희 옮김
114 돈 카를로스 프리드리히 실러 | 안인희 옮김
115 인간 짐승 에밀 졸라 | 이철의 옮김
116 빌러비드 토니 모리슨 | 최인자 옮김
117, 118 미국의 목가 필립 로스 | 정영목 옮김
119 대성당 레이먼드 카버 | 김연수 옮김
120 나나 에밀 졸라 | 김치수 옮김
121, 122 제르미날 에밀 졸라 | 박명숙 옮김
123 현기증. 감정들 W. G. 제발트 | 배수아 옮김
124 강 동쪽의 기담 나가이 가후 | 정병호 옮김
125 붉은 밤의 도시들 윌리엄 버로스 | 박인찬 옮김
126 수고양이 무어의 인생관 E. T. A. 호프만 | 박은경 옮김
127 맘브루 R. H. 모레노 두란 | 송병선 옮김
128 익사 오에 겐자부로 | 박유하 옮김
129 땅의 혜택 크누트 함순 | 안미란 옮김
130 불안의 책 페르난두 페소아 | 오진영 옮김
131, 132 사랑과 어둠의 이야기 아모스 오즈 | 최창모 옮김
133 페스트 알베르 카뮈 | 유호식 옮김
134 다마세누 몬테이루의 잃어버린 머리 안토니오 타부키 | 이현경 옮김
135 작은 것들의 신 아룬다티 로이 | 박찬원 옮김
136 시스터 캐리 시어도어 드라이저 | 송은주 옮김
137 고독한 산책자의 몽상 장자크 루소 | 문경자 옮김
138 용의자의 야간열차 다와다 요코 | 이영미 옮김
139 세기아의 고백 알프레드 드 뮈세 | 김미성 옮김
140 햄릿 윌리엄 셰익스피어 | 이경식 옮김
141 카산드라 크리스타 볼프 | 한미희 옮김
142 이 글을 읽는 사람에게 영원한 저주를 마누엘 푸익 | 송병선 옮김
143 마음 나쓰메 소세키 | 유은경 옮김
144 바다 존 밴빌 | 정영목 옮김
145, 146, 147, 148 전쟁과 평화 레프 톨스토이 | 박형규 옮김
149 세 가지 이야기 귀스타브 플로베르 | 고봉만 옮김
150 제5도살장 커트 보니것 | 정영목 옮김
151 알렉시 · 은총의 일격 마르그리트 유르스나르 | 윤진 옮김

152 말라 온다 알베르토 푸겟 | 엄지영 옮김
153 아르세니예프의 인생 이반 부닌 | 이항재 옮김
154 오만과 편견 제인 오스틴 | 류경희 옮김
155 돈 에밀 졸라 | 유기환 옮김
156 젊은 예술가의 초상 제임스 조이스 | 진선주 옮김
157, 158, 159 카라마조프가의 형제들 표도르 도스토옙스키 | 김희숙 옮김
160 진 브로디 선생의 전성기 뮤리얼 스파크 | 서정은 옮김
161 13인당 이야기 오노레 드 발자크 | 송기정 옮김
162 하지 무라트 레프 톨스토이 | 박형규 옮김
163 희망 앙드레 말로 | 김웅권 옮김
164 임멘 호수 · 백마의 기사 · 프시케 테오도어 슈토름 | 배정희 옮김
165 밤은 부드러워라 F. 스콧 피츠제럴드 | 정영목 옮김
166 야간비행 앙투안 드 생텍쥐페리 | 용경식 옮김
167 나이트우드 주나 반스 | 이예원 옮김
168 소년들 앙리 드 몽테를랑 | 유정애 옮김
169, 170 독립기념일 리처드 포드 | 박영원 옮김
171, 172 닥터 지바고 보리스 파스테르나크 | 박형규 옮김
173 싯다르타 헤르만 헤세 | 권혁준 옮김
174 야만인을 기다리며 J. M. 쿳시 | 왕은철 옮김
175 철학편지 볼테르 | 이봉지 옮김
176 거지 소녀 앨리스 먼로 | 민은영 옮김
177 창백한 불꽃 블라디미르 나보코프 | 김윤하 옮김
178 슈틸러 막스 프리슈 | 김인순 옮김
179 시핑 뉴스 애니 프루 | 민승남 옮김
180 이 세상의 왕국 알레호 카르펜티에르 | 조구호 옮김
181 철의 시대 J. M. 쿳시 | 왕은철 옮김
182 카시지 조이스 캐럴 오츠 | 공경희 옮김
183, 184 모비 딕 허먼 멜빌 | 황유원 옮김
185 솔로몬의 노래 토니 모리슨 | 김선형 옮김
186 무기여 잘 있거라 어니스트 헤밍웨이 | 권진아 옮김
187 컬러 퍼플 앨리스 워커 | 고정아 옮김
188, 189 죄와 벌 표도르 도스토옙스키 | 이문영 옮김
190 사랑 광기 그리고 죽음의 이야기 오라시오 키로가 | 엄지영 옮김
191 빅 슬립 레이먼드 챈들러 | 김진준 옮김
192 시간은 밤 류드밀라 페트루솁스카야 | 김혜란 옮김
193 타타르인의 사막 디노 부차티 | 한리나 옮김
194 고양이와 쥐 귄터 그라스 | 박경희 옮김
195 펠리시아의 여정 윌리엄 트레버 | 박찬원 옮김
196 마이클 K의 삶과 시대 J. M. 쿳시 | 왕은철 옮김
197, 198 오스카와 루신다 피터 케리 | 김시현 옮김
199 패싱 넬라 라슨 | 박경희 옮김
200 마담 보바리 귀스타브 플로베르 | 김남주 옮김
201 패주 에밀 졸라 | 유기환 옮김
202 도시와 개들 마리오 바르가스 요사 | 송병선 옮김

203 루시 저메이카 킨케이드 | 정소영 옮김
204 대지 에밀 졸라 | 조성애 옮김
205, 206 백치 표도르 도스토옙스키 | 김희숙 옮김
207 백야 표도르 도스토옙스키 | 박은정 옮김
208 순수의 시대 이디스 워턴 | 손영미 옮김
209 단순한 이야기 엘리자베스 인치볼드 | 이혜수 옮김
210 바닷가에서 압둘라자크 구르나 | 황유원 옮김
211 낙원 압둘라자크 구르나 | 왕은철 옮김
212 피라미드 이스마일 카다레 | 이창실 옮김
213 애니 존 저메이카 킨케이드 | 정소영 옮김
214 지고 말 것을 가와바타 야스나리 | 박혜성 옮김
215 부서진 사월 이스마일 카다레 | 유정희 옮김
216 사람은 무엇으로 사는가 레프 톨스토이 | 이항재 옮김
217, 218 악마의 시 살만 루슈디 | 김진준 옮김
219 오늘을 잡아라 솔 벨로 | 김진준 옮김
220 배반 압둘라자크 구르나 | 황가한 옮김

● 문학동네 세계문학전집은 계속 출간됩니다